教育部人文社会科学研究“十五”规划项目

思想政治教育接受论

王敏◇著

现代思想政治教育研究丛书　张耀灿·秦在东◇主编

湖北人民出版社

内 容 摘 要

思想政治教育接受机理研究是思想政治教育学研究的一个新领域。本文从纵向和横向两个方面立体地研究思想政治教育接受机理,在此基础上,初步归纳了思想政治教育接受机理的有关规律。

全文由导论、正文和结束语构成。

导论对思想政治教育接受机理研究的意义,它的研究现状以及研究思路与方法作了概要的分析。

第一章对思想政治教育接受进行了界定,并对它的特征、类型及产生与发展作了概述。

第二章探讨接受何以可能,对接受主体的能动性表现以及功能性系统进行分析。

第三章研究了接受客体系统、接受媒介系统、接受环境系统的特征及其结构与功能。

第四章论述了思想政治教育接受活动的过程。

第五章揭示了思想政治教育接受的生理——心理机制和社会机制,提出了思想政治教育接受机理的基本规律与具体规律。

第六章讨论了思想政治教育接受活动的评价与优化问题。

结束语则探讨了全球化与思想政治教育接受活动。

Abstract

Studies the reception mechanism is a new area in the discipline in ideological and political education. This dissertation, based on the relative rules of the reception mechanism in ideological and political education, makes a profound research on the reception mechanism in ideological and political education from crosswise and vertical aspects.

The dissertation is composed of Introduction, Text and Conclusion.

The Introduction briefly analyses the sense of studies on the reception mechanism in ideological and political education, and its present situation in research as well as its train of thought.

Chapter One defines the concept of the reception mechanism in ideological and political education and makes an outline on its character and type as well as its engender and development.

Chapter Two probes into why one can receive information and analyses the receiver's activity as well as its functional system.

Chapter Three expounds the character and structure as well as function of the system of the reception object and the reception media as well as environment.

Chapter Four describes the process of the reception activity in ideological and political education.

Chapter Five reveals the physiological mechanism and psychological as well as social mechanism in the reception in ideological and political education. It puts forwards some basic and concrete rules about the reception mechanism in the ideological and political education.

Chapter Six expounds how to evaluate and improve effects of the reception in ideological and political education.

Conclusion probes into the relation between the globalization and the reception in ideological and political education.

Key words: ideological and political education/ reception/subject/ process/ mechanism

目　录

总　序

思想政治教育作为中国共产党的优良传统和政治优势，早已载入中国政治发展的史册。作为中国共产党完成各个时期的中心任务、促进人的全面发展的中心一环，无论在过去、在今天或未来，它那无可替代的作用都是勿容置疑的。曾几何时，思想政治教育学作为一门科学却多遭微词，其学科地位的确认和学术价值的定性，经历了一个艰难而曲折的过程。然而，令人欣喜的是，我们党和政府历来高度重视思想政治教育学的研究，不仅从政策和管理等方面提供了有力的保障，而且从人力、物力和财力诸方面给予了巨大的支持。可以说，这门学科是在一个资源条件优越、思想阳光充足、学术空气自由的环境中成长起来的。特别是近十余年来，思想政治教育学的研究之所以能出现空前未有的规模和良好的发展态势，这首先是因为国际国内形势变化、我国社会主义市场经济的发展、改革开放和现代化建设都对思想政治教育提出了大量新情况、新问题、新要求，党的思想政治教育迎难而上，在解决和回答一系列实践中提出的新问题中创造了许多思想政治教育的新内容、新途径、新方法，使思想政治教育学科获得了理论发展创新的丰富源泉。广大思想政治教育学界的理论工作者在尊重群众首创精神的基础上，努力总结新时期思想政治教育的新经验，使得思想政治教育理论研究成果不论从数量上还是质量上，不论从广度上还是深度上，都取得了前所未有的成就。与此同时，适应中国特色社会主义事业深入发展的需要，培养思想政治教育专门人才的学科专业也有了日新月异的发展。除了在大学本科层次培养专门人才外，还在硕士、博士层次上培养思想政治教育的专门人才，这不仅成为推动学科建设发展的一大动力，而且也使学科建设发展有了牢靠的依托。

我们党和政府高度重视思想政治教育理论创新和发展的政治勇气和政治智慧举世瞩目，影响深远。进入新世纪后，我们党把加强和改进思想政治教育工作作为一个重大的战略原则问题严肃地提出来。2000 年 6 月 28 日，党中央召开了思想政治工作会议，这是新中国建立以来第一次由党中央召开的思想政治工作会议。江泽民同志指出："新形势新任务以及思想政治工作的现实状况，要求我们必须大力加强和改进党的思想政治工作，这是保证我们党始终做到代表中国先进生产力的发展要求、中国先进文化的前进方向、中国最广大人民的根本利益的必然要求。加强和改进党的思想政治工作，必须全面贯彻落实'三个代表'的要求，这是团结和带领人民建设有中国特色社会主义的长期战略方针。"可以说，正是在党中央的正确指引下，近十余年我国思想政治教育的理论研究和实践发展，是历史上最繁荣、最兴旺的时期。这也是广大思想政治教育理论工作者最自豪、最激奋的时期。在当今中国，思想政治教育学的许多新命题、新结论日益活跃在人们的政治思维中。不重视、不会做思想政治工作，不可能成为成熟的领导干部；不了解、不掌握思想政治教育的规律，不可能把握人们的思想动向，也就不可能取得思想政治工作的好效果。这些在思想政治教育实践中提升出来的政治智慧，极大地鞭策着人们更加重视思想政治教育工作，更加欣羡思想政治教育工作这一神圣的职业。

总　序

建设具有中国特色、中国风格、中国气派的现代思想政治教育学，一直是我们多年来的学术追求。然而，我们深知这一工作的艰巨性和困难性。作为塑造人的灵魂的思想政治教育，在理论上，既涉及多种学科知识背景又需要与时俱进地进行理论创新；在实践上，既需要因材施教又需要极其细致。思想政治教育工作既同人们思想的心理的智慧的活动及其发展规律密切相关，又与社会的政治、经济、文化、宗教动态和各种社会生活紧密相连，因此，它是一门科学，是一门需要借助高度理论智慧予以不断证明的学科。正是基于这样的认识，我们从上个世纪八十年代初期以来，一直孜孜不倦地对思想政治教育学进行持续不断地研究和探索，陆续出版了多种《思想政治教育学原理》教材和学术专著，参与教育部社政司组织编写的多种思想政治教育学专业教材和研究性论著。研究愈深入，愈体会其中学问之深奥，问题之复杂，比较其他相关学科有过之而无不及，需要更多的有志者倾其智慧和精力为之艰苦跋涉，谋其精髓。

在撰著本套丛书中，我们始终坚持以马克思列宁主义、毛泽东思想、邓小平理论和“三个代表”重要思想为指导，力求用马克思主义的立场、观点和方法来分析问题、解决问题，尽可能地借鉴各种相关学科的知识和最新理论成果来丰富思想政治教育学科的学术背景，竭尽所能地在广大思想政治教育工作者的宝贵经验的基础上提炼政治智慧。本套丛书包括《以德治国论》、《现代思想政治教育学科论》、《思想政治教育管理论》、《思想政治教育载体论》、《思想政治教育接受论》等。撰著者中，既有数十年来一直勤奋耕耘在思想政治教育学领域的前辈学者，他们老骥伏枥，痴心不改；也有近十余年一直潜心琢磨和探究思想政治教育特殊规律的中年学者，他们思想深刻，壮心不已；还有近年来刚刚走出师门且活跃在思想政治教育学界的青年学者，他们敏于思考，雄心勃勃。这是一支老中青优化组合、愿意毕生为思想政治教育学科建设发展而努力奋斗的学术群体。当然,现代思想政治教育研究是一项长期的任务,现在出版丛书,只是实施研究计划的第一步。加强和改进党的思想政治教育工作是新世纪一项具有全局性、前瞻性、战略性的重大课题。我们在今后的研究中应当力图回答、解决在加强和改进思想政治教育工作中提出的一系列重大的理论问题和实践问题,在此前提和基础上推动学科建设的发展和理论体系的完善。

本丛书在酝酿、研究过程中,得到了教育部、湖北省政府和华中师范大学的大力支持和资助。湖北省人民政府专项资助我们开展"思想政治教育基础理论研究"。教育部人文社会科学"十五"规则基金办也批准了我们申报的"现代思想政治教育学科建设研究"项目的立项。华中师范大学则通过对马克思主义理论与思想政治教育专业博士点的经费资助和重点学科出版丛书专项补贴等措施,对本丛书的出版给予了极大支持。在本套丛书出版之际,我们谨对长期以来一贯关心、支持、指导和帮助我们研究工作和学术发展的各级领导、专家和同志表示由衷的谢意。

尽管我们在撰著中力图尽心竭力,但仍有许多不尽如人意之处,还望各位专家和读者多多赐教。

张耀灿　秦在东

2002 年 12 月

导　论

思想政治教育接受机理研究把思想政治教育接受活动、接受过程作为思考内容和研究对象。这种研究不仅仅局限于考察和研究作为观念和行为结果的已经完成了的接受,更重要的是要考察和研究如何达到这种接受的结果。

它把思想政治教育接受活动看作是复杂的系统现象,把接受当作一个开放过程来进行研究,认为接受不仅是多种因素的相互关系构成的结构,而且还表现为活动和功能,表现为运动着的持续不断的发展过程;接受不仅是一个我们可以分析其解剖结构的系统,而且是具有一定目的的多种活动和功能的复杂系统,思想政治教育接受过程是一个由多因素、多变量相互作用而形成的动态关系过程。

为什么要把接受作为思想政治教育研究的内容?为什么应当从机理的角度研究接受活动呢?

这是本书首先想回答的问题。对思想政治教育接受机理进行研究,既是时代发展的客观需要,又是思想政治教育学学科研究、发展的内在要求。因此,在具体展开思想政治教育接受机理研究之前,有必要对这一研究课题的提出,它的研究现状、研究角度及研究方法和理论构架作一概要的分析。

一 接受:21世纪思想政治教育的关键

思想政治教育是指社会和社会群体用一定的思想观念、政治观点、道德规范,对其成员施加有目的、有计划、有组织的影响,使他们形成符合一定社会或一定阶级所需要的思想品德的社会实践活动。[①] 思想政治教育学则是研究人们思想品德形成、发展规律和对人们进行思想政治教育的规律的科学。一般而言,人们的思想品德表现总是与一定的社会发展要求存在差距,很难达到完全一致。并因此产生了思想政治教育领域的特殊矛盾,即一定的社会发展要求同人们实际的思想品德水平之间的矛盾。在这一矛盾发展过程中,我们可以发现,作为以精神形态与行为形态相统一而存在的思想品德,不论就其自身特征、内在结构来说,还是就其存在形态、作用方式而言,要由社会的要求成为人们思想品德与行为的有机组成部分,都必然包含着一个中介转化层次,这个中介转化层次就是本文所研究的思想政治教育接受活动。也正是由于思想政治教育接受活动的存在,才使得思想品德的精神形态和行为形态的相互转化成为可能。接受从另一个角度折射出思想政治教育领域的特殊矛盾,研究接受活动必然要成为思想政治教育研究的题中应有之义。

然而,在实际工作中,不少同志抱怨,现在思想政治工作难做,人们不太愿意接受思想政治教育,思想政治工作的效果不理想,思想政治教育存在着使人难以接受的客观现实。原因当然是多方面的。一方面,当代中国正处在社会转型期,这种巨大的社会整体性

① 教育部社会科学研究与思想政治工作司组编,邱伟光、张耀灿主编:《思想政治教育学原理》,高等教育出版社1999年第1版,第4页。

变革必然使我们的思想政治教育面临严峻的挑战。不仅我们思想政治教育的对象及对象的构成发生了变化,这些教育对象的观念发生了变化,而且人们对于思想政治教育的要求也发生了变化。另一方面,随着知识经济初见端倪,全球化进程影响的加大,更有可能加剧上述不适应的程度。知识经济以不断创新的知识为主要基础,是一种知识密集型、智慧型的新经济类型,其特征是:信息量异常丰富,信息流通高度自由。目前仅在国际互联网上,每一纳秒(十分之一秒,nanosecond)就有三万亿比特(bit)的信息在传输,各种文化、思想、价值互相激荡冲撞的情况将会日趋加剧。老子所谓"不出户,知天下"将成为现实。在一个开放的信息社会中,国内外的各种影响已经具有了空间上的不可分割性,时间上的连续性,分布上的广袤性,传播渠道的多样性,形式的生动性,内容的现实性等特征,影响人们思想观念的因素和渠道空前增多,个人对信息及其来源渠道的自主选择作用大大加强,形形色色的信息、文化、思想观念大量充斥、相互交织,正在使封闭式的思想政治教育越来越不可能。在我们的主流媒体和主流阵地之外,存在着大量与主旋律不完全一致或者完全不一致的东西。思想文化阵地上马克思主义与非马克思主义、反马克思主义的斗争比过去更加复杂。不难预料,思想政治教育主导性作用发挥的难度将加大,接受的矛盾也会更为突出。与此同时,知识经济为思想政治教育提供了真正现代化的契机。因为人是知识与智慧的载体,也是思想政治教育的对象;知识经济要真正以人为本,思想政治教育也必须以人为本,要关心人、理解人、尊重人,尊重和努力培养人的自主、独立地判断、选择和创造能力。然而,我们的思想政治教育还很不适应当今的社会发展,特别是对当今高科技提出的挑战,我们还没有从理论上作出与时代相适应的回应。我们把研究视角投向接受,是力图在思想政治教育观念和思维方式方面有所创新和突破,可以说,这既是现实的要求,也是面向未来的需要。

选择思想政治教育接受机理研究作为博士论文,至少有以下两方面的意义:

第一,从理论方面看,有利于扩展思想政治教育研究的广度和深度。思想政治教育接受机理研究是思想政治教育学研究的一个新领域。过去思想政治教育理论与实践曾经过于强调思想政治教育过程中教育者的主导作用,而把受教育者置于消极被动的地位,没有足够重视其主体地位,以致出现过分强调灌输的片面倾向。这种思维惯性影响深远,使人们对思想政治教育产生了诸多的误解。研究思想政治教育接受机理,就是把处于客体地位的受教育者视为主体,充分尊重其主体地位。在思想政治教育过程中,接受主体的这种主体作用主要通过接受主体积极自觉地选择接受外部的影响,并且通过主动地"内化"表现出来,没有这种接受过程,思想转化就无从实现,思想政治教育也不会取得效果。因此,思想政治教育学的研究必须重视接受理论与接受机制。

第二,从实践方面看,有利于增强思想政治教育的针对性和有效性。把受教育者作为主体,考察其在社会过程、生理过程、心理过程的互动中如何能动地选择与接受思想政治教育,具有十分重要的现实意义。尊重人的主体能动性,调动人的积极性,既是思想政治教育的出发点,又是思想政治教育的归宿。思想政治教育的根本目的是提高人们认识世界和改造世界的能力,这是一项极其艰巨的工作。不仅要发挥教育者的主导作用,更重要的是应体现众多受教育者的主体地位,充分发挥他们的主观能动性,最大限度地调动他们的积极性,实现思想政治教育的目的。然而加强思想政治教育不能是教育者的一厢情愿,还须研究在什么条件下,才能使受教育者乐于接受思想政治教育。加强的前提条件是思想政治教育的科学化,而科学化的一个重要内容是研究与探索受教育者如何接受思想政治教育的规律。因此，要取得良好的思想政治教育效果，实现思想政治教育的目的，不仅仅在于重视思想政治教育，更重要的是要按接受主体的接受规律行事。

二 接受理论研究的现状分析

（一）中国接受理论研究论略

中国古代的统治者十分重视人的教化，尤其是道德素质的教育更被提到了一切教育的首位。与之相应，古代的德育理论的探讨和建构多围绕培养人的道德素质而展开。其中，道德教化和道德修养成为培养和实现人的品格的基本途径。道德修养旨在调动道德主体的自觉精神，激发其内在的道德驱动力，而道德教化则是有组织、有计划地实施大规模的外部的道德灌输。这些思想虽然散见于古代典籍之中，但从一个很重要的侧面体现了中国传统文化对道德理论的贡献，其中也包括对接受问题的关注。

第一，儒家强调人的主观能动性，认为人的道德形成是一个过程，它不靠短时间的外在强制，而是借助主体自身循序渐进的道德认同：即由道德认知到心理情感，最终落实到行为践履之上。[①] 儒家追求理想人格，强调理性自觉，重视对道德规范和准则的切实认知。孔子说："未知，焉得仁？"[②] 他主张"为仁由己"，通过主观的道德认知而认同。道德认知只有上升到道德情感才能稳固。《大学》有云："心有所愤懥，则不得其正；有所戒惧，则不得其正；有所

① 江万秀、李春秋：《中国德育思想史》，湖南出版社 1992 年第 1 版，第 22 页。

② 《论语·公冶长》。

好乐，则不得其正；有所忧患，则不得其正。”因此，抑制和调节人的自然情感是十分必要的。从孔子的“克己”，孟子的“寡欲”，到荀子“节欲”，无不如此。道德认知、道德情感、道德意志只有通过行动才能体现出来，《中庸》以笃行为学习和修养的终点，作出“博学之，审问之，慎思之，明辨之，笃行之”的结论，各个时期的儒家代表人物也反复强调了道德行为的重要性。

第二，注重自我修养和自我反省。孔子的弟子曾子曾说，“吾日三省吾身：为人谋而不忠乎？与朋友交而不信乎？传而不习乎？”[1] 通过自我反省，判定自己每天的言行是否合乎“礼”。“见贤思齐焉，见不贤而内自省也”，[2] 才能“非礼勿视、非礼勿听、非礼勿言、非礼勿动。”[3] 自省在德育中起着导向作用。孔子说：“内省不疚，夫何忧何惧？”[4] 孔子所倡导的“内省不疚”，强调切己自反的修养功夫，经曾子“吾日三省吾身”的延伸和孟子“反身而诚”的扩展，发展到宋明理学的“主敬”思想。这一方法充分体现了对道德主体进行自我评价的重视，强调外在的道德观念，必须认同于道德主体自身，才能发挥作用。

第三，强调环境对接受的影响。墨子认为人性和人的品质是由于后天所染而形成的，“染于苍则苍，染于黄则黄，所入者变，其色亦变”。他说：“非独染丝也，国亦有染”。又说：“非独国有染，士亦有染”。[5] 荀子也认为人的品德和人格与人所处的外部环境有

① 《论语·学而》。
② 《论语·里仁》。
③ 《论语·颜渊》。
④ 《论语·颜渊》。
⑤ 《墨子·所染三》。

极大的关系，因此他提出“注错（措）习俗，所以化性也”。[1] 所谓注错（措），即是指人所从事的行业；所谓习俗，即是指人的生活和工作环境。这两方面都是人的外部环境，“安久移质”，久而久之必然“成积”，从而产生能够改变人的本性的重大影响。因此荀子又说：“蓬生麻中，不扶而直；白沙在涅，与之俱黑。兰槐之根是为芷，其渐之滫，君子不近，庶人不服（佩）；其质非不美也，所渐者然也。故君子居必择乡，游必就士，所以防邪僻而近中正也。”[2] 把外部环境作为“化性”的必要条件，同时荀子又认为外部环境的影响要通过道德主体的主观能动性而起作用，“积之而后高，尽之而后圣”。[3] 这些论述尽管不系统，但对我们研究接受问题仍具有启迪作用。

从目前公开出版的论著来看，国内对思想政治教育接受问题的研究为数不多，特别是以思想政治教育接受和接受机理为标题的论著则更少。其中，具有学科代表性的是《思想教育接受学》一书（山西人民出版社），相关学科的研究接受理论的有：哲学认识论、解释学方面的著作《接受学导论》（辽宁教育出版社）、《接受认识论引论》（北京大学出版社）；接受美学类著作《接受美学与接受理论》（辽宁人民出版社）、《接受美学译文集》（三联书店）、《接受之维》（百花文艺出版社）等；伦理学著作《道德接受论》（中国社会科学出版社）、《德育接受学》（江苏教育出版社）等等。这些相关学科的成果无疑对我们的研究具有启发作用，但由于研究对象不同，研究角度与方法的差异，这些成果不能简单搬用。《思想教育接受学》一书较早关注接受问题，且成书较早，其特点是对接受的理论

① 《荀子·儒效》。
② 《荀子·劝学》。
③ 《荀子·儒效》。

研究受教育学、心理学影响比较大。它的主要内容包括:什么是思想教育接受学、接受和环境影响、接受的神经生理基础、接受与教育方式、接受与教育者。这些研究往往从不同要素的角度研究接受与某种事物的关系,缺乏一种纵向的研究,没有从总体上系统、动态、全面研究思想政治教育接受机理理论的尝试与建构。尽管一些研究者强调受教育者对信息的接受活动,不能理解为仅仅是迫于外部压力或者外部要求,应体现为接受主体的能动的摄取,但仍然未能解决一些问题,这主要是:难以解释为什么不同的接受主体对于同一接受对象会产生迥然相异的结果与行为,未能体现主客体双向互动的接受关系,不能清晰地提出一种具有思想政治教育学学科特点的接受模式,勾勒出接受主体进行接受的复杂过程,提炼出思想政治教育接受规律。因此,思想政治教育接受和接受机理的研究有待进一步创新与突破。

(二)西方接受理论研究论略

西方对接受问题的关注始于古希腊解释学(Hermeneutics)和由此发展起来的接受美学。

1. 解释学的接受理论

解释学被形象地称为赫耳墨斯之学。赫耳墨斯是古希腊神话传说中的信使之神,负责把宙斯的旨意传达给诸神和人间。诸神和人不能直接从宙斯那里接受旨意,他们听到的是由赫耳墨斯转达的旨意。由此可知,解释学的基本特征是“传达意义”。早期的解释学研究希望找寻一套正确解释的规则和方法,达到对经典和文献一致而准确无误地理解和接受。

到文艺复兴时期,出现了古典文献学和圣经解释学,前者以古希腊文献为典范,后者以基督教圣经为文本,其核心问题仍是如何准确地把握文本的真实意义。

19世纪，德国哲学家施莱尔马赫创立了普遍诠释学，他发展出一种心理解释，认为理解的对象不仅是本文而且还有作者。理解作者就是要设身处地地从作者的环境和心理出发思考问题，克服我们的一切先入之见。① 接受活动是一种预感活动，是将自己置身于作者的整个创作中的活动，是一种对一部著作撰写的"内在根据"的把握，一种对创造行为的模仿，一种对原来生产品的再生产，对已认识的东西的再认识。海德格尔和伽达默尔则实现了解释学本体论的转折，创立了现代解释学。海德格尔认为，对任何本文的理解总是受到解释者的"前有"(预先有的文化习惯)、"前识"(预先有的概念系统)和"前设"(预先有的假定)组成的"前结构"所制约和引导。伽达默尔的哲学诠释学则强调理解的历史性，认为接受过程是作品本文与读者"视界融合"的过程，认为"正如所有的修复一样，鉴于我们存在的历史性，对原来事件的重建也是一项无效的工作。被重建的、从疏异化唤回的生命，并不是原来的生命。""视理解为对原本东西的重建的诠释学工作不外是对于一种僵死的意义的表达。"②

保罗·利科尔是继伽达默尔之后对解释学发展影响最大的一位哲学家，其解释学的基础是海德格尔的存在主义和胡塞尔的现象学。利科尔认为，所有的社会行为都可看成是解释的文本。社会行为比语言、文字更丰富、更直接，所有对价值的理解最终都是由行为表现出来的，行为是价值观念所用的"语言"。如果要理解一个人的价值观念，不必看他说的怎样，只要看他的行为，从行为

---

① 伽达默尔:《真理与方法》，上海译文出版社 1992 年第 1 版，第 233 页。

② 伽达默尔:《真理与方法》，上海译文出版社 1992 年第 1 版，第 219 页。

中可以最准确地发现一个人对价值的真正理解。

2. **接受美学的接受理论**

受伽达默尔以及胡塞尔等人的启发，作为解释学在文艺学领域的直接延伸，20世纪70年代，以研究文学阅读活动为探讨对象的接受美学（Receptional Aesthetic）在原联邦德国发展起来，其代表人物H.R.姚斯系统阐述了接受美学的基本理论。接受美学的出现改变了传统的文学观念，使文学研究从以作者活动为中心转向了以读者（接受者）活动为中心，将读者视为文学活动的主体。一反以往文学史只注重作品与作家的传统，强调读者的阅读才赋予了作品以意义和价值。在他看来，接受过程是一个积极的参与过程，但由于每一历史时期的社会环境都会形成一定的标准和范式，又因接受者天赋、经历和个人文化修养千差万别，不同的接受者对作品意义的理解、领会因而不同；同一作品在历史、社会的各种不同背景中会呈现不同的意义结构；在相同的社会背景中对不同的读者也具有不同的意义结构。①可见，上述这些观点将理解视为最重要的接受活动，认为接受活动本质上是理解活动，这种接受观可称为"理解接受观"。

3. **传播学的受众理论**

传播学（Communication）中的受众理论，对大众传播过程中的接受活动进行研究，先后提出了大众传播作用效果的三种理论："子弹论"（bullet theory）或称"皮下注射论"（hypodermic needle）、"魔弹论"，"有限效果论"，"宏观效果理论"。

早期的传播学研究认为传播者与媒介具有无法抗拒的力量，受众是毫无防御能力的"靶子"，当大众传媒把信息传送到受众头

---

① R. C. Holub, *Reception Theory——A Critical Introduction*, Methuen, INC. London and New York, First Published in 1984.

脑中，受众就会产生同传播者一致的态度、观点或意向。通过传媒，各种思想、感情、知识和动机可以从一个人的头脑里几乎不知不觉地灌输到另一个头脑之中。施拉姆曾对此做过这样的描述："传播被视为魔弹，它可以毫无阻拦地传递观念、情感、知识和欲望。……传播似乎把某些东西注入人的头脑，就像电流使电灯发出光亮一样直截了当。"① 正如梅尔文·德弗勒所指出，"子弹论"以本能的"刺激——反应"论和媒介效力强大的信念为基础，再加上"相互隔绝、孤立无援"的受众观，其结果也就必然得出大众成员可以被媒介所"左右"的结论。②

然而，事实并非如此，研究表明，影响受众对传播信息的接受的因素纷繁复杂，既有个体差异性的影响，又有受众主体性因素的制约，如心理构成、立场、价值观念、信仰等等。传播不是单向的影响行为，而是传播者与受众双方的互动行为。外部传播对受众的影响不是绝对有效的，而是有限的。这就是所谓的"有限效果论"。进一步研究发现，大众传播和受众的反应与多种社会因素具有相关性。受众因经济、政治地位、职业、信仰、文化、种族、性别、年龄等差异分为不同类型，同一社会类型的受众选择和反应基本一致。1960 年，J.T.克拉帕在《大众传播效果》一书中提出了关于大众传播效果的"五项一般定理"：

(1)大众传播通常不是效果产生的必要和充分的原因，它只不过是众多的中介因素之一，而且只有在各种中间环节的连锁关系中并且通过这种关系才能发挥作用。

---

① 张隆栋：《大众传播学总论》，中国人民大学出版社 1993 年第 1 版，第 156 页。

② 梅尔文·德弗勒：《大众传播诸论》，新华出版社 1990 年第 1 版，第 184 页。

(2)大众传播最明显的倾向不是引起受众态度的改变,而是对他们既有态度的强化,即使是在这种强化过程中,大众传播也并不作为惟一的因素单独起作用。

(3)大众传播对人们的态度改变产生效果需要两个条件:一是其他中介因素不再起作用,二是其他中介因素本身也在促进人们态度的改变。

(4)传播效果的产生,受到某些心理、生理因素的制约。

(5)传播效果的产生,还受到媒介本身的条件(信源的性质、内容的组织)以及舆论环境等因素的影响。①

"有限效果论"揭示了大众传播效果产生的种种制约环节和因素,使我们更能理解接受问题的复杂性,但这一理论框架依然存在缺陷:在认知、态度和行动这三个效果层面上,"有限效果论"充其量只探讨了后两者而忽略了认知阶段——即大众传播在人们的环境认知过程中的作用;它只考察了具体传播活动的微观、短期的效果,忽略了整个传播事业日常的、综合的信息活动所产生的宏观的、长期的和潜移默化的效果。因此,20 世纪 70 年代后,又出现了一批新的理论模式和假说,如"议程设置功能"(the agenda - setting function)理论、"沉默的螺旋"(the spiral of silence)理论、"教养分析"(cultivation analysis)、"知沟"(knowledge gap)理论等。这些研究大多集中于探索大众传播综合的、长期的和宏观的社会效果,不同程度地强调传媒影响的有力性,与社会信息化的现实密切结合在一起,被称为大众传播的"宏观效果论"。

20 世纪 90 年代以来,传播效果研究的突出热点是探讨媒介技术对社会发展的推动作用以及对社会生活产生的影响,当然,这

---

① Klapper, Joseph T., *The Effects of Mass Communication*, The Free Press, Glencoe, Illinois, 1960. P8

与媒介技术特别是卫星电视、计算机通信、多媒体、数字化、网络化的飞速发展是分不开的。

与前述哲学诠释学与接受美学对接受的研究过于抽象不同，传播学的受众理论侧重于从具体的、现实的、操作的层面上研究接受问题。

此外，国外学者对接受理论的研究还散见于政治学中的政治文化与政治社会化理论、政治营销理论（political marketing theory）以及西方道德教育理论等领域，这些研究虽很分散，也不系统，且大多以心理学、教育学和行为科学为基础，但具有代表性的理论有三类：接受的心理学理论（包括行为主义的道德发展理论、精神分析学派的道德理论，认知发展理论、社会学习理论等等）、接受的社会学理论（道德社会化理论、政治社会化与政治文化理论）、接受的教育学理论（包括道德教育的认知方法、情感方法和行动方法）。这些理论的侧重点各有不同，多围绕"个人、社会和思想道德"的关系这一根本的问题展开争论，对于研究思想政治教育接受机理颇有借鉴价值和启发作用。但这些理论基本认为接受活动本质上是理解活动，运用活动居于次要地位，仍局限于"理解接受观"之中。

（三）马克思主义——思想政治教育接受机理研究的理论基础

思想政治教育以人为对象，靠人来实施，最终目的是改变人的思想，促进人的全面发展，培养共产主义新人。因此，人是全部思想政治教育的中心环节。

1. 关于人的本质的学说

马克思主义在人的本质问题上除肯定劳动实践是人的本质之外，特别强调社会关系的意义。马克思指出："人的本质不是单个人所固有的抽象物，在其现实性上，它是一切社会关系的总和。”①这一经典表述是马克思主义关于人的问题的总纲，是全部理论的基石。具体而言：人的本质是现实的、具体的，因此，必须把人放在特定的历史条件下和具体的社会关系中来考察，才能对人的本质作出正确的回答。由于人的社会生活、人与人的关系是多方面的，并构成一个复杂的社会关系体系，而人的本质则表现为这种社会关系之网上的交叉点、凝结点，是多种社会关系的总汇和承担者。因此认识和把握人的本质，必须对人所处的复杂的社会关系进行全面的、辩证的分析研究。而社会关系又是发展变化的，不同社会条件下社会关系的差别，构成了不同社会条件下人的本质差别的现实基础。正是由于这种差别的存在，显示出人的本质的、具体的、历史的特性。人的思想是在一定的社会关系中，通过参加社会实践活动而形成、发展的，人所处的各种社会关系对思想的形成产生极其重大的影响。

马克思主义对人的本质作了科学的说明，对人给予了特别的重视。因此，只有坚持以马克思主义人的本质学说为指导，才有可能科学地认识思想政治教育接受主体的特点。接受主体的思想和行为是在一定的社会关系中，通过参加社会实践活动形成、发展的，人的各种社会关系对此产生了极其重大的影响。经济关系对接受主体的思想和行为的影响至为关键，政治、文化关系的影响也十分重要。坚持人的本质在于人的社会性的意义在于，通过考察各种社会关系对人的思想和行为的影响，进一步把握和认识接受主体的思想和行为形成的物质原因和社会根源，分析其思想和行为运动、变化的特点。

2. 关于社会存在与社会意识辩证关系的原理

① 《马克思恩格斯选集》第1卷，人民出版社1995年第2版，第56页。

正确地认识人的思想是从哪里来的，人的思想的社会内容，以及人的思想变化的物质生活条件，是研究思想政治教育接受机理的前提。

马克思主义认为，社会存在决定社会意识。社会存在就是人们的实际生活过程，就是社会物质生活条件，主要是物质资料的生产方式，以及必然由此产生的人们的生产关系，它是不依赖于人们的社会意识而存在的客观实在。社会意识是指社会生活的精神方面、精神过程。社会意识是社会存在在人们意识中的反映，社会存在怎样，社会物质生产方式怎样，社会意识也就怎样。社会客观存在的多样性，反映在人的头脑中，就必然形成各种思想观点，造成人的思想的复杂性、多样性。社会存在、社会物质生活条件的改变，才是人的思想发展的根本原因。因此，进行思想政治教育接受机理的研究，必须全面考察接受主体在社会经济生活和政治生活中所处的地位，周围所处的人际环境和文化氛围以及身心发展的特点，以便把握其思想形成、变化的外部客观因素。

马克思主义在坚持社会存在决定社会意识和社会意识是社会存在的反映的同时，又承认社会意识对社会存在具有能动的反作用。1893 年 7 月，恩格斯在致弗·梅林的信中就指出："一种历史因素一旦被其他的、归根到底是经济的原因造成了，它也就起作用，就能够对它的环境，甚至对产生它的原因发生反作用。"① 由于社会意识对社会存在具有能动的反作用，因此，在阶级社会里，相互对立的阶级都十分重视抓意识形态领域的工作，使之为本阶级的利益服务。"一个阶级是社会上占统治地位的**物质**力量，同时也是社会上占统治地位的**精神**力量。支配着物质生产资料的阶

① 《马克思恩格斯选集》第 4 卷，人民出版社 1995 年第 2 版，第 728 页。

级,同时也支配着精神生产资料。”① 那么,人怎样反映和反映哪一方面的社会存在呢? 人的思想对社会存在的反映是创造性地、能动地反映,人总是根据自身与社会发展的需要,带着主观的要求和倾向,怀着一定的动机和目的反映客观世界。因此,人的思想反映社会存在不仅有正确与错误之分,接受、认识程度的差别,即使对同一社会存在的反映,也因主观选择的不同,会产生不同的结果。可见,社会意识一经在社会存在的基础上产生,就具有自己的特殊发展形式和发展规律,并能动反作用于社会存在。这就是社会意识的相对独立性。具体而言,社会意识相对独立性有这样几种情形:

第一,社会意识与社会存在变化发展的不完全同步性。社会意识反映社会存在,但并不总是同它所依赖的社会物质基础的变化完全一致,有时社会意识落后于社会存在的变化,有时表现为社会意识可以超越现实社会存在的发展状况。这种不完全同步性,在与经济发展的关系上,突出表现为社会意识的发展同社会经济发展水平的不平衡性,两者的发展水平并不总是一一对应。

第二,社会意识的发展具有历史继承性。每一历史时期的社会意识及其诸形式,都同它以前的成果有着继承的关系,历史继承性在不同条件下的表现,形成了各具特点的民族传统和民族风格。

第三,社会意识各种形式之间相互联系、相互作用、相互影响、相互渗透、相互补充。

第四,社会意识对社会存在的反作用,表现为四个方面:一是反映社会存在,这是社会意识的认识功能;二是能维护和批判现实,具有评价功能;三是能调控社会和人的活动,对人的活动起着发动和指导的作用;四是能制造新的观点,用其指导改变社会现

① 《马克思恩格斯选集》第1卷,人民出版社1995年第2版,第98页。

实，创造新的社会生活内容和形式。

总之，人怎样反映和反映哪一方面社会存在，是社会意识能动地反映社会存在的重要表现。

3.历史合力论的启示

恩格斯说："历史是这样创造的：最终的结果总是从许多单个的意志的相互冲突中产生出来的，而其中每一个意志，又是由于许多特殊的生活条件，才成为它所成为的那样。这样就有无数互相交错的力量，有无数个力的平行四边形，而由此就产生出一个合力，即历史结果，而这个结果又可以看作一个作为整体的、不自觉地和不自主地起着作用的力量的产物。因为任何一个人的愿望都会受到任何另一个人的妨碍，而最后出现的结果就是谁都没有希望过的事物。所以到目前为止的历史总是像一种自然过程一样地进行，而且实质上也是服从于同一运动规律的。但是，各个人的意志……虽然都达不到自己的愿望，而是融合为一个总的平均数，一个总的合力，然而从这一事实中决不应做出结论说，这些意志等于零。相反地，每个意志都对合力有所贡献，因而是包括在这个合力里面的。"[①] 恩格斯的这段话精辟地揭示了单个人的意志和各个单个意志相互作用所产生的"合力"(即社会结果)之间的关系。他说："这许多按不同方向活动的愿望及其对外部世界的各种各样作用的合力，就是历史。"[②] 历史"是一幅由种种联系和相互作用无穷无尽地交织起来的画面，其中没有任何东西是不动的和不变的。"[③]此即"历史合力论"。如果不弄清这"种种联系和交互作用"，不弄清它们的依存条件和作用方式，我们就不可能全面地把

① 《马克思恩格斯选集》第4卷，人民出版社1995年第2版，第697页。
② 《马克思恩格斯选集》第4卷，人民出版社1995年第2版，第248页。
③ 《马克思恩格斯选集》第3卷，人民出版社1995年第2版，第359页。

握住研究对象的总体运动，从而也就不能正确地认识和总结其发展的规律。

历史合力论对研究思想政治教育接受现象具有启发作用。思想政治教育接受活动是由接受活动各种要素综合作用而成，合力贯穿于接受过程的始终。研究接受，就必须把它视为一个有机联系的整体，不仅考察接受系统各种要素及其活动，而且要在此基础上，考察各种要素彼此之间的联系及其交互作用、作用的方式，对思想政治教育接受活动作综合的、立体的研究。

4. 环境创造人和人创造环境

“人们自己创造自己的历史，但是他们并不是随心所欲地创造，并不是在他们自己选定的条件下创造，而是在直接碰到的、既定的、从过去承继下来的条件下创造。”[①] “历史的每一阶段都遇到一定的物质结果，一定的生产力总和，人对自然以及个人之间历史地形成的关系，都遇到前一代传给后一代本身的大量生产力、资金和环境，尽管一方面这些生产力、资金和环境为新的一代所改变，但另一方面，它们也预先规定新的一代本身的生活条件，使它得到一定的发展和具有特殊的性质。由此可见，这种观点表明：人创造环境，同样，环境也创造人。”[②] 在马克思、恩格斯看来，人类的历史是世世代代的人们连续不断的实践活动创造的。如果把整个人类历史比做一个长长的剧本，那么人类本身就是剧作者。同时，处于历史发展一定阶段上的人们创造历史的活动，又受到前人创造的既定的历史条件（环境）的制约，这些历史条件预先规定了人们的生活方式和活动方式，这就决定了每一代人都不能随心所欲地创造历史。

---

① 《马克思恩格斯选集》第1卷，人民出版社1995年第2版，第585页。

② 《马克思恩格斯选集》第1卷，人民出版社1995年第2版，第92页。

"人创造环境",其特点在于人的能动性;"环境创造人",其特点在于人的受动性,即受制约性。二者同时发生,本是同一个过程。思想政治教育接受活动也是如此,在接受活动过程中,接受主体既是能动的,又是受动的;人创造了环境,同时环境也创造了人。

此外,马克思主义的认识论与辩证法,为研究接受问题提供了根本观点和一般方法论指导。马克思在《关于费尔巴哈的提纲》中指出:"社会生活在本质上是**实践的**。"① 实践是社会生活的基础,离开社会实践去观察社会生活,必然会陷入唯心史观。人的活动包括接受活动都是以社会实践为基础的。马克思主义关于实践对认识的决定作用的原理、认识不断反复和无限发展的原理,为我们分析和研究接受现象提供了科学的认识方法。

唯物辩证法关于事物普遍联系和发展变化的观点,关于内因和外因关系的观点、关于质变、量变与度的观点,关于否定之否定的观点等等,都为研究接受活动提供了深层次的哲学方法论基础。

三 思想政治教育接受机理研究的角度和理论构架

(一)研究视角

机理是关于机制的理论。机制源于希腊文 Mechane,本义是指机器的内部构造、运转过程中各个零部件之间的相互关系及工作原理,现已广泛运用于各学科的研究。在自然科学领域里,机制引申为自然现象或事物的作用原理、作用过程及其功能。应用到社会科学领域中,机制用以表示社会的政治、经济、文化活动各要素

① 《马克思恩格斯选集》第1卷,人民出版社1995年第2版,第60页。

之间的相互关系、运行过程及其形成的综合效应和社会组织、机构的内部结构及其运行原理。

从机制一词的定义我们可以看出，它有三层基本含义：第一，机制由若干要素组成，这些要素具有不同层次，既各成体系，又按一定的方式结合为一个整体。第二，组成机制的各要素的功能如何以及按何种方式把这些要素组合起来，决定着整个机制的功能。第三，机制中各构成要素功能的发挥总是在整个机制的运行过程中与其他要素相互作用而实现。机制既不单纯涉及对象的构造，也非仅仅涉及对象的工作和运行，而是把两者结合起来，研究结构与运行之间的相互作用以及从中体现的规律。由于机制是指构成事物有机体的内部各要素、各部分之间的相互联系、相互制约关系及其调节形式，因此它含有使事物有机体各要素相互适应、相互制约、自行调节的自组织能力。我们把机理这一概念引入思想政治教育接受活动研究之中，便意味着应该从整体上去考察思想政治教育接受活动的规律。所谓从整体上考察，就是把思想政治教育接受活动作为各个组成部分的有机结合体去进行考察，考察它运行的原因、动力、功能和运行中与其他事物交互作用的状况等等。把思想政治教育接受活动作为一种活的有机体，来研究它为什么能够运行、怎样运行、怎样在其内部各有机组成部分的相互影响、相互作用、相互配合的条件下运行，以及它在运行中间同外部其他事物之间的交互作用的状况。这种考察是一个综合的过程，是把对各个部分的分析、研究的结果综合成有机的整体来研究其整体的性能。对任何一种事物，只了解各个部分的构造和功能并不等于了解这些部分怎样结合为整体和实现了这种结合以后所产生的综合的性能。因为整体不是部分的简单之和，当事物的各个部分综合为整体时，它在结构上和功能上都会发生某种质的变化，它与外部事物之间的关系也会随之发生重大的变化。在思想政治教育接受的研究中，有学者考察了接受和环境影响、接受的神经生理基础、接受与心理因素、接受与教育材料、接受与教育方式、接受与教育者，这种分析性研究是必要的。然而仅仅停留在这里还不够，对于部分的分析再详尽也不能代替综合的研究和整体的考察。因此，应该把思想政治教育接受的研究最后落脚到机理上来，力求从整体上和运动中来把握思想政治教育接受现象的机能和特性。

思想政治教育接受机理是指思想政治教育接受活动运行过程中各个侧面和层次的整体性的功能及其规律，包括其运行所依据的原理和原则，运行过程的状况即运行中各个部分之间的交互作用以及和其他系统之间的交互作用等等。思想政治教育接受机理的主要内涵包括：第一，它是思想政治教育接受活动各个构成要素的总和；第二，它的功能是各相关因素功能的耦合，其功能的发挥依赖于各构成要素之间的相互衔接、协调运转，依赖于各要素功能的健全；第三，它是一个按一定方式有规律的运行着的动态过程。不言而喻，把思想政治教育接受机理引入思想政治教育学的研究，是为了揭示和再现思想政治教育接受活动复杂、生动的过程。因此，它的立论重点并不在于一般地分析思想政治教育接受系统，而是力图通过对思想政治教育接受系统动态运行过程的考察，来对多因素、多变量思想政治教育接受活动作一种整体的、动态的刻画，从而达到实现思想政治教育最优化控制的目的。

(二)理论架构

思想政治教育接受活动总是表现为各种具体的接受，而每一种具体的接受都有各自的特点。接受机理研究所关注的并不是每一个具体接受领域的特殊性问题，而是涉及思想政治教育接受领域的具有普遍性意义的问题。

比如，思想政治教育接受机理需要研究和回答：什么是接受？

谁在接受？接受什么？是否接受？怎样接受？接受多少？如何提高接受效果？等等。所谓谁在接受？就是接受的主体问题；所谓接受什么？就是接受的客体问题。主体和客体，构成接受的两极。不弄清楚这两极的规定性，就不可能揭示它们之间的关系；不揭示它们之间的关系，就无从深入到接受结构的内部，无从分析接受结构的其他因素及其内部关系，也无从把接受当作一个具有活动和功能的过程与系统加以把握。

就此而言，接受主体究竟有没有接受的能力？如果有，那么这种接受能力包含哪些因素？具有什么样的结构和功能？它们是怎样形成的？是先天固有的，还是后天获得的？就接受客体来说，究竟有没有可接受性？如果有，那么这种可接受性的根据是什么？主体与客体之间有没有由此及彼和由彼到此的桥梁和中介？接受的可能性是如何实现的？

接受机理既然是对接受的研究与分析，它就不只是研究现成的、既定的、发展到成熟阶段的接受结构，也不只是研究那些已经完成了的最后的接受结果，它还应该研究接受的结构是怎样产生和建立起来的。思想政治教育中的接受活动是一个持续不断的动态过程，是不断发生、发展的。

思想政治教育接受又是接受主体和客体之间的一种关系。但这种关系不是一种简单的、直接的二项式结构。在接受主体与客体这两极的关系中，有许多社会地形成的中介，其中包括各种传播媒介、家庭、学校、同辈团体、社会组织等等。它们都是构成主体和客体之间的接受关系的一些必要因素。这些因素有序地、合乎规律地相互联系、相互渗透、相互作用，各自发挥其功能，形成复杂的接受过程。在这个过程中，接受主体和接受客体之间发生实际的相互作用，并在这个基础上，主体以观念的形式反映客体，在自己的头脑中形成关于客体的观念和映象，而客体则反映在主体的头脑中，被观念地改造成为主体观念的内容，从而内化为思想品德意识，并外化为行为习惯，使接受得以实现。

必须特别强调的是，接受过程的结果所产生的是观念的东西，表现为思想、理论、价值观等观念的形态。但是，达到这一结果并不意味着接受的任务最终完成。接受的任务不只是达到了某种接受结果，更重要的还在于把内化为观念的东西转化为外在的行为，接受的效果最终还得通过行为和习惯表现出来。

在当代尤其是知识经济初见端倪之时，由于社会实践和科学技术的迅速发展，接受机理研究所面临的既同传统问题密切联系，又具有全新意义的课题是很多的。众所周知，由于科学技术的迅猛发展，各种技术手段愈来愈广泛地应用于接受领域，人们的接受能力空前提高，人们的组织化程度和社会联系也空前提高和扩大。接受主体的结构及其构成因素和总体素质发生了并继续发生着深刻的变化。与此同时，主体对象性接受的客体，无论在广度还是在深度上发生了和继续发生着巨大的变化。在接受主体和客体之间，构成接受关系的各种形式的中介，愈来愈多样化、复杂化了，接受关系也呈现出崭新面貌。总之，由于社会的迅速发展，使得接受主体和客体，接受形式和接受内容以及接受的发生和发展的问题，都具有了前所未有的丰富内容。

接受在本质上是辩证的，接受机理应该重点研究接受发生发展的辩证规律，综合地考察接受的发生学前提，深入地揭示接受发生发展及其实现的生理——心理机制和社会机制。

研究思想政治教育接受机理，可以从不同的角度、不同的层面展开。既可以从思想政治教育接受系统的层次入手，分析处于不同结构层次的要素及其关联性的变化对思想政治教育接受活动的影响以及形成的运行规律与运行状态。也可以从思想政治教育接受主客体要素间双向建构、双向发展对思想政治教育接受活动的影响及其形式入手。还可以从思想政治教育接受活动发生、发展的逻辑过程与实际过程相统一的角度出发,把思想政治教育接受看作一个整体的动态发展过程,将思想政治教育接受机制分为动力机制、目标机制和保证机制加以研究。但最为恰当的方式是从纵横两方面立体地研究思想政治教育接受机理。一是研究思想政治教育接受系统的横向运行机制,即研究思想政治教育接受发展的每一个具体层面上,思想政治教育接受系统的每一个共时性平面内,各个构成要素的系统结合方式,研究它们之间的相互制约、相互作用和往返流动。二是研究思想政治教育接受系统的纵向运行机制,即研究思想政治教育接受系统由横向的共时性结构向纵向的历时性结构的转化,把接受在时间上的发展序列看作思想政治教育接受系统的一系列的空间状态相互连接和依次转化的过程,分析各种不同层次和等级的思想政治教育接受形式之间的相互作用和辩证转化。上述两种机制并非相互分割的两种不同机制,而是同一思想政治教育接受系统运行机理的两个不同侧面,它们相互联系、相互制约、相互转化,共同规定着思想政治教育接受系统的运行轨迹。

这种研究以承认接受的形成和发展受到思想政治教育接受系统诸要素的制约和影响为前提,研究接受主体和接受客体如何在接受不断变化的矛盾运动中相互作用。从机理角度研究接受标志着对接受研究的视角转换,它既是对以往接受研究成果的继承,同时也体现了对以往接受研究模式的突破和创新。

思想政治教育接受机理研究在理论框架、理论模式上把对接受机理的分析和考察分为两篇,上篇考察接受系统的结构,下篇考察接受活动的过程。接受系统的运行受接受系统内各种矛盾关系、系统结构所制约,而参与接受系统活动行为的各种要素相互制约,互相作用,才使接受系统发生一定的合目的行为的整体活动。

因此，为了通过接受系统的动态演化来揭示思想政治教育接受机理，就不能不对以“接受主体——接受媒介——接受客体”为基本骨架的接受关系系统的横向结构进行分析，接受系统的纵向发展取决于接受系统的横向结构，即接受系统诸要素间的有机关联性及其相互作用方式，接受系统的纵向发展演化不过是接受系统的横向结构在时间上的展开，是由空间向时间的转换。所以不难看出，上篇对接受系统的结构分析是对下篇接受系统活动过程的理论准备和必要基础，揭示了接受系统的结构要素，各要素在结构中的地位、作用以及相互关系，在一定程度上也就揭示了接受的形成规律。下篇对所考察的接受系统的运行是以上篇接受系统的结构在逻辑上的进一步展开和必然结果。相对于接受系统不同的发展和演化阶段，接受系统中每一个子系统和各种要素参与接受系统运行的方式都是不同的。

这部著作在吸收国内外相关研究成果的基础上，突破了以往的理解接受观，辨析了思想政治教育接受活动的概念，较系统地剖析了接受活动的内在矛盾和基本特征。然后，从接受何以可能这一问题着手，分析了接受活动得以进行的接受主体系统的功能性结构，解释了为什么不同的接受者在面对相同的接受对象时会产生迥然相异的接受结果。本书接着考察了形成思想政治教育接受系统的其他要素的结构和功能，揭示了这些要素在接受活动中的地位、作用与相互关系，进而勾勒出思想政治教育接受活动的复杂过程，并从接受的生理机制、心理机制和社会机制三个层面加以展开，提出了思想政治教育接受活动的规律：能动受动律、需要驱动律、多向互动律、内化外化律，最后对思想政治教育接受的效果与优化作了探讨。

(三)研究方法

思想政治教育接受机理研究使用不同层次的三种基本分析方法:

1. 哲学研究法。坚持马克思主义认识论和唯物辩证法分析思想政治教育接受的活动和过程,并广泛吸收系统分析中的现代科学方法,分析接受主体与客体、能动与受动、主观与客观的矛盾运动过程。

2. 社会学研究法。社会学研究法依据社会环境来研究接受系统及其行为过程。它着重二者的相互关系,即研究接受对社会环境(含接受介体、接受环境、接受客体等)的影响以及社会环境对接受的影响。接受的社会学分析分为宏观与微观两个层次:前者探讨接受的社会基础,后者着重于研究接受微观的互动。

3. 心理学分析法。运用这一方法的依据是:人的政治行为和其他行为一样,受制于人的政治心理,是个体的政治心理与外界环境相互作用的结果。因此研究人的接受行为,须研究人的心理,其中包括信仰、态度、情感、动机等,将心理学概念诸如知觉、认识、期待等引入接受机理的研究。

我们的研究在理论上的根本出发点是马克思主义辩证法关于世界本质的思想。关于这个思想恩格斯是这样概括的:"当我们深思熟虑地考察自然界或人类历史或我们自己的精神活动的时候,首先呈现在我们眼前的,是一幅由种种联系和相互作用无穷无尽地交织起来的画面,其中没有任何东西是不动的和不变的,而是一切都在运动、变化、生成和消逝。"① 这就是说世界上的任何事物都是处于相互联系、相互影响、相互作用、相互制约的运动和变化

① 《马克思恩格斯选集》第3卷,人民出版社1995年第2版,第359页。

之中的。而在现实中的任何一种现象所呈现出的状态实际上都是事物相互作用所产生的一定格局。恩格斯接着又说:“但是,这种观点虽然正确地把握了现象的总画面的一般性质,却不足以说明构成这幅总画面的各个细节;而我们要是不知道这些细节,就看不清总画面。为了认识这些细节,我们不得不把它们从自然的或历史的联系中抽出来,从它们的特性、它们的特殊的原因和结果等等方面来分别地加以研究。”① 思想政治教育接受问题就是在这个总的画面之内对各种现象的相互作用进行具体研究的一种尝试。

我们在思考中感觉到,平面结构性剖析无法刻画接受活动各方面关系内在互动的演化轨迹,单纯的时序性描述也不足以提示接受活动内在的逻辑演化。这就要求我们必须采用立体式研究,不仅要侧重于对接受过程的动态分析,而且要深入到接受关系互动的行为分析;不仅要分析接受系统的结构与功能,而且要探讨其发展态势。于是,整合结构功能分析与过程分析便成为本书所做的一种尝试,一种从实际出发的研究途径——实然研究必然要成为我们的选择。这种研究方法要求:

(1)首先要弄清楚所要研究的问题的各方面的现实状况到底是怎样的;

(2)探讨这种现实的状况是怎样造成的,造成这种状况的主要要素有哪些?在造成目前状况的过程中每一种因素的地位和作用如何?这些因素之间是如何相互影响、相互制约、相互作用的?其相互作用的过程是怎样的?

(3)再进一步就是要研究这些因素是怎样产生的,它们产生的各种具体的条件和背景如何?

(4)在实践的进一步发展中,这些因素以及它们之间的关系又

① 《马克思恩格斯选集》第3卷,人民出版社1995年第2版,第359页。

会发生什么变化?人们可以和应该如何影响这些因素的状况以及它们之间相互关系的状况,并通过这种影响来达到人们的某种目的?

(5)在以上分析的基础上进行综合,概括出一些理论上的结论,揭示出一些规律来。①

只有这样,对思想政治教育接受的分析,才能做到横向考察与纵向考察、静态考察与动态考察、共时性考察与历时性考察以及对接受活动的表层结构考察与深层机制考察的有机统一。

① 李景鹏:《论权力分析在政治学研究中的地位》,载《天津社会科学》1996年第3期,第23页。

第一章 思想政治教育接受的本质与特点

接受是研究接受机理的逻辑起点。那么,什么是思想政治教育接受呢? 要弄清这一问题,首先要知道什么是接受,然后再从一般社会接受活动和思想政治教育活动中析离出思想政治教育接受活动,分析思想政治教育接受的概念、特征和类型,探讨这一活动是怎样发生与发展的。

一 思想政治教育接受的概念

(一)接受的概念梳理

接受一词,在汉语字典中通常被解释为接纳、承受。英文中接受一词是 reception,表示认可、吸纳、验收的意思。从字面上看,接受含有主动积极、自觉自愿的意味。作为一个名词,接受表示一种状态和结果;作为一个动词,接受被理解为一种关系和过程。

接受活动是人类社会生活中一种重要的现象,它和人类文明史一样悠久。可以说,没有接受活动,人类的创造性活动就失去了必要条件,人类文明的承继、衍生、发展将失去可能。尽管接受活动的历史是如此的久远，但真正意义上的接受研究仅发生在现代。直到20世纪接受才成为西方人文学者关注的热点问题，“接受”、“接受者”、“受众”、“接受过程”、“接受效果”、“接受史”等与接受相关的术语才频频出现在哲学释义学、认识论、接受美学、传播学等学科的文献之中。当代的接受研究是多向展开的活动，不同的学科、方法以各自得力的方面切入接受这一综合性现象，但并无一个学派或学者从研究的角度给接受下一个一般性的定义。不仅普通工具书上难以见到接受一词的确切含义，就连《中国大百科全书》、《简明不列颠百科全书》及收集社会科学发展新进展的有关专业词典中也难以找到这个词。从笔者目前掌握的资料来看，胡木贵、郑雪辉的《接受学导论》一书较早从研究层次给接受下了定义，他们认为：“接受，是关于思想文化客体及其体认者相互关系的范畴。它标志的是人们对以语言象征符号表征出来的思想文化客体信息的择取、解释、理解和整合，以及运用的认识论关系和实践关系。”①

这一定义从认识论的角度研究接受，明确提出接受是关于思想文化客体及其体认者（主体）相互关系的范畴。在这个概念中，接受由接受主体、接受客体（从语言象征符号表征出来的思想文化客体信息）、接受过程三部分组成。“接受中的主客体关系是认识关系和实践关系。”这一概念具有开创性的贡献，同时也存在严重的缺陷。第一，对接受活动的本质认识不完全。理解与运用是两种不同类型的接受活动，上述定义将理解活动看作是最重要的接受活动。而且只涉及理解活动，不涉及运用活动，这种接受理论其实只是关于理解活动的理论，属于理解接受观。接受包括内化与

① 胡木贵、郑雪辉：《接受学导论》，辽宁教育出版社1989年第1版，第1页。

外化两个阶段,内化是接受主体对客体信息的择取、解释、理解和整合过程,外化则是接受主体在此基础之上的行为选择与表现过程,这两个过程并非互相分割的两个过程,而是同一接受过程的不同侧面,二者相互联系、相互转化、相互制约。因此完整的接受观应将理解与运用统一起来。第二,对接受客体的界定较狭窄。在上述定义中,接受客体仅限于思想文化,而且是"以语言象征符号表征出来的思想文化",范围太小,这是很不恰当的。第三,这一概念偏重于从主客体关系范畴上研究接受问题,注重对关系范畴作静态分析,忽视了对关系范畴的动态分析。而接受作为动态的关系系统和静态的关系系统,是内在地统一的。静态的关系系统是动态的关系系统运动和发展的结果,动态的关系系统的运动和发展则是静态的关系系统形成和建构的过程。

从系统、动态的角度看,接受作为人类的一种活动过程,它是一个由多重结构要素构成的复杂的开放系统。接受系统由接受主体、接受客体、接受中介、接受环境、接受过程这五大要素构成。接受过程是接受主体和接受客体双向建构、双向发展的过程,既是一个内化整合过程、又是一个外化践行的过程。所谓接受是指接受主体出于某种需要对接受客体的反映、择取、理解、解释、整合、内化以及外化践行的过程。

(二)思想政治教育接受的含义

思想政治教育接受作为特殊的接受活动,它与一般的接受活动有着联系和区别,作为具体的思想政治教育领域的现象,它与其他思想政治教育现象之间也存在着既相互联系又相互区别的关系。

《思想教育接受学》一书从学科角度对思想政治教育接受活动作出了如下界定,认为:所谓接受是指主体(即受教育者)在外界环境影响下,尤其是在教育的控制下,选择和摄取思想教育信息的一种能动活动。[①] 这一概念强调,“人的思想政治品德是在社会环境影响、教育控制和个人主观能动性三者相互作用的过程中逐步形成和发展起来的,”[②] 接受的主体是受教育者,接受的客体是思想教育信息,教育是接受的一种中介,外界环境对接受也具有影响,思想教育接受活动是接受主体与环境、教育、思想教育信息之间的能动活动,这种活动是选择、摄取思想教育信息形成思想品德的内化过程。

这一定义具有首创性,然而,在我们看来,还不完整。首先,对思想政治教育接受活动的本质认识不完整。上述定义将接受活动仅仅局限于“选择和摄取思想教育信息”,这种接受理论其实只是关于理解活动的理论,即把接受活动等同于理解、内化、学习,其本质仍然是理解接受观。它只对接受活动中的内化过程加以关注,而对接受的外化过程,即接受的结果不仅仅是思想意识还包括外在的行为践履注意不够。接受活动应该包括内化和外化两个阶段,内化是接受主体对客体信息的择取、解释、理解和整合过程,外化则是接受主体在此基础之上的行为选择与表现过程,这两个过程并非相互分割的两个过程,而是同一接受过程的不同侧面,二者相互联系、相互制约、相互转化。内化是接受的基础,外化是接受行为的表现。因此,思想政治教育接受的完整过程应将内化和外化统一起来。其次,对接受客体的规定较狭窄,接受客体应是信息客体,更广泛一些,尤其是随着现代信息技术的飞速发展,接受客体突破了时空的限制,形形色色的信息、文化和思想观念大量充斥、相互交织,接受成了一个开放的过程,接受客体包括了各种各

①② 邱柏生主编:《思想教育接受学》,山西人民出版社 1992 年第 1 版,第 3 页。

样思想教育信息,影响来源十分复杂。

因此,我们认为:思想政治教育接受特指发生在思想政治教育领域内的接受活动,它反映了思想政治教育接受主体与思想政治教育接受客体之间的相互关系,是接受主体出于自身需要,在环境的作用影响下通过某些中介对接受客体进行反映、选择、整合、内化、外化、行为多环节构成的、连续的、完整的活动过程。接受的结果是形成人的内化的精神和外化的行为。

人的思想品德是以精神形态和行为形态相统一的社会存在,是社会的产物。它不仅受到社会物质生活条件的制约,而且还受到社会精神生活因素的影响。这种影响作用是错综复杂的,既有正面的,也有负面的;既有积极的,也有消极的;既有自觉的,也有盲目的。各种社会因素共同作用,规定了人们思想的一般发展方向和发展水平。

正如马克思主义经典作家所指出的,"世界体系的每一个思想映象,总是在客观上受到历史状况的限制,在主观上受到得出该思想映象的人的肉体和精神状况的限制。"人的思想尽管是对社会存在的反映,但这种反映不是消极被动的,始终体现了主体自身的选择和主体的主观能动性,还包括主体心理、生理因素的影响。因此,接受这种主观受之于客观的反应是因人而异的,它要受到个人的接受能力、接受图式与当时情境等因素相互作用的影响。由于这种作用与影响,人们对同一内容的接受客体也会产生不同的态度、认识,从而出现不同的接受效果。

为了进一步理解思想政治教育接受的内涵,我们还有必要辨析它与认识活动、与思想政治教育活动之间的关系。

第一,思想政治教育接受活动与认识活动的联系与区别。思想政治教育接受活动和认识活动的区别表现在:首先,二者反映的对象是不同的。认识是以客体的本质和规律为对象;接受则以思想政治教育接受客体为对象,这种反映的客体具有价值倾向,是带有人的主观意图的对象。所谓认识,是对客体本身的某一方面的本质和规律的认识。从可能性来看,整个世界(包括人自身的自然属性和社会属性),自然客体、社会客体和人自身这一客体无不在认识的范围之内。但从现实性而言,进入认识领域的客体,永远只是物质世界的一定深度和广度。接受则不同了。接受的对象比认识的对象小得多,它不是客体自身的本质和规律而是反映客体与主体需要的关系,是反映、接受包含有价值判断、价值方向、价值标准、价值选择的对象。其次,两者的目的不同,由此决定了两者活动的重心不同。认识就其终极目的来说,是对客体及其关系是什么、怎么样,其现象、本质、规律的探索,着力的是客体的本来面貌,而不是它对人们意味着什么。认识的活动重心是求真。而接受则与之不同,接受并不以把握真理为目的,从活动的目的来看,接受是将客体信息及要求内化为接受主体的内在要求,并外化为相应的行为,它的核心是价值。再次,两者的反映方式不同。认识是人的主观认识同客观实际的一致,它表明主体对客体的反映关系,具有较大的客观性、社会性,说认识是客观的,就是说,在人的表象中有不依赖于主体、不依赖于人、不依赖于人类的内容。因此,要使认识如实反映客体的本质和规律,成为客观真理,就要在认识中尽量排除以主体为转移的东西,包括人的利益和需要。而接受是依主体,依主体的需要为转移的,故具有更大的主观性、个体性。因此,人们的思想政治教育接受活动的一个重要特征是方向性,接受者追求什么、避免什么暗含着某种价值倾向,接受活动中的冲突往往是价值观念的冲突,是价值方向、价值标准、价值解释的冲突。接受的客观性仅仅在于它不能随心所欲,不能以主体的意志为转移。在认识活动中,对事物本质的回答只有一个答案,而在接受活动中对事物有没有价值及有什么样的价值的回答却有多种答案。

同时,认识与接受有着密切的关系,首先,认识是接受的基础和前提,正确的接受只能在认识的基础上才能作出,接受与认识没有一个截然的时间的先后,它们几乎是同步进行的,尤其在意识活动中,二者是难以绝对分开的。其次,认识与接受之所以有这样密切的联系,是因为二者反映的对象都是客观存在的,而这客观存在着的对象又有着内在的统一性。另外,接受与认识的基础,都是社会实践。

第二,思想政治教育接受与思想政治教育的区别与联系。思想政治教育是社会或社会群体用一定的思想观念、政治观点、道德规范,对其成员施加有目的、有计划、有组织的影响,使他们形成符合一定社会或一定阶级所需要的思想品德的社会实践活动。思想政治教育接受是接受主体出于需要,在环境的作用和影响下通过某些中介对接受客体——信息进行反映、选择、整合、内化、外化、践行多环节构成的、连续的、完整的活动过程。两者的区别首先体现在两者的主体不同,因此指向性也就不同。思想政治教育的主体是教育者,思想政治教育接受的主体是接受者,前者具有单向性的特征,后者具有多向性的特点。其次,两者活动的目的和重心不同。思想政治教育的目的是利用一切教育手段对受教育者施加影响,因此活动的重心在教育,侧重点在研究思想政治教育的规律,尽管思想政治教育学要研究人的思想形成发展规律与教育的规律。接受则与此不同,其目的是使外在的要求转化为接受主体内在的思想品德要求并外化为行为。因此,接受活动的中心在接受上,着重研究接受主体如何接受。

思想政治教育接受活动与思想政治教育有着密切联系,从思想政治教育接受过程来看,思想政治教育本身是接受过程的一个组成部分,从思想政治教育过程来看,思想政治教育接受也是这一过程的一个组成部分,只是二者分别从不同的角度观察而已。

二 思想政治教育接受的基本特征

(一)思想政治教育接受活动的内在矛盾

思想政治教育接受活动是通过接受主体与社会的互动而实现的。为了更清晰地理解思想政治教育接受的基本特征,我们有必要先对思想政治教育接受活动的内在矛盾展开分析。

第一,思想政治教育接受活动是思想政治教育接受系统各要素相互作用产生的矛盾运动的过程。如前所述,接受主体、接受客体、接受中介、接受环境、接受活动是构成思想政治教育接受系统的几个基本要素。但是,思想政治教育接受活动绝不是这几个要素的简单相加,而是这些要素相互联系、相互制约、相互作用,充满矛盾的动态过程。

第二,思想政治教育接受主体与外部环境的矛盾。思想政治教育接受过程在社会环境这个大背景下进行,不能脱离社会影响而孤立存在。接受主体无时无地不受到来自外界环境(包括接受客体、接受中介)的广泛影响。这些外界影响的目的性、性质、可控性、广泛性等方面是有区别的,其中有积极的,也有消极的;有向社会的,也有反社会的;有正式的,也有非正式的;有物质的,也有精神的;有显性的,也有隐性的等等,不一而足,相互冲突相互对立的情况时有出现。这些影响都可能通过各种形式、各种渠道,对接受过程发生影响和作用。这种作用既有积极的,也有消极的,甚至有时消极影响还很大。正确认识到这一点,才能科学地辩证地处理思想政治教育接受过程与外部环境的关系。思想政治教育接受必须与一定的社会经济基础和社会政治体制相适应,与社会意识形态对人们在思想体系、政治观念、道德准则及规范方面的要求相适应,也就是说,思想政治教育接受必须顺应社会发展的需要。

第三,思想政治教育接受主体自身的矛盾。接受主体思想品德的内化与外化是在接受主体与客体、内因(内部矛盾)与外因(外部矛盾)相互作用下实现的。人的思想品德的形成与行为都是环境与影响的结果,内部的思想矛盾是外部客观世界矛盾的反映。"外因是变化的条件,内因是变化的根据,外因通过内因而起作用。"① 思想品德作为个体现象,其发展是通过自我意识内部矛盾、通过个体思想品德内部矛盾运动进行的。接受主体的这种主体内部矛盾实质上是外部矛盾的反映。外部矛盾包括思想政治教育接受活动与外部要求的矛盾以及思想政治教育接受活动中的矛盾。由于接受主体的内部矛盾状态不同,个体主观心理世界不同,原有的思想品德结构不同,在对待外部环境和影响时,以自己的方式作出反应。无论接受主体内部思想品德结构如何,外部环境与影响反映到内心世界总要与原有思想品德结构形成矛盾,接受主体就可能作出反应进行加工,既有转化,也有同化,还有拒斥等。这一矛盾从接受主体角度来分析,主要表现为三个层次的矛盾:一是在接受主体思想品德心理要素上,有要素之间发展不平衡和心理发展水平高低之间的矛盾。二是表现为接受主体知与不知、少知与多知、片面与全面的矛盾。三是表现为接受主体知与行的矛盾,即接受主体思想品德认识与思想品德行为的矛盾与矛盾运动。

(二)思想政治教育接受活动的特征

以上三种基本矛盾决定了思想政治教育接受活动的重要特征,也决定了其每一特征都具有两重性。

---

① 《毛泽东选集》第1卷,人民出版社1991年第2版,第302页。

1. 思想政治教育接受是个性化与社会化的统一

生活在同一社会共同体中的社会个体，总是要在一定的社会历史条件下，在具体的社会关系内部进行思想政治教育接受活动的。这意味着个体被要求接受和遵循共同的政治教化和政治价值观念，人们面对共同的思想政治教育，受到相同的政治规范的约束，在同一政治制度框架下进行活动，因而能够形成大致相似的思想品德、价值观念和行为方式。因而不同个体的接受活动表现出某种程度的一致性。另一方面，作为接受主体的个人，由于在社会——心理——生理方面的差异又导致在社会化的基础上产生个体差异。由于个人的社会地位不同，人的生理、心理因素及所处的发展阶段不同，个体的生活目标和价值取向不同，个体思想品德结构相异，个体的接受图式及其激活状态不同等等，势必使思想政治教育接受活动具有个性化的特征。思想政治教育接受活动的社会化与个性化互为条件，个性化是社会化的基础，社会化通过个性化得以体现，社会化是个性化的前提，并在个性化的基础上不断发展。

2. 思想政治教育接受是能动性与受动性的统一

社会是人类个体的有机组合，个体只有在社会中才能生存和发展。因此，思想政治教育接受活动既是个人的活动，又是社会的产物，个人的主观能动性与社会的制约因素是相互作用的。所谓能动性，是接受主体把接受当作自身生存和发展所必须进行的一种活动，根据需要、目标和自我取向，主动地认识、选择、整合外界信息，以实现自己的目的；同时接受行为又影响了外界的环境。这种能动性一般包括自发和自觉两类。自发行为是能动性的低级表现；自觉行为是能动性的充分显示。人的需要是接受过程中能动性的客观依据和内在动力，个人就是在需要的驱使下，在逐步形成和发展的意识指导下，不断由自发转向自觉，能动地进行接受活动的。同时，接受具有制约性，接受主体的活动并非均出于自愿自主,许多是在“他律”的情况下进行的。这种受动性,是个广泛的概念,既包括法律的强制,又包括道德的规范,同时还包括社会历史条件、风俗习惯、生活规则、社会舆论、人际关系等方面的制约和影响,它几乎是个人接受过程中一切“他律”的总和。能动性与受动性是互相交错、互相渗透、互相补充的,它们之间有着内在的联系。受动性制约着能动性,规定着能动性的展开。而法律、道德、传统习俗等等,只有通过内化即被个人认识、选择、接受并转化为行动之后才能发挥作用。尽管这种接受有时可能是把它当作“理所当然的东西”来理解,有的则可能把它当作“无可奈何的东西”来承认,但不管接受的形式是什么,都证明受动性是要靠接受这种受动的能动性来支持的,离开了一定程度的接受,受动性无法具有效力。从二者的特点来看,一般而言,能动性由于以人的需要为依据和动力,具有长久性、稳固性的特点,但也容易产生随意性。而受动性是一种外在的力量,未被接受前很难持久,又由于受动性具有定向和规范作用,因此能动性和受动性两者只有互相结合,互相补充,才能有效推动接受的进行。二者地位又非不变的,在接受的不同阶段,两者有主有次并且会发生变化。

3. 思想政治教育接受是内化和外化的统一

接受是在内化和外化的过程中持续不断地进行的。内化是外界的信息经由接受主体各种认识手段和一系列心理机制的加工作用,整合进入其心理结构,成为稳定的思想品德要素,并不断充实和形成个体的思想品德意识。外化是接受主体的上述特质的现实化过程。外化表现为接受主体的具体的思想品德行为。因此,内化是外化的基础。内化是接受主体客体性的表现,不经过内化,个体不可能接受。但内化并不意味着接受的完成,外化是接受的实现方式。只有在外化过程中,接受主体才能体现其在接受活动中的主体性。

4. 思想政治教育接受是持续性和反复性的统一

思想政治教育接受是持续不断的渐进过程。接受活动贯穿接受主体的一生，接受主体不断形成和改变其思想品德结构。思想品德的形成是从接受主体的认知开始的，而人的认知过程是渐次展开、不断深化的，从量的积累到质的变化而不断上升，因而思想品德也是逐步形成和改变的。毛泽东同志曾强调指出："一个正确的认识，往往需要经过由物质到精神，由精神到物质，即由实践到认识，由认识到实践这样多次的反复，才能够完成。"[①] 由于接受主体的生活、心理、智力发展阶段性与其生活空间、社会环境的性质、范围的不断改变，连续不断的接受过程又会呈现出阶段性发展的特征。思想政治教育接受活动是个人与社会的互动，是接受主体对外界客体信息刺激的反应和内在化。人对外界刺激的反应能力受到其人格成熟程度的影响，并呈现阶段性发展，这种发展又具有连续性。由于社会环境、生活环境的变化，更增加了接受的复杂程度和难度。这个过程不可避免地会出现各种曲折和思想的反复，造成了个人在思想政治品德形成过程中的反复性和曲折性，导致思想与行为表现时好时坏。

三　思想政治教育接受的分类

（一）思想政治教育接受的多样性

由于思想政治教育接受活动的复杂性，因此接受的类型也呈现出多样性。对各种各样的接受方式加以科学分类，有助于认识不同接受方式的普遍性和各自的特殊性。由于接受的属性、特点、

① 《毛泽东著作选读》下册，人民出版社1986年第1版，第840页。

地位、运动形式的多样性，也由于研究目的不同，侧重点不同，人们可以从多个方面、多种角度，以不同的标准进行划分工作。

具体的接受活动是举不胜举、无法穷尽的。有的学者把接受划分为三类：从接受主体的能动性来划分，可分为主动接受和被动接受；从接受主体的角度来划分，可以分为社会接受和个人接受；从接受的方式来看，可以分为理解性接受与熏陶性接受。①

从上面列出的有关接受类型的划分中，我们可以看出：第一，从不同角度进行的分类都具有一定的合理性，体现了接受的某一方面的类型特点和现象区别，因而对揭示接受的复杂性和多样性都有一定的意义。第二，依据不同标准划分的接受类型，既有一定的重合性，又有各自的独特性，更多的体现为多元互补，相得益彰的关系。从而为我们系统划分接受类型提供了有益的材料。

（二）思想政治教育接受的类型

当我们把接受对象方面的差异加以舍弃，突出不同接受主体进行的接受的各种特点和特殊规定性时，可以从接受主体角度划分为个人接受和社会接受两种接受。个人接受是由个人主体进行的接受；社会接受是由社会主体所进行的接受。当我们从接受客体角度划分时，接受又会有不同的类型。

对接受进行科学的划分，不仅应着眼于各种接受的现象特点，更应着眼于接受活动的总体结构和总体特征，这样才能找出不同的现象特点的共同根据，把它们当成一定本质的外在不同表现，从而将它们相互隶属起来并得到合理的解释。

---

① 邱柏生主编：《思想教育接受学》，山西人民出版社 1992 年第 1 版，第 24～30 页。

1. 从接受结果和接受程度划分

当我们从总体特征的角度来分析接受的类型时应该引入量化研究。我们知道,进行量化研究的前提是事物之间的差异。如果一种事物是变化的,我们可以根据其变化的程度和幅度,找出其变化的量的差异。量化所涉及的量既有模糊量,也有清晰量。可以量化并不等于容易量化,接受活动的复杂性往往为量化带来很大的困难。

我们姑且从接受的向度、速度、深度、广度、程度等来综合划分接受的类型,这种方法反映了接受系统综合作用的结果。从这一标准出发,我们根据接受活动的结果和程度可以将接受分为三种类型:

第一种类型:完全排斥客体信息的接受活动,具体表现为“口不服心不服”。

第二种类型:部分接受信息的接收活动,具体表现为两种形式,一是“口服心不服”,这多为一种被动的接受,往往迫于外界环境的压力和影响。二是“心服口不服”,这也是一种被动地接受,尽管接受主体能够接受,但在感情上仍无法完全释怀。

第三种类型:完全接受客体信息的接受活动,具体表现为“口服心服”,知行上表现为一致型。

这三种类型充分体现了思想政治教育接受活动在接受向度、速度、深度、广度、程度上的差异。

2. 从接受过程模式划分

此外,从接受过程模式(即接受者是怎样在被驱动的情况下最后做出决定接受观念、行为的)来看,可分为四种:(1)“学习——感觉——做”模式,(2)“做——感觉——学习”模式,(3)“学习——

做——感觉”模式，(4)“多路径”模式。[①]

(1)“学习——感觉——做”

在这个行为序列中，接受者只有先学习认识了社会产品(某种观点和行为)，对其形成一种态度之后，接受情况才会发生。这种“学习模式”因为能影响接受者的行为，所以受到最广泛的使用和研究。

(2)“做——感觉——学习”

在这个过程中，接受者的做法与普通的学习顺序相反。首先，他们在尝试的基础上接受观念和习惯；接着，他们经过尝试性接受且习惯后改变了态度；然后，他们改变态度转向更好地学习，完成最后一个步骤。

(3)“学习——做——感觉”

在这一过程中，接受者选择观念或行为时只依据他们对该观念或行为的熟悉程度，这种熟悉通常来自于媒体频繁的传播。在此之后，如果按其行事的经历是令人满意的，他们就会改变态度。

(4)多路径过程

多路径接受模式综合了其他几种接受模式。它导致了信仰或认识(“学习”结果)、情感(“感觉”结果)和意志(“做”的结果)之间重要的概念性区别。

当接受者不能够确定某个理想的特性和要接受的社会产品之间的关系，并觉得该信息的可接受程度处于低水平时，会形成一种较低等级的信仰。而接受者形成一种较高等级的信仰，是在他直接通过尝试接受，或间接通过某个替代经历体验接受目标之时。由于这种体验是直接通过感觉处理的，能提供可接受程度更高的

① 菲利普·科特勒·埃迪尤阿多·罗伯托：《营销大未来：变革公共行为的方略》，华夏出版社 1999 年第 1 版，第 95～101 页。

信息,因而能形成更为巩固的信仰基础。

四　思想政治教育接受活动的发生和发展

(一)思想政治教育接受活动的生物学前提

在考察人的接受活动的历史发展时,首先应该追溯其生物学前提,即生物进化为人类的接受活动所进行的各种准备。人的机体组织、神经系统、心理和感知器官等,都是以亿万年的生物进化为基础的。在生物进化和存在的过程中,任何生物机体对环境的反应都伴随着合于生物需要的信息加工和反馈,包含了对环境因素和自身活动方式的选择。生物机体应对环境的主要工具是其感受性。"感受性是动物在心理水平上的反映能力的表征,其功能性的物质基础,是动物身上产生和发展了的神经系统。"[①] "由于神经系统的发展和神经细胞的分工与专门化,动物的视觉、听觉、嗅觉、触觉、本体感觉(如痛觉、运动觉和饥渴等)感官及其效应器官,也相应地发展起来了。"[②] 神经系统及相关的感觉器官的发展,大大提高了动物应对环境的能力,扩大了可接受信息的范围和选择的范围。在一些高等动物那里,不仅出现了知觉能力,而且有了悟性活动。"在高等动物脑中,由于有知觉映象和表象的交互作用,交互映现,就使动物有可能获得较多的个体经验,提高个体积累经验和学习的能力。"[③] 而"感觉映象的形成,标志着在动物身上由

① 夏甄陶主编:《认识发生论》,人民出版社 1991 年第 1 版,第 105 页。
② 夏甄陶主编:《认识发生论》,人民出版社 1991 年第 1 版,第 106 页。
③ 夏甄陶主编:《认识发生论》,人民出版社 1991 年第 1 版,第 116 页。

外部刺激引起的内部反映，与外部的回答性反应发生了分化而获得了独立的反映形态。……只有基于感受性的反映所发生的这种分化，才能从其内部形态的变化中产生出动物的心理活动，即产生出感觉、知觉、表象和情感情绪，以至产生出思维活动的萌芽。”①人的意识固然与动物的心理活动有质的区别，但它却是以动物心理的存在和发展为基础，是从这种心理活动中发展出来的。

(二)思想政治教育接受活动的产生与发展

接受活动是有意识的人的特有活动。动物的感受性水平的反映为人的意识的产生提供了生物学前提。人与动物的根本区别在于劳动。马克思说：“可以根据意识、宗教或随便别的什么来区别人和动物。一当人本身开始**生产**自己的生活资料的时候，这一步是由他们的肉体组织所决定的，就开始把自己和动物区别开来。”②

劳动是一种社会性的活动，在社会性的劳动过程中，人类产生了语言，衍生了各种社会关系，形成了一定的社会规则，这些规则和习俗以及生活经验要传递下去就必须通过一代代人的口传心授，接受活动便在劳动实践中产生了。接受活动的历史与人类的历史同样久远。

接受活动的历史发展，既取决于也表现为它的内容的丰富深化和水平的提高，同样也表现为它的不同形态之间的从低到高的过渡。进入阶级社会以后，接受活动也有了阶级性，从中产生了思

① 夏甄陶主编：《认识发生论》，人民出版社 1991 年第 1 版，，第 109 页。
② 《马克思恩格斯选集》第 1 卷，人民出版社 1995 年第 2 版，第 67 页。

想政治教育接受活动，经历了不同的社会形态和表现方式，不管在各种阶级社会里把它称为什么，它都是客观存在的事实。

根据接受媒介产生和发展的演变过程，我们可以把迄今为止的人类思想政治教育接受活动划分为这样几个发展阶段：(1)口语接受时代；(2)文字接受时代；(3)电子接受时代。这一历史进程并非各个阶段相互取代的过程，而是一个依次叠加重合的过程，是接受活动不断丰富、不断趋于复杂化的过程。

1. 口语接受时代

语言是在人类劳动和社会协作活动中产生的，经历了一个长期的发展过程。最初，口语仅仅是一种将周围事物和环境联系起来的符号，后来，人类在实践中逐渐提高了它的抽象能力，使之成为一种能够表达复杂含义的音声符号系统，同时口语大大促进了人类思维能力的发达。口语的产生促进了人类接受的发展过程，甚至在今天，口语依然是人类最基本、最常用的交流手段，口语传播可伴随表情、眼神、动作等方式来传达接受信息，具有反应及时，互动性强的特点。但是，作为音声符号的口语也有局限性，因为：(1)口语是通过人体的发声功能传递信息，由于人的生理极限的限制，口语只能在很近的范围内传递和交流。(2)口语使用的音声符号具有即时性，转瞬即逝，口语信息的接受、保存、积累只能依赖于人脑的记忆，只能依靠口传心授进行。因此，口语受时间和空间的巨大限制，只适合于较小规模的近距离社会群体内的信息传播与接受。

2. 文字接受时代

文字是人类接受史上的第二座里程碑，它的产生标志着人类进入一个更高的文明发展阶段。文字的发明对接受具有重大意义：

(1)文字能够把信息长久保存下来，克服了口语转瞬即逝的缺陷，使人类的知识、经验的积累，储存不再单纯依靠人脑的记忆，而有了确切可靠的资料和文献依据。

(2)文字能够把信息传递到很远的地方，突破了口语传受的距离限制，扩展了人类交流和活动的空间。

可以说，文字的产生使人类的接受活动包括思想政治教育接受活动在空间和时间两个领域都发生了重大变革。但是由于教育普及程度较低，早期文字传播与接受成了有权人、有钱人的特权，后来随着人们读写能力的普及，印刷技术的发展，文字接受时代才真正到来。这使得文字信息大量生产、大量复制、大量传播、广泛接受。

3. 电子接受时代

电子传播的最大贡献在于实现了信息的远距离快速传播，使思想政治教育接受活动彻底摆脱了时空的限制。

在这之前，信息的传递、接受与物资的流通、人的流动是等速度的，都是通过交通工具、人员往来进行，电子通信工具的发明使得高山大海的阻隔不再成为人类沟通信息的严重障碍。

(1)电子媒介为人类的接受活动带来了巨大的变革，人类的接受活动在技术上完全突破了时间、空间、速度上的限制，使信息的传播与接受成为实时性的现实。

(2)电子媒介形成了人类体化外的声音信息系统和影像信息系统，对声音和影像具备复制性和记录性，使人类接受活动更加丰富，感觉更为直观，使人类接受活动的效率和质量产生了新的飞跃。尤其是电子媒介的普及以接近于实时的传播速度和强烈的现实感、目击感把遥远的世界拉得很近，人与人之间的感觉距离大大缩小，甚至整个世界成了一个新的“地球村”。

另一方面，从个体角度看，接受和人的认识与思维发展水平有着直接的相关性。幼儿时期的思想政治教育接受活动是直观性的，因为幼儿的思维发展水平很低，表现在接受活动中有三个特点：一是接受与否以自己的感觉为限。幼儿表现出强烈的自我中心倾向，且无法将事物的属性与其对自己的作用效用区分开来，并且对外在的权威有极强的信赖感和接受感。接受形式极其简单、直接。二是幼儿的接受对象都是与自己生活直接相关的对象，因为只有这些东西才能引起他们的兴趣和注意，对这些客体的接受主要以对它们的直观印象和简单经验、外部表现与具体的效应为依据。总而言之，幼儿的接受活动受其情绪和兴趣影响极大。此后，随着接受个体的成长和认识能力的提高，其接受活动进入到经验和理智阶段。这一阶段大致是少年后期和青年前期，有的人一直延续到青年后期。这一阶段是世界观和价值观确立和巩固时期，大量的外在规范和价值观念被接受者内化。这一阶段虽处于感性阶段，但已渗入相当的理性成分，少年时期的逆反心理和独立倾向即是明证，他们不再盲从权威，而想用自己初步确立的尺度来接受外界事物。但这一尺度以自己的经验和初步内化的间接经验为依据，较片面。到了青年时期，思维能力更加提高，个体的接受进入到理智化阶段，但仍对各种关系缺乏透彻的理解，容易从应然的角度看待和接受事物，情绪的波动也较大。而到了理性阶段，整个接受活动中的不同环节不同侧面的内在差异被综合地运用起来，人的接受达到了高度自觉的阶段。接受主体不仅把自己的某种需要、某一价值观念当作接受的尺度与标准，而且对这种需要与整个社会需要体系、这种价值观念与整个价值观念体系的关系进行反思和评价，以确立更合理的接受标准和尺度。然而从个体主体的接受活动的现实实现而言，人的接受水平千差万别，这一阶段并非人人都能达到。

第二章 接受何以可能——思想政治教育接受主体系统的结构与功能

当我们面对思想政治教育接受这一问题时，首先要问：接受何以可能？

作为思想政治教育接受主体，必须选择接受客体，选择接受的标准，判断接受客体的价值，这种选择和判断是接受活动的前提。而这一活动的完成依赖于接受主体在本次接受活动之前所具有的接受能力。思想政治教育接受主体系统是接受活动系统运行的能动施控者，作为接受功能系统它包括接受动力系统、接受图式系统与接受调控系统，这些不同层次的子系统动态地结合成为一个系统整体，成为人的现实的“接受器官”，接受的实现要通过接受主体的活动来完成，同时接受主体又须根据接受系统的运行规律不断调整接受图式，控制它与接受客体之间的复杂的相互关系。分析接受关系系统的结构与功能时，应首先注意思想政治教育接受主体系统的结构与功能。

一 能动的思想政治教育接受主体

思想政治教育接受主体这一范畴是从哲学中引入的，它反映了一定的人或人群在思想政治教育接受关系中的特殊地位与作用。

"主体"一词最早在哲学中出现,是反映人与外界关系的范畴。随着人的出现,就出现了人类活动,也就产生了人类与外界的关系,从而形成了主体与客体的关系。在主体与客体关系中,主体代表了能动的方面,即进行着有意识、有目的活动的人;客体则代表了在过程中处于消极、被动地位的方面,即无意识的自然界。

在社会生活中,人们也引入了主体和客体的范畴,来描述人与人之间(包括人群之间)的相互关系。其中在某种社会过程中处于主动地位的人或人群是主体,反之,则是客体,这是原来意义上的主客体关系在人际关系中的延伸。而思想政治教育接受主体与思想政治教育接受客体又是在它们基础之上的再延伸。这种再延伸十分必要,不这样做就不能清楚地描述接受主体在接受活动中的地位和作用,也就无法正确了解思想政治教育接受过程及其机制。

思想政治教育接受主体和接受客体相对而存在,它们之间的界限既确定又不确定,只有在一定的思想政治教育接受关系中才能区分清楚,即取决于由这种关系决定的思想政治教育接受行为的性质和方向。

思想政治教育接受主体最突出的特征是具有主观能动性。

(一)表现之一:对接受客体和环境的感受能动

这种能动性首先表现为接受主体对接受客体和环境的感受能动。思想政治教育接受环境与客体既不同于自然环境,也不同于一般性社会环境。它由复杂的思想政治教育接受关系所组成。对于思想政治教育接受环境与主体的感受,不能仅靠人们的感官和自然生理基础来实现,还需要一种特殊的能力,即由于历经长时间的思想政治教育,形成了对思想政治教育接受环境、接受客体信息及其变化的特殊感受能力,我们这里称之为思想政治教育接受的感受力。这种感受力以一定的社会政治经验为基础,是接受主体接受能力的反映。一般而言,人们的社会政治经验越丰富,其感受能力越强。这种感受能力对思想政治教育接受的实现程度是有影响的。因此,人们可以通过对于思想政治教育接受关系及其变动状况控制来影响某些特定思想政治教育接受主体的实际感受,人为地增强这种感受或减弱它,增强其中的某一方面或者减弱某一方面。这是个复杂的心理控制过程。

(二)表现之二:对接受客体具有判断选择能力

接受主体能动性的第二层表现是接受主体的判断选择意识。这种意识同主体的感受能力相比,处于主观能动性的更高层次,已经由纯粹自发的领域进入自觉的领域。人们的判断选择意识在很大程度上受其自身既成观念及有关方面社会存在状况的影响。感受外界接受客体信息之后,接受主体运用一定的思维方式和思维方法,根据主观或者客观的接受标准,对感受到的信息进行判断,确定对接受对象的取舍态度。判断选择意识通常包含三个层面:一是接受标准的选择,接受主体根据感受到的信息客体按对应的原则作为判断、筛选接受客体的接受尺度和标准;二是判断、对比、筛选方式的选择;三是对接受客体信息的选择。经过判断选择,一些内容被进入内化和整合阶段。

(三)表现之三:对接受客体进行整合内化

能动性的第三层表现是主体内部的整合内化。整合是接受主体通过大脑变换神经元的分子分布,对经过感受与选择之后进入接受场的外界信息进行加工,使之与原来的思想政治品德结构发生对接的建构过程。当感受到的外来信息与原有思想政治品德中的观念体系具有相容性时，二者发生契合，接受主体把信息客体纳入原来的观念体系，引起原有思想政治品德结构发生量的变动。当两者出现矛盾时，接受主体会发生两种情况，一是对新的客体信息加以排斥，强化了原有的思想政治品德结构；另一种则是改变或重新组织原有思想政治品德结构，使其顺应信息客体的性质和要求。整合从本质上讲是建构与重构的内在统一。内化则是思想品德结构建构与重构的积淀过程。接受主体经过反复多次的实践，形成指导接受主体行为并相对稳定的主体的品德意识。内化的最终结果必须使能动的接受主体意识转化为自觉的外在行为，否则，接受过程不能算真正完成。

（四）表现之四：接受主体具有意志

能动性的第四层表现是接受主体的意志。上述能动性的表现对于现实的思想政治教育接受过程来说还是一种潜在的东西，要想从潜在的东西变成为现实的东西，要进一步发挥接受主体的能动性，将上述三个层次上升到接受主体的接受意志。意志是接受主体的一种有目的的政治要求以及实现这种要求的决心，它体现了接受主体对外界环境的积极干预态度。在接受过程中，当人们对于自身所处的思想政治教育关系有了强烈的感受和对其中的利害关系作了必要的思考和判断之后，便会产生相应的要求，并在内心中产生一种实现这些要求的持续性的冲动，即决心。人们的意志在能动性中占有极其重要的地位，它是思想政治教育接受的结果——行为的直接动力，极大地影响着接受进程发展。意志对于思想政治教育接受进程影响力的大小取决于其集中的程度。

（五）表现之五：接受行为的发生

接受主体能动性的第五层表现即是接受行为的发生。上述意志形成之后，便会在一定条件下付诸行动，从而产生了接受行为。接受行为往往具有滞后性，它并非经过整合内化之后马上表现出来，它的发生往往要具备一定的条件、时机。接受行为是接受主体能动性的集中表现，是接受主体能动性的最高表现。上述能动性的几个层次的表现，只有当它们和接受行为联系起来并成为接受行为的酝酿和准备时，才真正具有意义。接受行为过程需要不断的动力能量，意志是这种能量的源泉。之所以如此，是由于“第一，执行决定的行动要求巨大的智力或体力势能，要求忍受由行动或行动环境带来的种种不愉快的体验。第二，积极而有效的行动，要求克服人的个性原有的消极品质。第三，执行决定过程中，与既定目的不符的各种动机还可能在思想中重新出现，引诱人的行动脱离预定的轨道。第四，行动中会出现意料之外的新情况、新问题，而主体可能又缺乏应付新情况、解决新问题的现成手段，这也会造成人的行动的踌躇或徘徊。第五，在行动尚未完成之时，还可能产生新的动机、新的目的和手段，它们会在心理上同既定目的发生竞争，从而干扰行动过程。所有这些因素，都是妨碍意志行动贯彻到底的困难，要求人作出意志的努力。”① 接受行为，不论是个人的行为还是群体的行为，都有自发与自觉的区别。仅仅靠感觉所产生的接受行为，是自发行为；具有明确目标的接受行为，才是自觉的接受行为。

二　思想政治教育接受主体的功能性系统

分析任何系统，既可以从实物构成的角度来分析它的物质性

---

①　曹日昌主编：《普通心理学》，人民教育出版社 1980 年第 1 版，第 98 页。

结构，也可以从活动构成的角度研究它的功能性结构。由于本文从机理角度来研究思想政治教育接受活动，因此着眼点是接受主体有目的的活动即接受本身，这就必然要把执行接受功能作用的主体作为中心来加以考察，分析接受主体的功能性系统。

接受主体在接受活动中必须具备的第一种能力是驱使主体自觉选择和设定接受客体的指向能力，这种能力由接受主体系统中的动力系统来完成和实现。第二种能力是对接受客体进行思维操作和观念整合的能力，这种能力来自于接受主体系统中的接受图式系统。第三种能力是在接受活动中调节主体接受活动的能力，其功能来自于接受主体的调控系统。思想政治教育接受主体是动力系统、接受图式系统和调控系统的有机统一。

（一）接受的动力系统

动力系统是为接受主体的接受活动提供动力的系统。动力源于人的需要。这些接受主体的动力系统包括以需求为主的和以偏好为主的对象意识和主体自我意识等等。现实的人是具有现实需要的人，人的一切活动都是在自身需要的驱动下进行的，都是为了满足自己的需要。需要构成人接受的出发点和归宿。人们需要本身体现了接受主体对客体的能动反映。马克思指出："任何人如果不同时为了自己的某种需要和为了这种需要的器官而做事，他就什么也不能做，"[①] 在谈到人的需要时，他又指出："同时就是需要有完整的人的生命表现的人，在这样的人身上，他自己的实现表现为内在的必然性、表现为需要。"[②] 此外，马克思还把人的需要称

① 《马克思恩格斯全集》第3卷，人民出版社1960年第1版，第286页。
② 《马克思恩格斯全集》第42卷，人民出版社1979年第1版，第129页。

之为“天然必然性”。[1]“人以其需要的无限性和广泛性区别于其他一切动物。”[2] 这种需要的无限性和广泛性不仅是它成为接受动力之源的原因和根据，而且还保证了它作为接受动力具有不可遏制的向前发展的趋势。“一旦满足了某一范围的需要，就会游离出、创造出新的需要，”这是“人类自然发展的规律”。[3] 因此，人的需要既具有社会性，又具有社会发展性，还具有无限丰富性。人的需要的发展不仅包括物质需要的历史发展，而且包括需要的分化，需要层次的多样化。需要结构各个层面的关系尽管是共存关系，但却非并列关系，而是递进式的关系，即由基本需要向高级需要提升和跃迁的关系。人的需要不仅在本质上是社会性的，而且也是客观地被决定的。对接受主体需要最大的误解，莫过于把接受主体需要，混同于主观欲求。“主观需要”论者认为，作为人对外物的各种情欲，就是人的需要；而在“客观需要”论者看来，七情六欲不过是客观需要在意识中，即在认知、情感与意志中的反映，这些并不是人的需要本身。人的需要与动物需要的不同关键在于人有自我意识，能够意识到自己和自己的需要，把自己的需要反映到意识中，形成主观的情欲、目的和动机。

人需要本身并不取决于人的意识，也不取决于人的生理和心理感受，而是取决于人的社会本性，取决于个人在生产关系体系中的地位，取决于人的客观的生活条件。从心理角度看，需要也可以作为接受主体活动的内部条件，引导和调节接受主体在对象环境

① 《马克思恩格斯全集》第1卷，人民出版社1956年第1版，第439页。

② 《马克思恩格斯全集》第49卷，人民出版社1982年第1版，第130页。

③ 《马克思恩格斯全集》第47卷，人民出版社1979年第1版，第260页。

中的具体活动，表现为人的机体的需求状态。接受主体处于这样的状态还不能引起任何明确指向的活动，只会引起相应生理机能的运动区的一般兴奋，只有遇到符合需求的对象时，即有了明确的指向之后，需求才能引起并控制接受主体的活动。

接受主体的需求意识归根到底是由实践产生的。人的需要，以一种主观欲求的形式，反映为主观目的或动机时，表现为主观性；一旦通过人的实践活动，主观的目的和欲求变成实践的结果、变成客观现实时，需要就表现为客观性。需求意识越强，主体的接受活动就越具有内在的驱动力。

接受主体所设定的接受对象潜在地包含了众多可以认识的信息，但每个接受个体不可能对这些信息同时产生同等程度的需求意识，因为不同接受主体的价值偏好制约和影响着他们在接受上的需求。价值偏好反映了不同接受主体在选择和设定接受客体时的价值取向或喜好，这种取向和喜好使得接受主体专注于某些接受对象和接受客体的某些方面，而舍弃对其他客体和客体其他方面的接受，从而对接受活动及其方向起到极大的制约作用。

接受主体的需求意识与价值偏好组成了接受主体的对象意识，这种对象意识具有强烈的指向性和冲动性。它能够改变或重新确定接受的对象，在外部信息中选择接受客体，提出和设定接受目的，从而把接受主体系统中的其他要素有机地结合起来，推动接受系统按其固有的运作规律发展、运行。

接受对象不是主观的，而是独立于接受主体之外的客观存在。但是，丰富多样的客观存在不可能全部进入接受领域，成为接受客体的只是其中的一部分，与接受者的偏好有关。这一部分之所以成为接受客体，是因为它同人的需要和利益密切相关。主体在接受过程中，不是处于被动地位，而是根据主体的需要，主动地进行选择。选择始终受着主体自身的需要、利益的制约。人只选择他所需要的东西。这种选择并非能随心所欲,“如果他要进行选择,他也总是必须在他的生活范围里面、在绝不由他的独自性所造成的一定的事物中间去选择。”①

(二)接受图式系统

人总是从已有的经验和观念出发来把握未知的东西,接受客体只有通过接受图式系统的内化作用才能被接受。人们面对同样的接受客体,为什么会产生不同的结果,这主要是由于主体的接受图式不同,从而规定和影响了接受的方向、目的与程度。从结构上说,接受图式是接受活动中接受主体先存各种意识状态的综合统一体,从功能上说,接受图式是接受者把握接受对象的精神器官。

1. 图式及其特征

图式一词由英文 schema 翻译而来,也有人译为“格局”。它的原意是“图解”、“概略”。图式是一种知识结构,包括过去反应和体验形成的指导以后知觉与评价的知识体,这些知识相互联系,较为持久。图式可以表征不同抽象水平的知识,是人们从事认识和表述知识的方式,是认识中所投入的主体先存结构(主要是接受结构),它是人们已有经验、知识以及传统观念的最集中的体现。

图式的特征可以归结为以下几点:

第一,图式作为认知结构是一种知识的组织体,它能控制感知思维和行动的各个方面,经常处于发展和变化之中。

第二,图式是知识形成的心理结构,也是知识发展过程中新知识形成的机制。

第三,图式来源于主客体的相互作用,是在主体的能动条件下不断同化和顺应的双重建构的结果。同化是认知主体将客体纳入

① 《马克思恩格斯全集》第3卷,人民出版社1960年第1版,第355页。

主体的图式中，顺应则是认知主体调整原有图式创立新图式以适应新客体，调节则是认知主体如何控制同化和顺应的双重建构，以达到平衡的问题，也就是图式之间的分化协调问题。婴儿最初建构起来的图式是一种在遗传的反射图式的基础上通过同化和顺应而建立起来的动作图式。这种在感觉运动基础上形成的认知的第一图式一经形成就会在同化、顺应和调节的不断循环中走向完善。第二种具有质的飞跃的图式是目的图式。这种图式说明婴儿试图以某种方法去取得某种结果。这种对行为进行有目的控制的图式是智能的萌芽。在此基础上儿童便会形成一系列能应付新情况的经验图式并进而发展为抽象思维即形式运算的图式。

第四，逻辑——数学结构起源于人与人之间的动作协调，它先于语言的习得，是图式的基础，在后来的智能发展中越来越起重要作用。

第五，非常强调动作在认知发展中的作用，并赋予图式以实践的品格。

2. 接受图式及其特征

接受图式是由图式概念衍生而来。我们都有大体相同的感觉器官和思维器官，但面对同样的接受对象，不同的人看到的和想到的东西是不同的，接受的程度也不一样。除了个人具有不同的需求意识和偏好从而影响了接受外，个人的接受图式显然起了十分重要的作用。因为，在接受过程中主体投入的不是空如白板的感觉和思维，而是构成主体接受能力结构的接受图式。

接受图式是接受主体进行接受时所必需的现实的内部准备状态和主体性条件，它直接制约着接受主体对信息的加工的感知过程和思维过程与接受过程，从而影响着主体接受的深度和广度。接受图式在整体的构成上是多种因素的特定组合，代表着关于一个特定概念的有组织的知识。一个图式既包含概念的各种属性，也包含着这些属性之间的关系。这些因素都是在一定的历史条件下和社会环境中,通过后天的接受活动而形成的。它们互相联系,协同作用,组成现实的接受图式系统。

主体的接受图式具有以下几个特征。

(1)接受图式具有选择整合性

接受图式是接受主体用以同化客体的一种能力。这种能力取决于外部信息被主体选择整合的方式以及主体应用这些信息时的活动程序与推理规则,在无数次重复之中逐渐形式化、理性化、积淀而成,这种图式既是主体以往接受经验和接受行为的理性化、形式化的结果,也是进一步接受新的客体的思维框架和心理准备状态,对于将要开始的接受过程来说,它表现为一种先验的结构和前设态势,打上了个人的不同烙印,具有主观性。

(2)接受图式具有惯性

接受图式在形成之后具有相对的稳定性,往往不容易改变,而且具有一定的思维惯性,总是使接受主体不由自主地沿着这种惯性去看待客体、解释客体、选择接受标准、能否接受客体,从而预先规定了接受主体能够结合的外部接受客体的时空界域与功能,规定了接受主体能够接受和加工处理信息的格局和模式。接受图式发展到极致就成了接受定势。但这种相对稳定性又不是一成不变的,往往随着接受的发展而发展。

(3)接受图式具有层次性

层次性是主体的接受图式按其表征事物内涵的深浅、含量的多少、抽象层次的高低、由低到高逐次排列组合形成阶梯递进的网络系统,并以整合的方式表现出来。图式既有经验的积累,也有智性的汇聚;既有对象化的意识,又有自我化的意识;既有表层的显意识,也有隐含的无意识。接受图式的这一特征,既反映了图式的形成和发展过程,又显示出图式发展的层次性结构。

3. 接受图式的功能

接受图式一经获得，就以信息的形式存储于大脑之中，成为主体新的接受活动的背景系统，这种背景系统又会随着接受的发展而发展，并对主体的接受过程及其结果产生重大的影响。

(1)接受图式系统在接受中的作用，表现在它制约和影响着接受主体的感受能力，从而制约了主体的接受所能达到的范围和水平。

马克思曾指出："对象**如何**对他说来成为他的对象，这取决于**对象的性质**以及与之相适应的**本质力量**的性质。"[1] 接受客体纷繁复杂，同一客体也是多种因素的总和。哪些接受客体和接受客体哪些方面能被主体所反映，所接受，取决于接受主客体双方的多种条件，主体的接受图式的作用尤其明显。接受图式不同，接受主体可选择的接受对象的范围就不同，选择的接受方向就不同，纳入接受的客体对象的深度、广度就不同。能够被接受图式所同化的客体优先被确立为接受的对象；接受图式难以容纳的对象，不容易引起接受主体的注意。接受图式不仅规定着接受主体选择、设定接受客体的范围，而且规定着对接受对象的属性、方面的选择。接受者的接受对象实际上是他们的接受图式积极建构和感觉的对象化的客体，在这一过程中，接受图式把复杂的东西加以简化，把客体某一属性或某些属性显化出来，继续进行确定。正如原苏联学者Φ·B·拉扎列夫所指出的："事实上，任何具体的客体总是存在于某些确立的条件下，因而不是在其属性的全部多样性中，而只是在自己的某一个方面表现自身。结果，我们看到的已经不是一般的客体，而是某种特化的对象，其实正是这种对象有可能成为认识的

---

① 《马克思恩格斯全集》第42卷，人民出版社1979年第1版，第125页。

客体。只有上述从无限到有限的简化是真实的情况下，谈论‘对象’才是有意义的。”①

客体信息在接受过程中必然要受到接受图式系统的“筛选”，那些在主体接受图式看来不适合的信息被筛选掉，适应的则被保留下来，并使之简约化、精炼化。接受图式宛如一个框架，由于框架的结构不同，容量不等，大小、深浅不一，能够容纳、接收的客体信息的广度和深度就不同。

(2)接受图式在接受过程中起着接受客体信息整合器的作用。

主体接受图式筛选和设定的接受客体信息往往是零散的，杂乱的。接受图式对这些材料的加工处理不是简单排列拼凑，而要进行分析、比较、归类，整合到理性层次。接受图式的介入不仅是一个整理客体信息的活动，而且是用内部图式信息处理外部信息的活动，“对新输入的信息进行加工要利用已存储的知识，把这些旧信息增添到新信息上面来。”② 接受图式不同，对客体理解的角度就不同，所理解的客体层次就不同，整合的结果也自然不同，最终形成的思想品德结构也就不同。

(三)接受的调控系统

调控系统也是主体接受功能系统的重要组成部分。调控系统的基本成分以情感和意志为主，并包括信念、理想、习惯、本能在内的各种心理因素，这些心理要素并不具有实现观念反映、整合外部客体的功能，不属于主体接受图式系统，但它们对人的思想政治教

① Φ·B·拉扎列夫：《认识结构与科学革命》，湖南人民出版社 1986 年第 1 版，第 122 页。

② 司马贺(赫伯特·西蒙)：《人类的认知》，科学出版社 1986 年第 1 版，第 117 页。

育接受活动的进行起着重要的调节作用。

1. **情感、情绪及其功能**

情感和情绪是由接受客体是否符合人的需要而产生的态度体验，它们是对客观现实的一种特殊的反映形式，反映了接受客体与人们的需要之间的关系。① 凡是能满足人的需要或符合人的愿望、观点的客观事物，就使人产生愉悦、喜爱等肯定的情绪和情感的体验；凡是不符合人的需要或违背人的愿望、观点的客观事物，便使人产生烦闷、厌恶的否定性的情感和情绪的体验。情感、情绪是有区别又难以分割的主观体验，人的任何情感都在情绪的基础上发展起来，不带情绪的情感是不存在的；人的情绪也离不开情感，情绪的变化往往反映了情感的深度。另一方面，情绪与情感又是不同的。一是发生次序不同，情绪发生较早，情感发生较晚；二是稳定程度不同，情绪永远带有不稳定性，常随情感的变化而变化；情感也会随情绪变化而变化；但相对情绪而言，具有更大的稳固性和长久性，稳固的情感体验是情绪反复性、概括化的结果。三是所反映的层次不同，情绪更多的是与有机体的生物性需要相联系的态度体验形式，情感则与人的社会性需要相联系，如人的理智感、道德感、正义感等等。

情绪和情感表现形式多种多样，依据其发生的强度、持续性和紧张度可分为不同的状态，对人的接受活动与接受过程的各个阶段和层面上都起到重要作用，这种影响表现如下：情感是一种内在的力量，是由产生它的脑生理机制及整个生命机体的相应反应决定的。这种能量一旦受到外界刺激即外化为情绪。人的活动的内驱力信号需要具有一种放大或缩小的媒介，才能激化有机体是否

① 《中国大百科全书·心理学》，中国大百科全书出版社 1991 年第 1 版，第 257 页。

行动，起这种放大或缩小作用的就是情感。情感与主体的动力系统的内驱力相比有时具有更大的驱动性，有时人完全可能离开内驱力的信号而被各种情感激发起来去行动。情感和情绪通过具体化为内心的感受来调节接受的发展过程，使人内化某种思想品德，选择某种行为，并使之现实化。情感在接受过程中起着内部调控的作用。人的情感体验以满意不满意的感受状态把人本身的接受指向某类信息、采纳某类信息，而忽略、回避与主体情感相悖的信息，接受主体会强化引起主体高兴、愉悦、满足等心理体验的这部分内容，强化人对这部分内容的接受行为，抑制引起主体失望、难过的心理体验的内容。情感与情绪成了接受标准的一种尺度。

2. 意志及其作用

意志是人自觉地确定目的，并根据目的调节支配自身的行动，克服困难，去实现预定接受目标的心理过程。它是人的主观能动性的突出表现形式。意志通过表现为信念来制约人的接受的发展、接受的过程。意志具有三个特点。

一是有明确的目的性。人的本能活动及无意识、无目的的活动都与意志无关，意志则要求在未看到行为结果前，就对行为结果有明确的预想，并据此去行动，体现了对外部的一种强烈的干预性。

二是与克服困难相联系。轻易完成的行动无需意志，只有克服一定困难完成行为才有意志的作用。困难来自内部和外部。内部困难是指与实现目的相冲突来自主体自身的障碍，如情绪、认知矛盾、认知冲突等等；外部困难是指来自外部的障碍。

三是影响和调节人的行为。意志是内部意识向外部活动的主动转化，这种主动转化就表现为意志对人的活动的调节和支配，这种调节和支配根据接受的目的进行。意志对行动的调节既可以表现为推动和激励人们进行某些行为，也可以抑制和阻止某些行为。

因此在人的接受活动中，意志的功能主要体现在两个方面。

一是人通过抑制控制情感，进而控制自己的行为。情感对接受活动既起积极作用，又有消极作用。意志对情感的调节和控制主要有三方面内容，使情绪服从理智；控制激情；调解不愉快情绪，从而使接受活动正常进行。

二是意志对接受行为的调节作用。这主要体现在克服困难的接受行为的调节中。意志结构中决心、信心和恒心是三个重要的因素，它们之间相互作用，相互渗透，共同制约着思想政治教育接受行为的发生和发展。

动力系统、接受图式系统、调控系统共同组成了完整的主体接受功能系统，三者形成一种动态的结合关系。

（四）接受动力系统、接受图式系统、接受调控系统的互动

组成主体接受功能系统的三大子系统之间相互联系、相互作用、相互制约，其中任何一个子系统的状态发生变化，都会直接和间接地影响到其他子系统，从而影响到接受主体的系统，进而影响主体接受系统的接受功能。下面，我们对三者之间的互动作用进行简要的分析。

1. 动力系统与接受图式系统的互动关系

动力系统使主体的接受活动产生指向性，其功能在于选择接受客体、确定接受对象、规定接受目的。作为接受主体系统中的动力源，动力系统对主体接受能力的调动和发挥起着非常大的作用。因此，动力系统对接受图式系统的作用表现在它能把后者具有的能力和能量调动发挥出来。接受图式系统的核心，是接受活动的背景系统，它的状态如何，将极大地影响接受过程。接受图式系统在不与特定接受对象结合时，只是主体自身内部的潜在能力，只有

在动力系统的作用下有了明确的指向性，才能引出对象性的活动结果，变成现实的能力，对接受客体产生聚焦和兴奋，使接受图式系统得以激活。

与此同时，主体的接受图式系统也在一定程度上制约和影响着动力系统提出和规定接受的目的。接受图式对定向的接受对象进行加工，也是接受目的的提出过程和目的逐渐被明确的过程，由于个体接受图式不同，因而影响到提出的接受目的也不同。如果接受图式雄厚，会大大激活主体各种自觉的目的意识，提出新的接受目的，制约动力系统。

2. 接受图式系统和调控系统之间的关系

首先，主体接受功能系统中的调控系统以情感体验和意志信念的方式影响接受主体对客体信息的选择，使主体以积极或消极的态度制约和影响主体接受图式系统。

其次，接受图式系统也对调控系统产生不容忽视的作用。它也在整合情感的体验，力图升华主体的情感体验。

3. 调控系统与动力系统之间的相互作用

调控系统对动力系统发生影响，动力系统必然要受主体情感、意志因素的影响，调控系统调节动力系统，对决定主体的意向、目的，决定主体在可供选择的客体中专注于某一客体时起着重要的调节作用，其中意志信念使人自觉地确定目的。

另一方面，动力系统对调控系统的活动起着加强、巩固和扶持的作用。动机目的越明确，克服困难的意志、信念也就越坚定。

总之，主体的接受功能系统是一个动态的整体，任何一个子系统状态的变化，都会影响到主体整个接受功能的作用，引起接受关系结构的改变。

以上我们把接受主体看成是接受活动中执行特定功能的系统，对它的构成要素、各要素间的结合方式以及它作为功能整体在接受过程中的作用，进行了具体考察，这对于逻辑地再现人的接受机理是十分必要的。但仅把接受的主体看作是一个动态的接受功能系统是不够的，接受是在社会关系网络之中进行的，我们还必须把接受主体置于社会结构、社会环境中进行考察，主体接受功能系统应该是社会性、动态性、主体性的统一。

第三章

思想政治教育接受系统其他要素的结构和功能

思想政治教育接受系统的运行受到接受系统内各种要素、各种矛盾关系、系统结构的影响和制约，在分析了思想政治教育接受主体之后，本章要进一步考察形成思想政治教育接受活动的其他要素和功能，揭示这些要素在接受系统中的地位、作用及相互关系。

一　思想政治教育接受客体系统的结构和功能

思想政治教育接受作为接受主体的一种对象性活动，总是指向接受关系系统"解剖结构"的另一极——接受客体。从一定意义上来看，接受是接受主体和客体之间通过相互作用而实现双向投入、相互转化的环路系统。接受主体的活动决定着这一转化能否实现和怎样实现，而接受客体作为接受系统中与主体相对的另一极，它在结构上具有多层次性，功能上具有多方面性，不仅决定了主体的接受必须经历一个复杂的矛盾过程，而且同时制约和决定着接受主体接受时的程序与规则。因此，在上章讨论接受主体系统功能与结构的基础上，我们要进一步讨论什么是思想政治教育接受客体；在动态运行的思想政治教育接受系统的每一个横向共时性平面上，接受客体必须具备哪些条件才能与接受主体相结合；接受客体在接受系统运行中的作用怎样。

（一）对象化的思想政治教育接受客体系统

思想政治教育接受学意义上的接受客体，依赖于接受主体对它的关系，具有同接受主体相关联的意义。我们把思想政治教育接受看作一个由接受主体和接受客体的相互作用所形成的关系系统，或者把接受看作是接受主体指向接受客体的对象性活动过程，看作是接受主体和接受客体"双向"投入的环路系统，那么，思想政治教育接受客体就是在一定的时间——空间界域内，以一种具体的确定的方式同思想政治教育接受主体密切关联着。换句话说，接受客体是外部世界中那些客观存在并被设定为同接受主体相关联而被纳入思想政治教育接受系统结构、同接受主体一起发生了接受上的功能关系的思想政治教育信息，包括事物、事件和现象。正如马克思所强调的，对于客体不能仅仅"从**客体的或者直观**的形式去理解"，而应当同时"把它们当作**感性的人的活动**，当作**实践**去理解"，从主体方面去理解。[①] 因此，我们必须从接受主体现实的接受图式，接受能力及其现实的功能发挥方面去理解接受客体，从接受主体能动的活动方面，从主体性的对象化方面去理解接受客体。这是因为现实的接受结构作为一个整体性的系统，主体和客体作为它的两极基本的构成部分，总是在一定的时间——空间界域内，以一种具体的方式结合的。所以，对接受客体的理解，要以现实的思想政治教育接受系统在结构和功能上的整体性为基础。

① 《马克思恩格斯选集》第1卷，人民出版社1995年第2版，第54页。

接受客体在接受关系中,是由具体的接受主体根据自己已经获得和具有的接受图式、接受能力有目的有选择地设定的,设定以外的客体不是接受客体。由于不同的接受主体在接受能力的结构与功能上存在差异,因此它们设定的和能够结合、同化的接受客体在范围上也有所不同。所以马克思说:"对象**如何**对它说来成为它的对象,这取决于**对象的性质**以及与之相适应的**本质力量**的性质;因为正是这种关系的**规定性**形成一种特殊的、**现实的**肯定方式。眼睛对对象的感觉不同于**耳朵,眼睛**的对象不同于**耳朵**的对象。每一种本质力量的独特性,恰好就是这种本质力量的**独特的本质**,因而也是它的对象化的独特方式,它的**对象性的、现实性的、活生生**的存在的独特方式。……另一方面,即从主体方面来看:只有音乐才能激起人的音乐感;对于没有音乐感的耳朵说来,最美的音乐也**毫无**意义,不是对象,因为我的对象只能是我的一种本质力量的确证,也就是说,它只能像我的本质力量作为一种主体能力自为地存在着那样对我存在,因为任何一个对象对我的意义(它只是对那个与它相适应的感觉说来才有意义)都以**我的**感觉所及的程度为限。"①

任何一种接受客体也是一个复杂的系统,具有许多构成因素、属性及规定性,因而客观上可以在不同的方面对接受主体有意义。另一方面,也为接受主体根据自己具体的接受能力、接受图式,从相应的那个方面、那一层次、那一规定和那种意义提供了可供选择的客观基础。因而在面对同一接受对象时,不同的接受主体会作出不同的反应。

在现代,随着传播媒介网络系统覆盖的普遍性和世界联系日

① 《马克思恩格斯全集》第42卷,人民出版社1979年第1版,第125~126页。

趋紧密，各种接受客体突破时空界限，铺天盖地而来。与之相适应，思想政治教育接受系统中与接受主体相关联的客体域也可能普遍地得到空前的扩展和深化。

（二）作为符号的思想政治教育接受客体

从某种意义而言，思想政治教育接受客体都是符号，符号是诱导人作出反应准备的刺激因素。

人类拥有最完整的符号体系。人类的符号一般可以分为语言符号和非语言符号两种。无论是哪种形态，每一个符号都具有三种价值或要素——即所指性、评价性和规范性。

符号的所指性特征是指符号是用来指称事物的，在接受活动中它把接受者引向具体的事物或特定的所指对象。符号的评价性特征使接受者在接受活动中指向事物的具体特质，对事物作出评价或鉴定。规范性特征则指导人以某些方式作出反应，符号规定了一定范围的方法，使得接受者能对所指的事物或思想作出行动。

接受客体交流的是精神内容，精神内容本身是无形的，必须借助于符号才能理解其意义。思想政治教育接受主体只能借助于符号才能理解接受客体的意义，因此，接受活动也可以说是一个符号解读(decoding)的过程，是对接收到的符号加以阐释和理解，读取其意义的活动。

符号是意义的携带者，任何一种符号都有其特定的意义。就符号本身的意义而言，我们可区分为明示性意义(denotation)与暗示性意义(connotation)，外延意义(denotation)与内涵意义(connotation)，指示性意义(referential meaning)和区别性意义(deferential meaning)。然而，在具体的思想政治教育接受活动中，作为思想政治教育接受客体的符号并不仅仅是符号本身的意义，还有传播者的意义，接受者的意义以及接受情境所形成的意义，等等。

1. 传播者的意义

在思想政治教育接受活动中，传播者通过符号来传达他所表达的意义，然而，传播者有的意义并不总是能够得到正确传达的，也不一定能准确传达其意图或本意。显然，有时符号本体的意义与传播者的意义未必是一回事。

2. 接受者的意义

对同一个或同一组符号构成的接受信息，不同时代的人有不同的理解，同一时代的不同个人也会有不同的理解或解释，这表明符号本身的意义与接受者接收到的意义未必是一回事，产生这种现象的原因，一是可能由于时代发展等客观条件的变化使符号本身的意义产生变化，二是由于每个接受者经验、经历、社会背景不同，接受图式不同，因而从同一符号或信息中得来的意义也就存在了差异。这种状况说明，接受者的意义既不等于传播者的意义，也不等于符号本身的意义。在接受者那里，意义呈现出多样性和复杂性。

3. 情境意义

著名语言学家雅各布森曾经指出，语言符号不提供也不可能提供传播活动的全部意义，交流的所得，有相当一部分来自于语境。[①] 所谓语境，在接受学中可称做情境，是指对特定的接受活动直接或间接产生影响的外部事物、条件和因素的总称，它包括具体的接受活动进行的场景，如何时、何地、有无他人在场，等等。在很多情况下，接受情境会形成符号本身所不具有的新意义，并对符号本身的意义产生制约。

总之，作为接受客体的符号是具有意义的，但意义并不仅仅存

① 特伦斯·霍克斯：《结构主义和符号学》，上海译文出版社 1987 年第 1 版，第 83 页。

在于符号本身,而是存在于思想政治教育接受活动的全部过程和环节之中。

(三)思想政治教育接受客体系统的结构

思想政治教育接受意义上的客体,是同接受主体的接受性活动相关联,被纳入接受系统的空间结构当中,通过中介系统而与接受主体系统发生相互作用的功能关系的客观事物、事件和现象。接受客体既然是客观物质实体,只有从接受客体这种结合性特征出发,才能揭示接受客体的多重规定性。

人的接受系统处在动态地运行之中,系统中的接受客体系统是事实客体与价值客体的有机统一 。我们把接受客体系统看作事实客体与价值客体的统一,并不是把接受客体分为事实客体与价值客体两类,也不是把同一接受客体分解为两块,而是把它作为同一客体的两个不同的功能性侧面。即,在接受系统的动态运行中,作为主体接受的对象,接受客体系统具有事实客体和价值客体这两个基本层次或两种不同的属性,这种区分既体现了接受主体接受能力的层次区别,也体现了思想政治教育接受活动是反映论与价值论的统一。

1. 事实客体——是什么

如前所述,接受客体总是同接受主体的一定指向性活动相联系,置于现实的主客体接受关系结构之中。接受客体的这一特性并未改变它外在于主体的事实。因此,在思想政治教育接受活动中,接受主体面对的客体首先是表现为行为、现象、活动的客观的事物,这也就是我们所说的事实客体。事实客体不仅具有直观映射性,而且是一个具有内在结构的复杂的系统整体。当我们把事实客体作为一个具有内在结构和层次的复杂的系统进行分析时,可以发现,事实客体作为与人的接受活动发生关系的对象,具有外显的现象和内隐的本质两个层次。前者可以通过接受主体的感知活动系统进行加工和把握，是一种具体的可感知的客体；后者则要通过接受的理性思维活动才能把握，是一种抽象的客体。事实客体之中又分出具体客体与抽象客体两个层次，主体的接受活动对事实客体的把握又存在接收过程中的不同阶段性，从接受主体的对象性活动来看，接受客体具有了接受过程中的这种“间隔性”，由此接受者才能掌握客体的瞬间状态，然后才能思索瞬间状态中的各种现象的内在关系。事实客体以其结构层次的间隔性和连续性，限制和制约了接受主体对它的接受程序和接受过程。

2. 价值客体——应当追求什么

在接受关系系统结构中，接受客体并非是与主体利益无关的客观事实，作为接受主体接受和选择的对象，同人的需要之间或多或少存在着某种效用关系。这种效用关系具体表现为接受客体及其包含的诸多属性同人的利益和需要之间存在着某种肯定或否定的关系，接受客体的一些属性能满足人的需要，给人带来利益和好处，另一些属性不能给人带来好处甚至会有害。

接受主体在与接受客体的互动过程中，接受主体不仅会把握事实客体，而且也会把握价值客体，自觉发掘接受客体所具有的能够满足自己需要、实现自己利益的属性。因此，在运行的接受关系系统中，价值客体是指接受客体相对于接受主体的效用而言的价值属性，它表达的是应该追求什么，为接受活动提供了方向和动力。

价值客体和事实客体一样，也是一个复杂的系统，具有多维度和多层次。事实客体是价值客体的载体，事实客体结构、属性、规定和本质的多层次性和多方面性，决定了它潜在的含有满足接受主体多方面需要的能力。但这种潜能要转化为现实要从需求的接受主体的角度来理解。由于接受主体接受能力、接受图式不同，因此面对同一价值客体会产生不同的价值需要,完成不同层次的价值实现。同一客体价值在不同的接受主体看来,有的认为有价值,有的认为无价值,有的认为有正价值,有的认为有负价值。价值客体的这种动态性只能从接受客体和接受主体两方面的互动来理解。

总之,在接受过程的动态运行中,接受主体不仅对事实客体的把握是复杂的,而且对于价值客体的把握同样是十分复杂的,这从一个方面体现了接受的客体系统对整个思想政治教育接受系统所起的重要制约作用,也体现了接受客体的发生源对接受主体接收方向的干预、规范和选择。

(四)思想政治教育接受客体的功能

思想政治教育接受客体的上述特点,制约和影响着思想政治教育接受主体对它的把握方式和把握程度,决定着思想政治教育接受活动的规律。

1. 接受客体对接受主体具有信息源的功能

接受系统的动态运行中,接受客体系统最主要的是履行信息源的功能。换句话说,接受客体信息源的发出者试图通过客体的信息影响接受主体的主体性,从而显示出思想政治教育的导向性、主导性,接受客体作为事实客体、价值客体向接受主体发出和输送信息,使之与接受主体系统相联系、相互作用。纳入接受主体的对象活动领域的接受客体,背后都直接和间接地体现了社会的要求,反映了社会对思想政治教育接受主体的社会期待,当然这种期待来自各个方面,既有内又有外,既有主流的又有反主流的,既有正面的,也有负面的,它们力图影响接受活动的发展方向,客观上起着一种导向的作用。

2. 接受客体对主体接受活动方式产生影响

接受客体的性质和特点不同，接受主体所需要采取的活动方式也不同，不仅接受主体系统要素之间的组合方式会发生变化，而且接受主体系统功能的发挥也会受到影响，总的说来，都要受到接受客体结构及其本性的制约。

接受客体对接受主体活动的影响源自上述的信息源功能。这种信息源功能不是以无限广阔的形式表现出来，而是表现为具体的、特殊的、有限的信息。正如Φ·B·拉扎列夫指出的："作为'认知客体'的客体，也就是作为包含在认识情境中，因而表现出自己作为信息源的那种成分。"① 显然，接受客体作为信息源，它向接受主体发出的信息既不能过多，也不能不足。信息过多会破坏信息通道，超出接受主体对信息的承受能力，使接受无法进行。而信息不足会使接受主体对接受客体的反应"失真"。

接受客体的信息源功能在接受系统运行展开的过程中表现为一定的程序性，即，接受客体不能过多过滥，也不能过少，同时通过信息媒介影响接受主体的客体在接受进程中不会以整体的形态进入，接受主体必须把它分解，因为人的认识过程的规律是由现象上升到本质，由具体上升到抽象，接受客体只有通过分解、解析，并依一定的顺序被投入到动态运行的接受系统中，才能产生具体的接受。接受客体进入接受系统的这种顺序性大体表现为从事实客体到价值客体，当然，在每一个层次之中又可以再分出一些更具体的层次来。事实客体与价值客体不是两种不同的接受客体，而是同一接受客体的两个不同方面。

接受关系系统是个动态系统，在它的运行中每一个具体阶段，"接受主体——中介——接受客体"的框架的状态都会发生变化。

① Φ.B.拉扎列夫：《认识结构与科学革命》，湖南人民出版社1986年第1版，第121页。

接受主体首先是把接受客体作为事实客体来感受,并纳入主体的接受系统之中,其后又会使客体作为价值客体来把握,当然由于个人的接受能力、接受图式不同,他们对接受客体的事实方面与价值方面的把握肯定不同,对事实客体和价值客体中的不同属性把握也不同。从事实客体到价值客体的上升运动,既体现了接受主体对接受客体的接受运动,也体现了接受客体向接受主体的接近运动。这一过程内在地受制于接受系统主客体关系的结构。接受客体中的事实客体与价值客体被接受的渐次性与阶段性,影响了接受主体与接受客体之间相互作用的特定组合方式,从而构成了时间上相互连结、空间上又由低到高转化的接受活动的动态关系系统。总之,接受客体系统在共时态结构上的复杂性以及内在规定性,既决定了接受主体对它的把握必然要经历一个复杂过程,同时也表明接受客体在接受系统中的运行必然遵循一定的顺序。

二 思想政治教育接受媒介系统的结构和功能

一般而言,所有的事物都要通过一定的中介而相互联系、相互作用、相互过渡,形成不同层次的系统。没有中介,不可能有事物之间的相互联系、相互作用、相互过渡,也不可能形成任何系统,也不会有任何发展变化。思想政治教育接受活动也是如此。思想政治教育接受主体和接受客体之间的信息变换过程不是直接的,而是有中介的过程。思想政治教育接受系统中接受主体系统和接受客体系统的相互作用,不是直接的相互作用,而是通过中介系统进行的间接的、复杂的相互作用。

思想政治教育接受媒介是接受信息的搬运者和载体,也是把接受过程中的各种因素连接起来的纽带。接受媒介多种多样,接受的媒介系统如同接受的主体系统和客体系统一样，也具有复杂的结构，执行复杂的功能。

（一）接受媒介是接受主体与接受客体相关连的联系环节

接受主体和接受客体处于接受关系系统的解剖结构中的两极，它们之间绝非一种简单的、直接的二项式关系。在接受主体系统和接受客体系统之间，存在着一个把它们联系起来并使之发生相互影响、相互作用，形成一个整体系统的中介单元子系统。通过这个中介子系统功能的实现，接受主体与接受客体之间实现了关联。

列宁指出："仅仅'相互作用'＝空洞无物，需要有中介（联系）。"[①]"一切都是经过中介，连成一体，通过过渡而联系的"，只有这样，才有"整个世界（过程）的有规律的联系"。[②]

在接受主体和接受客体的接受关系结构中，中介系统是接受主体和接受客体之间实现信息变换与转换的中间环节，接受客体是接受媒介的搭载物，接受媒介是接受主体接受信息的工具和通道。接受媒介一方面加深了接受主体与接受客体相互作用的间接性、复杂性，另一方面也使接受主体对接受客体的把握成为可能。接受媒介既是思想政治教育接受主体、客体之间的传递方式和工具，同时又是传递一定内容的媒介。

在走向信息化社会的过程中，接受客体可通过媒介传递到无数多的接受主体，接受主体通过媒介也能接触并接受到无数的接受客体。接受主体和接受客体相关联的关系结构，其展开的广度

① 列宁：《哲学笔记》，中共中央党校出版社1990年第1版，第180页。
② 列宁：《哲学笔记》，中共中央党校出版社1990年第1版，第108页。

和渗透的深度，已经远远超出了人们在日常生活中所接触的时间与空间界限。其中起关键性作用的因素，就是现代化的接受中介系统的出现，如互联网、数码技术、广播电视等，它已经并继续为接受主体和接受客体之间关系的多维度、多层次的展开，开辟了和提供了越来越悠远、越来越广阔的时间与空间。对接受主体与接受客体的关联关系来说，中介系统制造了具有极大弹性的时间和空间。

思想政治教育接受媒介是思想政治教育接受主体与接受客体相互作用的载体和工具。接受媒介是接受客体的载体和通道，接受主体通过媒介才能与接受客体作用。大部分接受媒介都有思想政治教育的功能，同时兼具传送一定思想政治教育内容的媒介作用。思想政治教育接受媒介作为一种中介物，它与哲学意义上的中介有所不同，哲学中介专指处于不同事物或同一事物内部不同要素之间起居间联系作用的环节，具有工具性、被使用性的本质特征。思想政治教育接受媒介专指思想政治教育接受主体与思想政治教育接受客体之间的联系环节，这一联系环节表现为以下特点：相互作用的中间体，一方面是接受主体认识器官的放大和延长，另一方面是接受客体信息向主体转移的通道和导体。

(二)思想政治教育接受媒介的结构

思想政治教育接受媒介这个子系统是一个十分复杂、变化较快的系统。作为在接受主体和接受客体构成的思想政治教育接受系统结构中起作用的中介因素，具有多种多样的形式，随着实践和社会的发展，它们的结构、功能也越来越多样化。现代高度科学化、技术化、信息化、智能化的媒介工具系统，极大地延长着、放大着属于接受主体——人自身的感觉器官和功能，扩大着人自身的自然力量，极大地克服了人自身的不可避免的自然局限性，空前扩展了接受主体选择接受对象的范围,从而极大地扩展了接受主体—客体关系的时空界域。

思想政治教育接受客体是通过特定的媒介传递的,思想政治教育接受主体也是通过这些接受媒介完成接受的。随着社会的发展,社会交往关系的扩大,承担这一媒介功能的正式和非正式机构人群越来越多,概括起来这些媒介主要有下面几类:

1. 家庭

家庭是个体社会化的第一个途径,也是接受主体在思想政治教育接受活动过程中的一个重要媒介。与其他接受媒介相比,家庭在接受主体儿童时期的人格的塑造、基本人生观的形成以及政治常识的了解、政治态度的形成等方面起着特别重要的作用。在一般家庭,长辈在养育后代时,常把他们对世界和社会的看法,对政治共同体、政治权威的态度,对政治事件的评价以及他们的政治价值观念等接受客体信息直接或间接地传输给后代。家庭生活的模式、家庭的社会背景以及家庭的社会交往关系等等,都会在接受主体儿童时期的心理打上烙印,影响其接受能力和接受图式的发展。许多研究表明,家庭环境、儿童时代的经历和所接受的影响对一个人的接受图式、思想品德和接受选择的形式和确立起着十分重要的作用。心理学家发现,人在离家很久以后,父母的影响还会长久地存在,包括政治行为方面的影响。

2. 学校

学校是传播文化的教育机构,同时也是非常重要的思想政治教育接受媒介。接受主体在他的价值观、思想品德形成的时期多在学校度过,因此,学校这一接受活动媒介的影响力是十分强大的。通过学校的正规教育,接受主体一方面接受系统的政治教育,形成了政治价值观、思想品德,发展了接受图式;另一方面,受到学校政治文化环境的潜移默化的影响,初步体验了社会的政治生活。

接受主体往往通过学校教育,在确立其政治价值观念、培养其政治态度和政治情感等方面起到关键作用。由于具有这些功能,学校教育为历代社会所重视,常被统治集团用来向学生灌输它所需要的政治价值和思想品德。

3. 同辈群体

除了学校、家庭之外,大多数人都花很多时间和同辈群体相处。同辈群体大体上具有一些重要的共同特征,如年龄,教育程度,社会经济背景或意识形态背景等,因此他们的行为方式也会有一些相同的地方。同学、同事和朋友是三种最重要的同辈群体。他们作为接受媒介,在接受活动过程中扮演怎样的角色呢?

接受主体一旦步入青春期,同辈群体的影响力便会大增,通过同辈群体发出的客体信息对一个人的接受活动,特别是处于青少年阶段的接受主体的观念、态度的形成影响很大,其氛围甚至对接受主体的个性乃至其人生观都要发生影响。研究表明,随着社会发展的加快,家庭这一接受媒介作用在下降,而学校、同辈群体和大众传播媒介的影响力则大为增加。

4. 大众传播媒介

大众传播媒介主要包括广播、报纸、电视、书刊、电影等等,现在互联网已成为日益重要的大众传播媒介。在现代社会,大众传播媒介是社会大众获取信息的重要渠道。各种传播媒介持续地向公众输送着某种有目的的、有选择的资料和观点,以及对这些资料和观点的分析和评价。这样,一个社会成员从儿时起,通过看连环画,读报刊,看电视、听广播,看电影,读小说,上网等等,无时不受这些观念、态度和情感的影响,自觉或不自觉地接受下来,形成某种思想政治品德。大众传播媒介同上述媒介相比,具有独特性。

(1)广泛性。大众传播被广大的接受者所使用,其规模巨大,难于确定。

(2)超时空性。大众传播超越时空,传递信息快速,传递量庞大。大众传播运用日益先进的技术,短时间内把信息传递到世界上各个角落,覆盖更多人和更大的领域。人们谈论的"地球村"便是这种发展的体现。

(3)即时性。大众传播具有即时效应,能迅速发生社会影响,即时性意味着同步性,现代科技发展已经使许多客体信息的传递成为实况转播。

(4)组织性。大众传播媒介依靠组织化的媒介运行,这些组织化的媒介拥有专门的传播机构,拥有职业传播者并受其他社会组织的作用与影响。通过大众传播媒介的信息发布是一个对大量信息进行选择、加工与制作的过程。因此,大众传播的通道上布满了把关人。掌握大众传播媒介,操纵公共舆论,历来是统治者用来传播主导性政治价值、政治思想,塑造社会成员共同政治意识的最基本的手段之一。

5. 社会组织

各种各样的社会经济、政治组织,如工会、社团、政党、国家机关等等,这些组织既是社会构成的要素,也是接受活动的重要渠道。它们是社会生活中的人们为了一定的社会政治、经济目的联合而形成的,而后又通过宣传组织的主张、信仰来影响社会成员的政治取向,通过使他们过有组织的社会生活,并在其中学习和获得特定的政治文化。担负传播渠道的主要机构往往有比较大的差别,这种差别也会影响人们的政治思想品德。

总之,不同接受媒介作用于接受主体的方式不同,引起的心理和行为反应也各异,研究媒介应该把这些因素考虑在内。

(三)思想政治教育接受媒介的功能

思想政治教育接受媒介在接受系统运行中起了重要的作用。

1. 放大接受器官

在人类社会发展的早期,由于生产力水平低下,交往的范围狭小,人的活动局限于很小的地域,人所能感知、接触的世界很小。随着交往的频繁和活动的扩大,以及技术进步带来的交通的便利,不同的国家、地区、民族之间空间距离缩小了,相互联系与相互影响大大增加。与之相对应,社会结构也越来越复杂,思想政治教育接受媒介也越来越多,接受活动也摆脱了原来面对面的口传心授的状况,接受媒介尤其是电子技术的发展扩展和延伸了接受主体的感觉和感官:文字是人的视觉能力的延伸,广播是人的听觉能力的延伸,电视、多媒体则是视觉、听觉和触觉能力的综合延伸。可以说,思想政治教育接受媒介延长和放大了接受主体的接受器官,增强了接受主体的接受能力。

2. 扩展接受领域

思想政治教育接受媒介尤其是大众传媒的发展,极大地扩展了接受主体的接受领域,使之突破了时间与空间的界限。使一些原来不能为接受主体所直接接受的客体成为接受主体的接受对象。过去,接受活动限于家庭、学校、工作场所、地区、国家之内,而电子通信、卫星和互联网等高新技术的出现为大范围的跨国传播乃至全球传播与接受活动提供了载体,人们的信息来源因此更为丰富,改变了以往少数媒介垄断资源的状况,接受活动从而冲破了时空的限制,人们接受的来源、渠道、领域、广度、深度取得了突破性进展,正如赖斯特(Walter B. Wriston)所说:“信息技术消除了时间差距和空间差距,因而自由思想能够像微生物一样,借助于电子网络毫无障碍地扩散到世界的各个角落;……不分性别、种族和肤色的几百万人在互联网上交谈,这种全球性交谈如同一个村落中的交谈一样容易，其影响是深远巨大的。”①

3. 影响主体认识

在影响效果上，各种媒介通过它们传送的内容，传播着对世界的理解，影响接受主体对世界的感知和认识，影响其价值观和行为。另一方面，一种媒介尤其是现代大众传媒的出现、使用和普及，都会在一定程度上改变人的个性或人格。日本学者林雄二郎在《信息化社会：硬件社会向软件社会的改变》（1973年出版）中，便提出了“电视人”的概念。所谓“电视人”，是指伴随电视的普及而诞生和成长的一代，这批人在电视画面和音响的感官刺激环境中长大，是注重感觉的“感觉人”，其行为方式是“跟着感觉走”。由于收看电视在一种封闭的狭小的空间进行，缺乏现实社会的互动，使得他们当中很多人养成了孤独、内向、以自我为中心的性格，社会责任感不强。他们的行为也像不断切换镜头的电视画面一样，力图摆脱日常繁琐性的束缚，追求心理空间的移位、物理空间的跳跃，而现代社会中忽起忽落、变幻不定的各种流行和大众现象正是这些人心理和行为特征的具体写照。② 近年来，媒体有关电脑游戏对青少年的影响以及对“网虫”问题的探讨也说明电子媒介带来了一些负面问题。

4. 控制信源播送

接受媒介作为接受客体的载体，虽然不能决定接受主体接受什么，不接受什么，但他们可以通过控制传播、运送何种接受客体，从而引导着接受。接受媒介在接受活动中往往充当了把关人的角色，他们根据一些标准，对接受客体信息进行选择、取舍、删改、放

① Walter B. Wriston, *Byree and Diplomacy*, Foreign Affairs. Vol.9 – 10, 1997.

② 沙莲香：《传播学》，中国人民大学出版社1993年第1版，第10～12页。

大、浓缩、整理、加工等，他们决定讲什么，不讲什么，怎么讲。把关的过程与结果，在总体上是接受媒介立场和方针的体现。具体而言，接受媒介的做法有：

(1)阻止或删减某条或某些接受客体信息。即不许某条或某些接受信息从自己这个检查点通过，或者删去某信息的部分内容。

(2)添加传送信息内容，突出放大某接受信息或接受信息的某些方面。

(3)通过调整、改变传递信息的表述顺序、组合结构及其反映的事实、现象之间的因果关系，从而改变传递信息的重心甚至性质。

(4)修改传递信息的内容和表达方式。

5. 丰富信息形式

媒介尤其是大众传媒具有生动、丰富和极强的感染力，能使接受客体以各种形式表现出来。通过电子媒介，符号信息开始与人们的感官经验无间地交织为一体。现代电子媒介尤其是电视不仅扩张了人类的视觉和听觉，而且由于强烈的现场感和接触感而扩展了人类的触觉。电视、广播“现场直播”所制造的空间与人们的感官经验之间不存在时间距离，计算机网络空间的聊天一如面对面地相向而坐，以影像形式出现的电影、电视信息让观众感到不仅是一种视觉的震撼，同时也是他们可以跻身的世界。

总而言之，思想政治教育接受媒介的有用性来自于它具有信息传递功能，由于接受媒介能够传递信息，它才对接受主体和接受客体有用，才被用来建立接受主体与接受客体的联系，从而形成接受关系系统。思想政治教育信息才会成为接受客体，个人或群体才会成为接受主体，这种连结性作用巨大。思想政治教育接受活动的努力不仅来自思想政治教育接受主体的需求，而且来自接受客体发出的社会期待，同时还有接受媒介的传导与运载。另一方面，接受媒介只有得到接受主体以及接受客体发出源的认可，才会被选择和使用。

接受媒介具有能动性，它对思想政治教育接受活动具有强大的驱动性。媒介力图吸引和影响接受主体和接受客体，不仅仅是接受主体的需要，而且接受媒介可能是由于驱动接受主体建立与接受客体的联系而使接受活动发生，电影电视就是这样。同样，媒介的这种运用也使接受客体的发出者力图使用它。

三 思想政治教育接受环境系统的结构和功能

思想政治教育接受过程不仅仅是接受主体通过接受中介和接受客体双向作用而实现影响的过程，同时还要受到各种环境因素的影响。接受环境类似于物理学中的场的概念。本节我们把思想政治教育接受过程形成的接受主体——接受中介——接受客体框架置于接受环境这个作用场之中，考察思想政治教育接受过程在接受环境各种相关因素作用后产生的变化，从而把思想政治教育接受主体——接受中介——接受客体这一平面结构置于广泛、复杂、动态的思想政治教育接受系统之中，建立起思想政治教育接受系统的立体结构。

（一）具有决定性影响的思想政治教育接受环境

思想政治教育接受主体分属于不同的社会集团和群体，具有不同的社会背景。他们的接受活动通常要受到他的群体归属关系、群体利益以及群体规范的制约。由于他们所处的时代、社会化的条件、社会地位、价值观念、对事物的立场观点和看法、心理特点和文化背景都有很大差异，对信息的需求、接触和反应方式也是千差万别的。

研究表明，接受者的群体背景或社会背景是决定他们对事物的态度和行动的重要因素，这种影响有时甚至超过教育与传播的影响。20世纪40年代P.F.拉扎斯菲尔德在研究竞选宣传时，曾经提出了著名的“政治既有倾向假说”：在人们就选举或其他政治问题作出决定之际，这种决定并不取决于一时的政治宣传和大众传播，而是取决于他们迄今所持的政治倾向。显然，人们的政治态度与他们所属的社会环境（社会群体和社会背景）是分不开的。既有政治倾向还制约着人们对大众传播内容的接触，人们更愿意选择和接触那些与自己既有立场和态度一致或接近的内容，而对与此对立或冲突的内容有一种回避的倾向。这个结论被称做“选择性接触假说”（hypothesis of selective exposure）。①

这些研究说明，思想政治教育接受环境在接受活动中的作用至关重要，它不仅形成了接受主体的主要倾向，而且制约了接受活动的进行和开展。

1. 思想政治教育接受环境

所谓环境，是指环绕在人的周围并给人以某种影响的客观存在。所谓思想政治教育接受环境，指的是思想政治教育接受活动所面对的外部客观存在。具体而言，那些凡是与思想政治教育接受活动有关的并对其发生影响的外部因素，都是思想政治教育接受环境的内容。不言而喻，思想政治教育接受环境与前面的思想政治教育接受媒介之间会有重叠。怎么来进行区分呢？必须从接受活动动态上加以把握。思想政治教育接受主体与接受客体是相对而存在，它们之间的界限既确定又不确定。只有在一定的思想

---

① Lazarsfelf, P.F., Berelson B. and Gaudet H., *The people's Choice*, Columbia University Press, 1948, PP.82－149.

政治教育接受关系的模式中，才有可能和清晰地划分接受主体和接受客体。因此，接受关系之外的事物，它们究竟是思想政治教育接受媒介还是思想政治教育接受环境，完全取决于它们处于何种思想政治教育接受关系之中，即取决于由这种关系所决定的思想政治教育的性质和方向。

“人创造环境，同样环境也创造人。”[①]人不能脱离环境而生活，人在思想政治教育接受活动之中受到接受环境的制约和影响，具有受动性的一面；另一方面，接受主体具有主观能动性，他能反作用于接受环境，通过接受活动影响到接受环境。影响思想政治教育接受的接受环境有很多，既有社会经济、政治、社会文化和心理环境，又有社区、工作场所、学校和家庭等等。以揭示接受活动与接受环境之间的作用为原则，我们根据作用空间的大小为标准将思想政治教育接受环境系统划分为三个层次：宏观接受环境，包括社会经济、政治、文化和社会心理；中观接受环境，包括社区、学校、工作场所、家庭等；微观接受环境，是指接受情境。这三个层次的环境都属于客观环境，但是随着社会的飞速发展，人们很少再凭借“第一手信息”来认识环境，现代社会巨大而复杂的环境已远远超出人们的感性经验的范围，人们更多地是通过接受媒介系统尤其是大众传媒来把握它，这时人们所了解的环境不能简单地等同于客观环境本身，而是环境的再现，或者叫信息环境。尤其是在现代科技日新月异的今天，信息环境在接受活动中的作用越来越重要。

2. 思想政治教育接受环境的特点

思想政治教育接受环境与一般意义的环境有所区别，具有自身的特点：

---

① 《马克思恩格斯选集》第1卷，人民出版社1995年第2版，第92页。

(1)广泛性

思想政治教育接受环境的广泛性是指思想政治教育接受环境在接受活动中几乎无时不有,无处不在。思想政治教育接受环境系统是一个极为广泛而复杂的系统,它由不同层次的环境因素结合而成,是一个非常复杂的网络系统。思想政治教育接受环境的广泛性不仅包括影响接受的范围很广泛,而且包括影响接受的因素十分广泛。既有历史的,又有现实的,既有积极的,又有消极的。环境影响因素在空间上没有固定界限,在时间上没有严格的界限。

(2)层次性

作用于接受过程的思想政治教育接受环境系统,是一个相互包容的多层次的体系,依照各层次与接受过程的空间距离,我们把它分为宏观、中观、微观三个层次。这三个层次作用的性质和方向、影响的大小都不一定相似。接受主体总是处在具体的特定接受环境之中,受到环境直接和间接的影响和制约,这种影响和制约的环境因素影响的大小体现出层次性。

(3)动态性

世界处在不断的变化发展之中。思想政治教育接受环境也同样如此,随着社会的发展变化而变化,随着接受关系的变化而变化,随着对接受活动影响因素的主次作用变化而变化,随着影响的直接和间接的变化而变化。这一动态性特征决定了思想政治教育接受环境影响的多重性,由此决定了思想政治教育接受活动的复杂性。思想政治教育接受环境的动态性表现为对接受活动的影响呈现出差异性,有好有坏,有主有次,有大有小,有直接有间接,有广泛有个别,有深有浅。

(4)特定性

对于思想政治教育接受活动来说,思想政治教育接受环境不是抽象的,而是一个具体的、特定的现实。因为接受活动总是在特定的具体的思想政治教育接受环境下进行。这种特定的接受环境,会造成不同接受环境下接受活动的差异。而接受主体在进行接受活动时不能随心所欲地选择接受环境,必须在特定的接受环境中进行活动。

人的接受活动的产生、形成和发展,都与接受环境有着密切的关系。接受环境对接受活动的影响具有时空上的普遍性和开放性。这种时空上的普遍性和开放性表现为接受环境是思想政治教育接受活动发生发展的空气和水,在影响方式上表现为一种刺激物。尽管接受环境某些因素可以对接受活动、接受关系施加直接的影响,有些还具有比较明显和强制的特点,但从整体上看,接受环境,即一个社会的政治、经济、文化、社会心理、社区、家庭等影响,只有作为接受背景、条件纳入接受活动的视野,才能对接受活动发挥比较明显的作用。

3. 思想政治教育接受环境的功能

思想政治教育接受环境对思想政治教育接受活动的作用是整体的、全方位的,具体表现为以下几个方面:

(1)思想政治教育接受环境具有动力作用

人的思想品德是后天影响和教育的结果,这些后天影响中,接受环境具有重要的作用。思想政治教育接受环境不仅塑造了一定阶段和一定范围的思想政治品德(接受主体),而且造就了思想政治教育接受主体的内在思想品德的需求和思想品德结构以及思想政治教育接受活动的方向。如果说是思想政治教育接受的主要矛盾是思想政治教育接受主体与思想政治教育接受客体之间的关系的话,那么这两者之间的互动则是由接受环境推动的。当然,接受环境虽然是巨大的刺激物,但如果不作为接受背景、条件纳入接受活动视野,它便不可能成为主客体互动的推动力。思想政治教育接受环境是一个巨大的刺激物,蕴含着巨大的推动力。好的接受环境,能够激励人向上,坏的接受环境,也能使人堕落。不管接受活动的结果怎么样,接受环境始终为接受活动提供了巨大的动力。

(2)思想政治教育接受环境的导向功能

接受环境的导向功能是为思想政治教育接受活动的发展提供潜在的样式。思想政治教育接受主体生活在一定的接受环境之中,接受环境所产生的气氛、氛围对接受主体的思想和行为必然会产生一种无形的约束力,这种约束力有直接和间接的区分,直接的约束力往往具有强制性和威慑力,如告示牌上"禁止吸烟"、"禁止停车"等等。间接的约束力是潜在的,"它往往是通过暗示、模仿、从众、集群、舆论等群体心理的影响和作用来约束和规范人们思想行为的。"① 如人在图书馆就会保持安静。"环境之所以对人的思想和行为具有约束和规范的作用,其原因是,当人们的思想行为在环境中表现后,就会受到周围环境和人们舆论的评价以及法律、道德、纪律规范的检验,凡符合社会规范的思想和行为会得到肯定和赞扬,""凡不符合社会规范、道德、法律要求的思想和行为就会受到抑制和批评、甚至受到谴责,使人产生压力。这种压力就会将人的思想和行为约束在一定的范围内,使人与环境保持一致和基本一致。"②

(3)思想政治教育接受环境的层次性作用

思想政治教育接受环境对思想政治教育接受的影响从层次上来说可分为决定、参与、补充三个层面。

一是决定作用。这种思想政治教育接受环境的决定作用首先体现在宏观接受环境对思想政治教育接受的性质(质)和规模、程度(量)的决定。其次接受环境中的中观和微观方面也对接受活动

①② 邱伟光、张耀灿主编:《思想政治教育学原理》,高等教育出版社1999年第1版,第146页。

起着一定的决定作用。

二是参与作用。参与作用指接受环境在接受过程、形式等方面的影响。接受环境中社会经济、政治、文化等等参与接受目标、接收内容的确定。在具体的思想政治教育接受活动、接受关系结构等方面，一定社会的宏观、中观、微观环境都有所参与。

三是补充作用。接受环境无论是整个社会、社会风气，还是某一社区、家庭或者是某种情绪，都对思想政治教育接受的效果起强化或弱化的作用。这种作用首先表现为接受内容和结果的修正；其次，这种环境的作用已经融入了思想政治教育接受关系系统中。

(二)思想政治教育接受的客观环境与信息环境分析

思想政治教育接受环境由众多因素构成，这些不同的因素在一定程度上左右思想政治教育接受活动，左右接受各种客体的广度、程度和方向。

对于思想政治教育接受环境，人们有不同的划分标准。有人以接受环境构成要素的性质为标准，把接受环境划分为起积极作用的环境和起消极作用的环境两类；有人以接受环境构成的内容划分，把思想政治教育接受环境分为接受的物质环境和接受的精神环境；还有人根据环境构成范围的大小为标准，把接受环境划分为宏观环境和微观环境。"一般来说，宏观环境因素是指一个国家或一个地区内各种环境因素的总和。微观环境主要是指家庭环境、学校环境、工作环境。"[①] 这些理解都有一定的道理。

我们在划分思想政治教育接受环境时，不仅要揭示接受与环境间的相互作用，而且可以作用空间大小为标准，把这两者综合起

① 邱伟光、张耀灿主编:《思想政治教育学原理》，高等教育出版社 1999 年第 1 版，第 147 页。

来,我们把思想政治教育接受环境系统分为宏观环境系统:社会经济、政治、文化和社会心理;中观系统:社区、家庭、工作场所等;微观系统:接受情境;还有信息环境。前三种环境都是接受活动的客观环境。在信息技术发达的今天,人们把握外界环境往往是通过大众传媒所制造的信息环境来进行的,信息环境与客观环境产生了分离。下面我们将从宏观环境、中观环境、微观环境、信息环境这四个层次探讨它们与思想政治教育接受活动的作用关系。

1. 宏观接受环境与思想政治教育接受

思想政治教育宏观接受环境包括社会经济、社会政治、社会文化和社会心理。这些因素对思想政治教育接受活动的作用交织在一起。

首先,宏观接受环境对思想政治教育接受具有导向作用,决定着思想政治教育接受的大方向。接受活动在一定的社会系统下进行,社会系统有其价值导向和价值选择,这些价值借助于社会经济、社会政治、社会文化、社会心理的力量,形成强大的作用场,不仅影响人们的接受图式、接受能力的形成,而且制约着人们的接受活动。接受的方向符合主要的社会价值,就会受到环境的肯定的评价,反之就会受到否定的评价。当然接受环境具有动态性,当社会急剧变动时,宏观接受环境因素形成的场作用力相互激荡,大大减弱,同时又由于价值观念的多变性,从而减少了对接受的约束力。

其次,宏观接受环境中社会经济、社会政治因素对思想政治教育接受活动具有硬约束的作用,最主要体现在对思想政治教育接受活动的输入与输出的影响上。接受主体正在接受的客体是社会的产物,同时接受的结果也是社会环境的产物。

第三,社会文化对思想政治教育接受具有软约束作用。这种约束作用与社会文化的沿续性和周遍性特征有关。沿续性,意味着文化不仅"在时间上它与经济、政治影响可以说是不同步的,它可以超越或落后于现实的经济和政治的发展",而且还可以理解为社会文化作为环境参与或影响思想政治教育接受过程的每一环节。周遍性,则不仅可以理解为"在空间上文化的影响可以超越一定经济共同体,政治共同体的地域而流传",[①] 而且可以理解和界定为文化对人类活动每一领域和每一方面的全方位的辐射。社会文化对接受领域和接受过程的全面及全部接受过程的影响体现了社会文化的渗透性。这种渗透性特征决定了文化对接受全过程和各个阶段均有所影响。每个接受个体都是一定文化中的人,他们的接受图式、接受能力、接受需求等各个方面都受其特定文化积淀的影响。受一定文化影响的接受主体将文化的制约性贯彻在接受过程的始终。同时接受客体信息也是一定文化的产物,打上了一定文化的烙印。

第四,社会心理是一种低水平的社会意识,对思想政治教育接受过程发生着重要的影响和作用。社会心理交织着感性因素和理性因素,"它既是在人们头脑中进行的意识过程,又存在于人际之间,其性质是由社会团体和人群的政治、经济地位和利益关系来确定的,并通过时尚、风俗、社会习惯、舆论和流言表现出来。"[②] 社会实践和社会生活的一切领域和方面都在影响和制约着人们的社会心理,其中人与人的利益关系,特别是人们的经济利益和政治利

---

① 鲁洁主编:《教育社会学》,人民教育出版社 1990 年第 1 版,第 132 页。

② 《普列汉诺夫哲学著作选集》第 3 卷,北京:三联书店 1961 年第 1 版,第 195 页。

益，对于社会心理的形成起着决定性的作用。正如普列汉诺夫所指出的，社会心理“一部分由经济直接所确定的，一部分由生长在经济上的全部社会政治制度所决定的”。对思想政治教育接受影响较大的主要有阶级心理、民族心理、小群体心理等。这些社会心理对思想政治教育接受影响的侧重点各不相同，但却有一个相同点，即每一个思想政治教育接受主体必定从属于某一阶级、民族和年龄段群体。不同群体的社会心理特点和心理层面对接受主体施加影响，这一影响的作用方式是感染和模仿。

感染是在一定社会心理环境中，接受主体对他人的某种心理状态无意识的、不自主的屈从。[①] 它是通过语言、表情、动作等引起他人相同的情绪和行为的一种方式。感染实质上是情绪的传递交流，一种社会心理状态和情绪，通过感染可以从一个接受个体蔓延到另一个接受个体，从一部分接受者传染给另一部分人甚至大众，从而造成群体行为。这种群体行为完全是自发的，其中的每一个个体既是不自主的接受者又是不自主的传播者，其发展趋势也没有计划，它始终依赖于参与者的相互感染、相互刺激。通过这样多次反应，社会心理的感染效应会得到膨胀性的加强，甚至达到狂热的程度。

模仿是有意或无意对某种刺激作出类似反应的行为方式。模仿的内容十分广泛。模仿可以分为自发的模仿和自觉的模仿两种类型。自发的模仿，就是无意识模仿他人，分先天本能模仿、后天习得模仿。自觉的模仿，是有意识地模仿他人。接受主体受到他人言论和行为的刺激和影响，便不自觉的依照他人的方式发表言

① 周晓虹：《现代社会心理学——多维视野中的社会行为研究》，上海人民出版社 1997 年第 1 版，第 327 页。

论、从事活动,表现为言行上的模仿。

模仿和感染充分体现了社会心理自发性、广泛性特征。

2. 中观接受环境与思想政治教育接受

中观接受环境主要指社区环境、工作环境、学校环境、家庭环境。中观接受环境是宏观接受环境的社会经济、政治、文化和心理要素在一定时空的沉积,对思想政治教育接受活动折射与传送着宏观接受环境的影响,它不同于宏观接受环境独立于思想政治教育接受活动之外,对整个接受活动只产生局部影响。中观接受环境与接受活动日益融和的趋势十分明显,社会影响转化为接受客体和接受结果的成分也日益提高。

社区文化有不同的类型,不同类型的社区由于其文化特征不同,对思想政治教育接受活动产生了不同类型的影响作用。这种作用表现为:一是不同社区文化特征产生出不同特征的思想政治教育接受主体。不仅城市与乡村会产生不同类型的接受主体,而且每一个接受主体都被一定类型的社区文化直接培育和塑造;二是不同的社区提供了不同的文化环境,直接影响到接受活动的各个环节。

家庭环境对思想政治教育接受的影响可以从家庭环境的特殊性和家庭环境的类型及其作用几个方面予以说明。

家庭是社会的细胞,是接受者最先受到影响的地方。家庭环境不仅影响子女的个性发展,而且影响子女的世界观、人生观、价值观的形成和确立。家庭环境作为中观接受环境,主要有以下三方面特殊性。

首先,家庭环境是接受活动的基础环境。家庭环境的影响建立在父母与子女的血缘关系、经济关系和感情联系等特殊纽带关系的基础上。家庭环境的基础地位表现在接受主体对家庭在经济上和感情上的依赖。前者构成其成长的物质基础，后者构成其成长的精神基础。这种纽带关系对儿童及青少年思想品德的形成提供了心理上必需的安全感、依恋感和归属感。离异家庭、单亲家庭失去了这些，因此对接受主体思想品德成长产生不利的影响。家庭环境自觉和不自觉的影响成为接受主体先入为主的基础。接受主体在儿童时期入学之前就在家庭环境中获得了许多道德观念和掌握模式，形成儿童的最初接受图式。家庭在无意识层面上对儿童的影响从零岁开始，内容上几乎无所不包。家庭环境在接受主体成长时期仍发生作用，家庭环境的这种基础性作用是社会和社区等接受环境所不能代替的。

其次，家庭环境作用具有深刻性。在人际关系上家长与子女接触的频度高，这种直接、经常和亲密的接触，使家长和子女之间彼此了解较为细致和深刻，这种深刻的理解特征有利于子女对家庭环境影响的正确理解和深层吸收。同时家庭环境影响具有隐蔽性、间接性的特点，这种影响的非正式成分较多，通过潜移默化的作用，通过家长的身教言传表现出来，这种作用的能量、深度远远超出一般宏观接受环境和社区的作用，具有影响的深刻性。

再次，家庭环境与其他接受环境具有互补性。这种互补性是相对影响的内容而言。家庭环境也是一定文化的积淀之地，也是一定文化的传承者，具有具体、生动、现实性强的特征。

3. 微观接受环境与思想政治教育接受

接受情境是思想政治教育接受的微观环境。任何一种接受活动都是在具体的环境和条件下由具体的主体来进行，这些条件不仅影响接受，而且规定了接受的具体特点，并具有一定的具体要求。所谓接受情境，就是指接受发生时所处的具体环境、具体条件及其对接受的客观要求和规定性。它是接受者可直接感知的、当下的具体条件的总和。

任何接受都是在一定的具体条件下对一定的具体对象的接受。因此,不仅不同类型的接受由其对象的任务所要求有其特殊的规定性,而且同一类型的接受在不同的条件下也有不同的特殊规定性和特殊要求。接受情境对接受活动产生了直接限制作用,它主要有三种方式:一是面临重大选择会引起重大后果接受情势;二是二难接受情景,被接受的客体的各项价值相差无几而只能二者选一,且每种选择都有重要的后果;三是限时性接受情境,时效性强、时间紧的接受。

接受情境决定具体的接受行为与接受后果。它将接受主体的某一种需要提升为优势需要,使接受主体与接受客体所具有的多种可能的关系中的一种凸现出来,使接受标准具体化、显化。同时接受情境确定了接受主体与接受客体之间的具体关系,从而确定了它们之间的信息传递方式,并由此影响接受。接受情境限定了接受的程度,限定了接受者对接受客体及相关信息的获取范围、时间,同时限定了接受的比较范围。

4. 信息环境与思想政治教育接受

所谓信息环境,是指一个社会中由个人或群体可能接触的信息及其传播活动的总体构成的环境。日本学者后藤和彦将之定义为"与自然环境相区别的社会环境中直接或间接地控制社会成员之行为方式的符号部分;并且,它主要是通过非人际关系向社会提示的环境"。①

早在20世纪20年代,美国人李普曼在《舆论》等书中便提出

① 郭庆光:《传播学教程》,中国人民大学出版社1999年第1版,第125页。

了现代人与外界客观信息的隔绝问题。在他看来,由于现代社会日益巨大化和复杂化,而人的实际活动范围、精力和注意力都有限,无法对整个外部环境和众多的事物保持经验性接触。对于超出自身感知之外的事物,人们只能通过各种“新闻供给机构”来了解。这样,人的行为不再是对客观环境及其变化的反应,而是对新闻机构提供的某种“拟态环境”(pseudo - environment)的反应。这种“拟态环境”就是信息环境,它不是现实环境的直接再现,而是通过传播媒介对事件或信息进行过滤、选择、加工、重新结构化以后向人们展示的环境。这种过滤、选择、加工、重新结构化是在媒介内部进行的,外面的人一般看不见,也不知道,通常还意识不到,往往把“拟态环境”当成了客观环境。因此,李普曼强调:“我们必须特别注意到一个共同的因素,它就是在人与他的环境之间插入了一个拟态环境,他的行为是对拟态环境的反应,但是,正因为这种反应是实际的行为,所以它的结果并不作用于刺激引发了其行为的拟态环境,而是作用于行为实际发生的现实环境。”①

随着大众传媒的飞速发展,电视、广播、卫星、互联网等技术的普及,使信息能够大量生产、复制和大面积即时传播,形成普遍的信息声势,这种信息不必通过社会群体或组织而直接传至个人,威力巨大。

信息环境由具有接受含义的语言、文字、声音、图画、影像等信息符号构成,它不仅传达消息与知识,而且包含着特定的观念和价值,不仅仅具有告知作用,而且具有指示性的作用,对人的行为具有制约功能。当某些信息的传播达到一定规模时,便形成该时期

① Walter Lippman, *Public Opinion*, A. Division of Macmillan Publishing Co. Inc, New York, 1965, P.15.

信息环境的潮流。现代环境越来越信息化,信息环境也越来越环境化,越来越有演化为现实环境的趋势。

大众传媒营造的信息环境,不仅制约人们对环境的认知和行为,制约人的接受活动,而且通过人的认知和行为对客观现实环境产生影响。

第四章

思想政治教育接受活动的过程

列宁曾指出："如果不把不间断的东西割断，不使活生生的东西简单化、粗陋化，不加以划分，不使之僵化，那么我们就不能想象、表达、测量、描述运动。思想对运动的描述，总是粗陋化、僵化。不仅思想是这样，而且感觉也是这样；不仅对运动是这样，而且对任何概念也都是这样。"① 不这样根本不能把握研究对象。分析思想政治教育接受过程，也必须把这个"活生生的东西"、"不间断的东西"割裂，分出若干个阶段和环节，逐次加以分析和讨论。

思想政治教育接受活动的过程，是接受系统的各种要素动态组合、相互作用的实际过程。前面我们探讨接受系统的共时态结构与功能之后，必然要把思考转向接受系统的历时态研究。接受关系系统随时间展开的动态过程中，接受主体与接受客体通过接受中介在环境中所发生的相互作用采取了多种具体形式，建构起接受主客体相互作用的具体关系结构，形成了在时间上相互联系并依次展开的接受阶段。从理想的状态来说，思想政治教育接受活动的过程应包括：接受目的与标准系统的形成与确立、获取接受

① 《列宁全集》第55卷，人民出版社1990年第2版，第219页。

客体信息、内化整合、外化为行为几个主要环节，这几个环节相互联系，相互转化，交织渗透，反映了思想政治教育接受过程是生理过程、心理过程和社会过程的有机统一。

在对思想政治教育接受活动的过程展开分析之前，我们先看一看美国政治学家罗伯特·艾克斯罗德（Robort Axelrod）提出的"信息处理的概略模式"（schema theory of information processing）（图4.1）。

格雷伯（Doris A. Grober）在《处理新闻》中（Processing the New）是这样描述该模式的：

"首先，接受消息。然后，整合处理开始于一系列的问题，确定新的信息是否与所贮存的概念相联系，怎样联系，以及它是否值得进行处理。它是否包括接收者已经知道的一个主题？它是否同一个所熟悉的知识相近或具有可预测的后果？它是否有助于理解过去的经验？它是否能令人信服地反驳过去的经验？它是否值得考虑？它是否属于不恰当的冗余？如果对这些问题的回答表明，信息是有价值的，它与已经建立并很容易进入头脑的思想略图能很好地联系起来，那么，它就会与之整合。如果不是这样，新的信息及其来源就不被信任或予以排斥，或者，新的信息可能改变或取代以前的图解。"

"在整合的过程中，信息发生足够的改变以使其成为现存知识的必要补充。事件的某些方面被削弱，而另一些方面则被突出。经过这一编码过程，对接收者似乎重要的那些事件元素就与不重要的细节区分开来。"

在整个处理过程中事件的细节不断丢失而变得日益抽象。

在这个处理过程中，信息会带有明显的倾向性，以致于变得更准确或更不准确。人们习惯于将信息提炼为正确的或错误的意义或推理，而贮存起来的只是这种提炼后的东西。特殊的情节常常

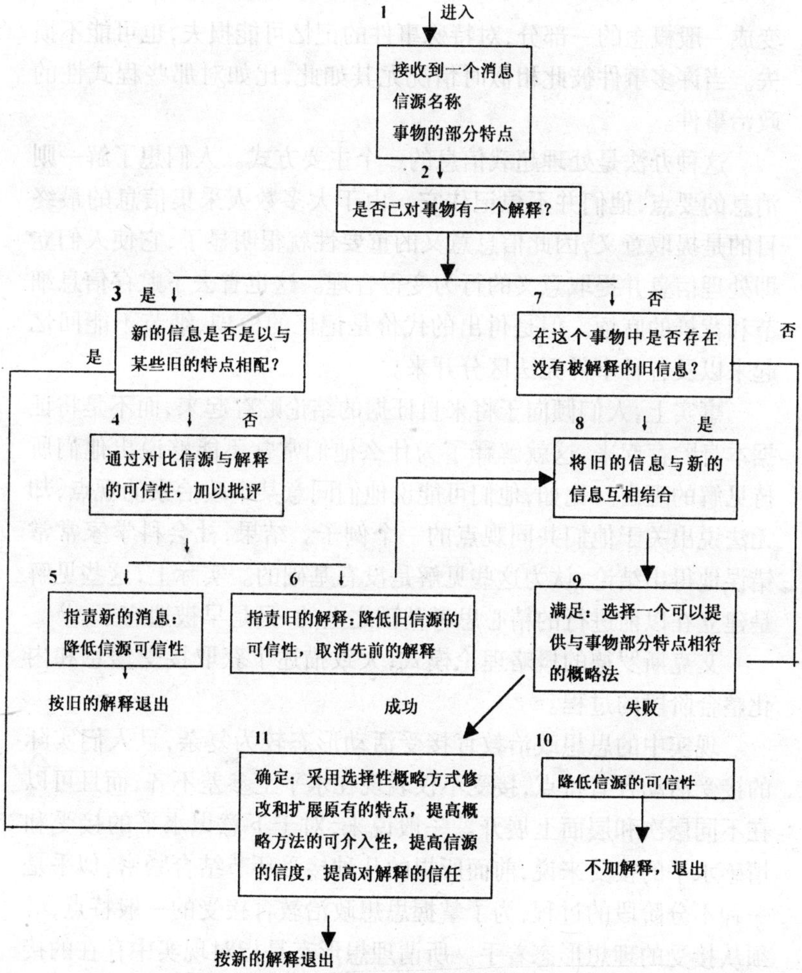

图 4.1　概略理论的流程模式

资料来源：From Robert Axelrod, "Schema Theory: An Information Processing Modle of Perception and Cognition," American Political Science Review, vol. 67. Spring 1973, p. 1251

变成一般概念的一部分，对特殊事件的记忆可能损失，也可能不损失。当许多事件彼此相似时情况尤其如此，比如对那些程式性的政治事件。

这种办法是处理超载信息的一个主要方式。人们想了解一则消息的要点，他们并不想记住它。由于大多数人采集信息的最终目的是提取意义，因此信息意义的重要性就很明显了，它使人们立即处理信息并提取意义的行为变得合理。这也省去了贮存信息细节和背景的麻烦。但是付出的代价是记忆的模糊、细节不能回忆起来以及各种事件无法区分开来。

事实上，人们倾向于将来自证据的结论贮存起来，而不是将证据本身贮存起来，这就解释了为什么他们常常不能够说出他们所持见解的理由。比如，他们可能说他们同意某个政治家的观点，却无法说出关于他们共同观点的一个例子。结果，社会科学家常常错误地得出结论，认为这些见解是没有基础的。实际上，这些见解是建立在以前进行的精心思考基础之上的，只是早被遗忘了。[①]

艾克斯罗德的概略理论模式，大致描述了获取接受信息和内化整合阶段的过程。

现实中的思想政治教育接受活动形态较为复杂，且人们实际的接受活动各有特点，接受不仅表现在水平上参差不齐，而且可以在不同层次和层面上展开。一般说来，对于下意识水平的接受和情感水平的接受来说，前面所提的几种接受环节结合紧密，似乎是一种不分阶段的过程，为了掌握思想政治教育接受的一般特点，必须从接受的理想形态着手。所谓理想形态是指对现实中存在的接受完整形态的抽象与概括。

① 转引自沃纳·赛佛林、小詹姆斯·坦卡德：《传播理论：起源、方法与应用》，华夏出版社 2000 年第 1 版，第 63～65 页。

一　接受标准与接受目的的形成与确立

思想政治教育接受活动总是表现为接受主体以一定的尺度和标准来衡量接受对象的过程。这种尺度与标准在外人看来可能是内隐的、不明确的,也可能是外显的、明确的,但它始终统摄着整个接受过程,是接受赖以进行的逻辑前提。一定的尺度和标准表现为接受的目的与接受的标准系统。在思想政治教育接受活动中,如果接受主体缺乏接受目的与接受标准,接受活动不会顺利进行;如果接受目的与接受标准不明确、不统一,接受活动就会产生自相矛盾、冲突、混乱、含糊等现象。接受目的制约着接受标准,并通过接受标准制约着整个接受活动。

(一)接受标准及其形成与确立

1. 接受标准相对于接受活动具有一种先在性

在思想政治教育接受活动中,人们事先总是存在着是否接受的标准和框架。当人问及你凭什么接受这种东西时,他可以讲出自己的理由。陈述理由不是一个接受之后再找解释理由的过程,尽管有时接受在先给出理由在后,但接受的过程实际上是接受主体根据一定的前提(标准、原则)获得接受结果的过程。理由的阐述无非是再现接受的前提,使之明朗化。因此接受标准相对于某个接受过程具有一种先在性。

2. 接受标准的形成

接受标准的先在性并不代表它是先验的,生来就有的。按照马克思主义的观点,接受标准是后天形成的,是历史实践和以往生活实践的产物,它从一定的接受经验、接受活动中产生。接受标准反映了接受主体的需要,是接受主体需要的观念化的产物和结果。

接受主体的需要构成了接受标准的对象和内容,需要的变化也是接受标准变化最重要的动力。

接受活动中最深刻的差异来源于接受标准。例如,情感水平的接受中,由于接受主体的需要与接受标准的分化不很明显,需要有时直接与接受标准同一,满足了接受主体的需要,接受主体就会感到快乐,进而接受,反之则不接受并加以排斥。当接受主体的需要与接受标准分化以后,一方面,需要成了意识到的需要,带上某种形式化的特征和品格,另一方面,又分离产生了意识化的需要——接受标准。接受标准无论是以多么抽象的形式出现,如一定的政治价值观念等,最终都是接受活动中人的需要的反应,并随着需要的变化而变化。每一时代人们的需要与另一时代的人们的需要既有差异又有相同点,每个个体的需要与其他个体的需要既有不同的一面又有相同的一面。实际的需要及其变化总是决定着接受和接受标准的变化。

当然接受标准与需要的关系绝不是简单的线性关系。个人的接受标准不仅反映了个人的需要,也不仅与他个人的需要一一对应,而且还有着广泛的社会性内容。个人接受标准的确立,不仅是自我反思的结果,更是文化熏陶、传统习染、社会影响的结果,是由后天习得和确立的。同时个人又根据自己在实践中形成和发展了的需要,改造着、选择着这些接受标准。在这一进程中,接受标准及其形成会产生一系列矛盾。

第一个矛盾是接受标准的个体性与社会性的矛盾。个人需要与社会需要既有一致性又有不一致性,个人利益与公共利益的矛盾,个人需要与社会需要的矛盾,永远制约着个人接受标准与社会要求的接受标准的关系,两者之间不可能完全一致,必然会产生矛盾。

第二个矛盾是接受标准的理性与非理性的矛盾。人的需要是客观的，其产生、变化、发展既受现实社会条件的影响，也受个人的生理结构和精神结构的制约。人的需要反映到意识中并以此作为接受标准来选择接受对象和行为的时候就会出现理性与非理性的矛盾。非理性的接受标准有两种情况，一是接受主体往往多注重当下的需要、暂时的需要以及当下满足的暂时效果，既所谓感官快乐、肉体快乐；另一种是人们由于某种迷信、狂热丧失理智，把某种精神需要夸大到绝对的高度。非理性的接受标准往往与社会发生冲突，理性的接受标准的作用在于考虑到这些当下需要及其满足会给自己的长远需要、整个需要与公共利益、社会规范带来何种效应，在于把与社会规范相冲突的接受标准压抑下去。个人需要与社会需要，个人当下的需要与长远的整体的需要之间的矛盾不是暂时的、偶然的，而是长期的、必然的，它们贯穿于人的意识发展的全过程，渗透于人生的各个阶段以及各方面的接受之中。

第三个矛盾是接受标准的统一性与多样性的矛盾。由于接受主体需要的多层次性，必然带来接受标准的多样性。同时社会的接受标准也是多种多样的规范的集合。在多样性冲突的需要之中有一个他们所依据的共同根据，冲突之中可以找到更基本的共同需要来解决。解决这一矛盾就是通过限制一些需要、延续一些需要、抑制一些需要，通过区分轻重缓急、区分主要次要，通过理性限制非理性，将接受标准的机会成本加以权衡。

第四个矛盾是接受标准的变动性与稳定性的矛盾。接受主体的需要不仅多种多样，而且每种需要都因具体条件不同，得到满足的程度不同而随时产生和消失，满足了需要就不再存在，未得到满足和得到一定满足的需要在迫切性方面表现不同，反映了需要的变化。与这种变化相适应，接受标准必然呈现出变动性。接受主体只能根据时间、地点、条件而确定具体的接受标准。另一方面，接受主体的需要在变动中又有相对稳定的一面，又有对同一接受主体归属关系的不变性，由此产生出相对稳定的接受标准。

接受主体的接受标准不是单一的，而是一种体系和系统。这根源于接受主体的统一性和接受主体各种需要的有机系统性。需要的有机系统性，既有生物学的基础，又有生理学的底蕴，更是社会文化的产物。人们最基本的、最原始的需要是生存需要，是物质生活和生产的需要，其他各种层次的需要都是在这个基础上发展起来的，反映到需要的意识之中，便表现为接受标准的层次性和多样性。接受标准是一个复合体，接受主体不会仅仅以一种尺度、从一个方面去评估接受客体。接受主体使用的接受标准虽然都是接受主体需要的反映，但却往往是多种需要的反应，即这些标准是多样的、异质的、分属于不同方面的。

接受主体的内部规定性以及与外部世界的联系，决定了接受主体的需要不仅是多方面的，而且是多层次的。这些多层次、多方面的需要相互联系、相互依赖。其中生存和发展是最根本的需要。接受主体这些多方面、多层次的需要形成了以生存和发展为主线的需要体系。意识到了的自身需要是接受主体进行接受活动的接受标准。不同的接受标准反映了接受主体的不同需要和利益，这些不同的接受标准构成了接受主体的接受标准系统。

3. 接受标准的确立

接受标准系统的确立是进行接受活动的前提。任何一种接受活动都是以接受标准系统为依据的，只不过接受主体有时对此不自觉而已。任何接受主体在对接受客体进行接受时，总要从自身所具有的接受标准系统中选择一个或几个接受标准，来把握接受客体。接受主体选择接受标准的实质是在接受主体和接受客体之间形成的或可能形成的价值关系中，选择与接受主体的某种需要相联系的价值关系，作为接受活动的对象。接受客体的价值——

即满足接受主体的需要的一种效应。[①] 接受主体确定接受标准大致经历了四个层次。

第一,确定接受主体。客体在接受中是否成为接受客体是相对于特定的接受主体的需要而言的,接受首先要确定的是接受主体,即接受客体对谁有价值;其次,由于接受主体的需要系统是多层次多维度的复杂系统,作为接受客体满足接受主体的需要,指的是接受客体的某一方面属性满足接受主体的某一具体的需要(在特定时间、特定空间、特定情境中的需要)。由此引申出接受标准系统的第二个方面:选取接受视角。从表面看,接受视角是接受所取的角度,接受角度是接受主体意识到的在价值关系中接受主体与接受客体的交汇点。在接受活动中,由于接受者选取的角度不同,客体的价值在不同接受者看来显现出不同的状态。“横看成岭侧成峰,远近高低各不同。”接受视角的选取确定了接受的方向,也确定了接受的限度。确立接受标准系统的第三个方面是确立接受视阈,即接受主体所选择的判定接受客体某种价值的比较范围(即与何种客体的哪个方面比较更具有价值)。有比较才能有鉴别,就表达了这种情形。在接受活动中,即使同一视角对客体作出的接受,如果接受视阈不同,结论也将不同,有时甚至完全相反。换句话说,对同一接受客体的接受的结果相去甚远的原因很可能是接受视阈的不同。如对我国现行生产力发展状况的评价与接受的结果就很不相同。第四,在此基础上确立接受标准。接受主体的需要是接受标准的基础。在接受活动中接受主体所理解的需要以接受标准的形式来衡量接受客体的作用。接受标准的差异是引起接受活动差异的最深刻因素,因此不同时代的接受内容接受程度不同,同一时代不同主体接受的差异,也无不源于接受标准。

---

① 王玉梁:《价值哲学》,陕西人民出版社 1989 年第 1 版,第 93 页。

总之,接受的变化在某种程度上说是人的接受标准的变化。

(二)确立接受目的

接受目的指的是进行接受的理由,回答的是为什么要进行接受。人们进行接受的理由是复杂的,任何接受目的的形成与存在,都表明了接受活动的指向即变动对象以适应和满足自己的需要和要求。这对象既包括外在的,也可以是自身对象,人们改造自己的主观世界的活动,也是由于对其不满意、不满足的结果。由此看来,任何一个接受目的,至少包括三个要素:一是对接受对象的一定了解;二是对自身需要的一定意识和觉悟;三是对接受对象与自身需要之间现有关系和将有关系的一定意识。三者的综合就产生出接受目的,接受目的的本质可以说是一种价值的向往和预测,是接受主体在展开接受活动之前预先构成的某种价值状态。接受目的的选择和确定,要以对一定对象及条件的认知为基础,但核心的东西却是价值与接受。接受对象可能多种多样,接受主体只把对自己有利、有价值的那种可能和结果,当作自己的接受目的和努力方向。

接受主体确立目的的过程同时也是一种选择目的的过程。接受目的的不同直接决定了接受视角、接受视阈、接受标准的不同。接受目的的转换,将直接引起接受标准系统的转换,从而引起整个接受活动的变化。因此,接受目的制约着整个思想政治教育接受活动。

(三)社会转型期的接受标准与接受目的

社会转型是人类社会发展中的常见现象,它的出现打破了原有社会的利益格局,产生了新的利益。利益的多样化必然导致出现多元利益主体,形成不同的利益关系和利益格局。在这一进程中，社会转型将实现经济体制、国家作用、政府职能、政治文化、权力结构、社会心理等一系列深刻的转变，这种转变是一种全面的结构性变动，不仅意味着经济结构的转换，同时也意味着其他社会结构层面的转换。社会转型期间，由于各种结构性要素都处于变动不居之中，故呈现出极大的流动性、过渡性和不稳定性，充满了矛盾和冲突。政治价值也由单一取向趋于多元，人的自主观念普遍增强，新旧政治观念的冲突激烈，社会成员普遍感到传统价值的漂浮不定，新价值观的不明确，体验到一种边际人面临的两难困境的痛苦。

美国文化学家奥格本曾这样比较一个“变迁社会”(转型社会)与“静止社会”(常规社会)的差别：

“在静止社会中，所有已经做过的都是好的，即使实验和新方法应当被引进，也没有人会以赞赏的态度对待它们。以往的过去有很高的权威，了解过去的老年人受到尊敬。人们接受命运和必然，因为人们从来想不到改变条件。因此，进行调适的努力就是改变人的行为，戒条和控制在这里起了特别大的作用。后继者都有身份。过去和老年人的权威非常重要，法律有威严，道德行为的准则非常详细，必须要遵守，民德必须严格服从，违背它们是不允许的。人们都有严格的规矩，对于各种制度有很深厚的感情。礼仪和仪式是稳定的。社会崇尚艺术、宗教和阶级界限。总之，静止的社会是平衡的、和谐的社会。

在变迁的社会中，人们的态度都是追求进步。那里总存在更好的方法。他们喜欢新的，进步构成社会观念的特征，乐观主义很普遍，社会哲学都倾向于实用主义。过去都是要死的，应该抛弃。青年的地位很强固，他们的影响越来越大。权威产生于理性和证据，但危机时还会产生独裁。对法律并不尊重，犯罪频繁。道德典范已经丧失了影响，好的行为有赖于理性能力。民德不再重要，规矩很坏,他人的自我令人厌恶,人们越来越依照生物和动物本能发生行为。仪式减少,对制度的感情降低,社会条件不再赞成阶级间的严格界限。社会环境对于艺术而言太困难了,传统的宗教发现自己受到敌视。文化的各部分不再和谐。时间似乎已经脱节,由于文化各部分变迁速度不一,出现各部分的失调。文化的不同部分正以不同速度在运动。”①

在常规社会,社会利益结构稳定、社会秩序井然有序、社会权威地位稳固,这种条件下,社会中的主导价值观念占据优势地位,人们的接受标准也比较同一,对立的价值观念势单力薄,奈何不了主导价值观念,此时价值观念之间保持稳定的秩序,出现一种相对的统一。人们进行思想政治教育接受活动时形成和确立的接受标准、接受目的比较单一。在社会转型时期,价值观念趋于统一的社会条件已经变化,社会生活在很短的时间内发生急剧的变化,价值观念的冲突必然会爆发出来,以放大的形式加以表现。然而价值观念的冲突决非两个或多个观念之间简单的对立与否定,背后有着更为深刻和更加现实的社会内容。价值观念的冲突是价值方向的冲突;价值观念的冲突是价值标准的冲突;价值观念的冲突是价值解释的冲突;价值观念的冲突是人与人的冲突。这些冲突必然会影响接受标准、接受目的的形成和确立,往往使接受主体失去主导的价值观念,失去统一的价值标准,从而对事物的价值和行为的合理性不能作出评价和判断,在各种选择上出现困惑和矛盾。甚至出现价值危机和信仰危机,使接受活动难以进行。

① 威廉·费尔丁·奥格本:《社会变迁——关于文化和先天的本质》,浙江人民出版社 1989 年第 1 版,第 227~228 页。

二　获取接受信息

接受目的与接受标准确立以后，接受主体还得获取接受信息。接受信息的获取构成了接受活动的第二个环节。作为接受信息，指的是由接受目的约束的、由接受标准系统所要求的，服从于接受活动、接受目的的知识、经验、体验、信号、符号等等。接受信息与接受标准之间，在某种意义上表现为一种内容和形式的关系，接受标准属于形式，如果没有接受信息的填充，这种形式便是空洞的、无用的，而接受信息如果没有接受目的、接受标准的定向，则是盲目的，也就不成其为接受信息。

把获取接受信息作为接受活动的第二个环节，作为确立接受标准之后的阶段，可能有人有些疑问，他们认为人们先了解了接受对象后才开始接受，先认识后接受，现实中有不少这样的事例，怎么能说获取接受信息反而发生在接受标准确立以后呢？但我们必须明确：第一，接受标准与认识谁先谁后是个类似于先有鸡还是先有蛋的问题，二者互为前提，互相影响。第二，获取接受信息不等于认知，它包含了认知的成分但不能归结为认知，了解情况不属于认知，而属于获取信息；当需要接受时，提取这些知识和信息，使之成为接受所需的信息。只有这时，这些信息才隶属于接受目的和接受过程，才能成为接受主体的接受信息。

接受客体是一个十分复杂的刺激变量系统，各种刺激变量不但数量庞大，而且往往表现出某种杂乱性、无序性和不规则性。在接受主体的接受进程中，接受客体首先以具有可感性特征的形式出现，从而决定接受主体对它的把握一开始只能是一种感性的把握。

按照信息论的观点，从信源发出的一定信号只有当纳入信宿的接受系统并得到一定的理解和破译之后，才能成为现实的信息。同样的信息，对于不同的信息接受者，由于其不同的接受目的和接受标准，会具有不同的内容，形成不同的意义。获取接受信息，是根据一定的接受目的和接受标准进行的，接受主体这时关心的不是接受客体的本然结构，而是它的功能。接受者接受客体的信息与普通人认知客体的信息，在目的、侧重点、解释框架等方面有区别。

获取接受客体信息的途径多种多样，如接受教育、看电影、听广播等等，这些往往通过不同的中介载体分别进行。

(一)筛选客体信息

在获取接受客体信息的过程中，首先明确接受目的是非常重要的。人们对信息是选择性注意的。在感知信息之后，接受者往往运用其接受图式筛选客体信息，使接受的取向、注意力的分配、理解方式等方面存在较为明显的差异。在获取接受客体信息过程中，接受主体首先要根据接受目的将原初状态的客体进行"整形"，使之成为接受中的客体。这种过程是以接受视角为直接尺度的；在接受信息的收集过程中，接受视角使接受者对大量与接受视角不合的信息视而不见、听而不闻，在收集了信息之后，接受视角又再一次使接受者对收集来的信息按接受目的进行处理。经过处理后的接受客体与其本然状态有了明显的差异。在原来浑然一体的各类因素被割裂、被抽象，使接受客体变为合格的接受目的的客体，成为一个可以进行接受操作的具体的存在。经过这一环节，接受活动具有了可能。

主体通过接受视角对接受客体的选择使接受结果大相径庭。对接受客体信息的筛选，是以接受主体的接受目的、接受图式、情感、注意等为基础的。

(二)进行信息解释

信息筛选后随之要进行信息解释。信息解释在接受活动中扮演了重要角色,人们在进行解释时容易受愿望、需要、态度及其他心理因素的影响。

约翰·麦奎利认为解释有六大特点:

1. 任何解释要得以进行,都必须以解释者被他不得不解释的东西已有的某种理解为前提。假如没有这种前理解,我们所面对东西全然是陌生的,我们只能盯住它,甚至没有进入理解的可能。解释必须基于前理解。

2. 解释过程涉及某种循环。尽管我们是在前理解的基础上开始解释的,但解释的整个过程是获得一种新的理解。

3. 解释需要的表达模式不只一种,要使这种解释成为可能,只有采用另一种表达模式。在这种解释过程中,一般的解释的方向总是从不太熟悉的东西到非常熟悉的东西。

4. 解释者与他正在进行解释的东西之间有某种兴趣上的共鸣和吸引,以及他用于解释的语言或表达式只有相应的恰当性。

5. 承认解释的科学成分。承认有某些能排除漫无边际的主观解释的客观标准,承认对某些问题可以用不同程度的科学的方法予以解决。

6. 必须把解释看作科学也看作艺术。它凭借了解释者的经验和想象,是具有创造性的重建。①

信息解释的不同,对不同的信息的不同解释,源于接受主体所用和所应该用的接受图式不同,这种不同在信息解释这一环节表

---

① 约翰·麦奎利:《神学的语言与逻辑》,四川人民出版社 1992 年第 1 版,第 139~142 页。

现得十分充分。

(三)完善接受标准

接受主体对自己的需要有了相当的自觉和意识,将它们作为接受的标准。他在进行接受时,必须对自己的实际能力和可能付出的代价有一定的认识和了解。这种认识和了解,既是对需要的认识的深化,又在某种程度上起着矫正、修改接受标准的作用。接受主体的接受标准并非一经确立便固定不动的东西,也不是一次确立就最终确定的东西,接受标准要在尔后的接受过程中随着接受主体自我意识的发展而发展,随着需要的发展和对需要认识的深化而深化,其中矫正、修改甚至重新确立的事情也时常发生。接受者先确立了一定的接受标准,又在后来获得接受信息的过程中不断反思这些标准,修改和完善这些标准,并从中又派生出一些标准,使之更加具体化、体系化。

获取接受信息,一般说来,又包含接受主体了解自己所具有的各种实际能力,弄清哪些需求是有效需求哪些是无效需求,同时对自己所付出的或者可能付出的代价的了解。代价作为接受主体能力的付出的总和,它包括了接受主体拥有的体力、智力、感情、财力、时间、空间各个方面。代价有已付出的和将要付出的之分。有时人们用已付出的代价或将付出的代价来衡量接受客体的价值。

在获取接受信息时,接受主体还要获取参照客体的信息。参照客体是可以被接受者用来比较接受客体在同类客体中地位的客体。从可能性来说,可与接受客体形成比较的客体都是参照客体,实际只可能有一部分接受客体是参照客体。接受的过程和结果还要受到参照客体信息的制约。

三 接受的内化整合阶段

确立了接受标准，获得了一定的接受信息，接下来便是用接受标准来衡量接受对象。接受活动便进入了加工信息——内化整合的阶段，这种加工，实质上是接受主体以经过接受标准选择的接受信息为中介进行推理、判断，使之与原有思想政治品德结构、接受图式发生对接的建构和重构过程。这一节着重讨论两个问题，一是在确立接受标准、接受目的和获取了接受的信息后，内化整合的程序，二是内化整合阶段的形态。

（一）内化整合阶段的程序

内化整合中的第一个步骤是接受主体将接受标准具体化，细化，确定接受标准体系。所谓体系，一是指它是反映接受目的，体现接受标准和总原则的；二是指它是多级指标的，其指标是分层次的，如一级指标、二级指标、三级指标等等。指标层次的排列呈由简到繁之势。其中，一级指标取向较之二级指标取向简单抽象，二级指标较之一级指标取向复杂具体，以此类推；三是指它的各个指标根据其在接受中与目的的关系，重要性有所不同，每一指标有适当的权重值，因此，接受主体在各项接受指标相冲突进行取舍时便会考虑这个问题。接受标准体系的确立及确立的恰当与否直接影响接受的结果。

内化整合的第二个步骤是以接受标准衡量接受客体。将接受信息按接受标准的指标进行分解；然后权衡各个部分信息的价值。在整个处理过程中，信息的某些细节不断丢失而变得日益抽象。

第三个步骤，以对接受客体的接受标准与步骤，对参照客体进行评估，得出其评估值。

第四个步骤,将第二步和第三步进行比较,确立接受客体的价值,使之与原来的思想品德结构发生对接。受外来信息的刺激,神经纤维与神经元之间迅速接通,接受主体思维边界被激活。根据费斯汀格的认知失调理论,当外来信息与原有接受图式具有相一致的相容性时,二者发生契合,接受主体把信息客体纳入原有的思想品德结构,使之发生量的变化,这种现象称之为同化。如果信息客体与自己的接受图式不符时,往往发生两种情况,一种是引起接受主体接受图式的排斥,强化其原有的思想品德结构;另一种是迫使接受主体打破原有的接受图式,重组原有的思想品德结构,使其适应信息客体的性质和要求,这种现象称之为顺应。前者体现接受主体在接受活动中的能动性,后者则体现接受活动的受动性。人们的思想品德正是在这两种过程中不断同化或顺应、建构、提高、进步的。内化整合阶段是多段性与整体性的统一,稳定性与变动性、反复性的统一,具有多级反馈、连续运行、螺旋上升的特点。在这一阶段,有的接受客体很快就能被内化整合,有的接受客体往往要反复运行才能继续,最终形成能指导接受主体行为并相对稳定的思想品德结构。内化的结果往往会转化为自觉的社会行为。

接受主体由于具有不同的社会背景、接受图式,他们在内化整合阶段同化或者顺应的模式是不同的,概括起来大致可以分为三种。

(1)自觉认同。自觉认同指接受者无须经历态度改变,在认知的基础上直接同化。自觉认同的基础和前提,在于接受主体的现存的接受图式与接受客体所表现的价值基本契合,接受客体的意义与接受主体的追求目标相一致;这种一致性对不同层次、不同思想倾向的人来说,很不一样。自觉认同有两种基本情况:一是以满足需要为基础的认同。接受客体体现的利益,代表了接受主体的利益,能直接或间接地满足接受者的需要。例如解放后的土地改革，农民从土改政策中认识到自己利益所在，自觉接受这一政策。二是以信仰为基础的认同。信仰是个人世界观结构中的基本倾向。信仰形成后往往具有牢固性，且对接受客体有筛选、调节等作用。

(2)从众认同。从众心理的表现，主要有两种情况。一是基于群体归属感的从众认同。人是社会中的人，生活在这样或那样的群体中，以群体为心理和事业的依托，形成个人对群体的归属需要。归宿感从众心理来自于群体内要求保持一致性的压力。从众是为了得到外部的报偿，避免遭到冷遇、孤立和惩罚。另一种是以社会心理环境为背景的从众心理。社会心理气氛对每个社会成员都会构成一种心理压力，在这种压力面前固执己见或多或少会冒一些风险，遵从则留有较大的回旋余地。这种顺应表面上会接受，内心却有所保留。

(3)强制认同。在接受来自法定的和传统的权威以及其他的强制性命令时，不论自己的认知和态度如何，都只能服从。这种在外来压力下的认同，就是强制认同。强制认同往往导致表面服从而内心却处于排斥和对抗的状态。

(二)内化整合的现实形态

接受过程中的内化整合阶段在现实活动中形态各异，对于内化整合的类型可以做多种多样的划分，下面将要论及的两种内化整合的形态，是以接受标准的形式为划分依据的。

1. 以感觉为尺度的内化整合

这种内化整合的标准是感觉，即对接受客体的整合内化，所依据的标准是接受者的感觉，而不是接受者的观念，也不是接受者经过理性思维得出的形式化的接受标准体系。以感觉为尺度的接受，并不等于感觉。只有使接受者感到愉快，而接受者又认为这种接受客体使人愉快是有价值的时候才会接受。这类接受标准的观念前提是接受主体的感觉。这种接受是以感觉为尺度的接受。感觉是接受主体对外界刺激的一种本能的、直接的反应,不是经过思考而产生的,而接受却是经过思考而作出的。这就是以感觉为尺度的接受与感觉的区别。

以感觉为尺度的接受,其基本原则是:当接受客体引起接受者快乐、幸福的感觉时,接受者认为接受客体有正价值,反之,则认为它具有负价值,不能引起接受者任何感觉的则被接受者认为没有价值。

感觉不仅指受外部刺激的外部感觉,而且还包括接受者由接受客体的刺激(既可能是接受客体某一特性或某一方面,也可能是整个接受客体)而产生的情绪与情感。就本质而言,感觉包括情绪和情感,是特定社会文化中的人对外界刺激的一种心理反应。正如马克思所说:"五官感觉的**形成**是以往全部世界历史的产物。"[①]无论是机体内部的刺激,还是外部接受客体对个体的刺激都是经过了社会文化积淀、接受者以往经历的积淀的过滤,才转化为接受者的心理反应,转换为感觉。在同一社会中,对相同的接受对象,具有不同经历的人会有不同的感受。人的每一种感觉都是个体与其外部环境相互作用的产物。一种心理感受积淀着接受经验、反映着接受者的生理,保留着他以往的心理痕迹。

以心理感觉为尺度的接受,具有以下特点:

第一,具有鲜明的个性和个体差异性。感官虽然就来源来说,就形成过程而言,是从接受主体与社会交互作用中产生的。但就存在状态而言,感觉是属于个体的,是经过个体独特的心理生理过

① 《马克思恩格斯全集》第 42 卷,人民出版社 1979 年第 1 版,第 126 页。

滤网形成的。马克思曾说过："对象**如何**对他说来成为**他的**对象，这取决于**对象的性质**以及与之相适应的**本质力量**的性质；因为正是这种关系的**规定性**形成的一种特殊的、**现实的**肯定方式。"① 这种个体差异性是接受者与所接受的社会规范和由此而形成的观念相比较而言的。

第二，以感觉为尺度的接受，具有明显的情感体验性。接受主体感受到程度不同的情感冲击，体会到情绪的波动。当一种情感占据我们的感受时，感受就会顺从这种情感，并随之起伏。

第三，直接性。接受者的接受尺度是接受者本人需要的反应，使接受过程直接快捷。

第四，易变性。由于以感觉为尺度的接受是以人的需要为尺度的，而人的需要是变动的，因此，接受具有易变性。这些需要，最直接受接受情绪的刺激，受接受者当时生理状况、心理状况的制约。

2. 以观念为尺度的内化整合

不同的接受取决于不同的观念。观念是人们的社会生活、人们独特的个人经历、人们接受的信息等等各种因素在思维中的抽象、概括与定型，属于理性接受层次。接受者的观念庞大而复杂，内容极其丰富，几乎涵盖了接受的所有领域、所有方面，其来源十分复杂，有的源于权威，有的来自经验，有的是一种信念。它的形式多种多样，有准则、规范、信仰、信念、习俗、禁忌等；其性质错综复杂，有正确有错误，然而正是这种错综复杂性构成了人们接受的不同标准。

观念具有三大特点。

---

① 《马克思恩格斯全集》第 42 卷，人民出版社 1979 年第 1 版，第 125 页。

第一,观念是对感性接受的提升、抽象,它舍弃了感受的丰富性、表面性,赋予其深刻性与抽象性。尽管各种观念的抽象程度具有差异,甚至有巨大的差异,但是它们都是超越了感觉而获得理性形式的。尽管以观念作为接受标准时会伴随情感和其他感觉。

第二,具有理性形式的观念,因其概括性和抽象性,而具有广泛的涵盖性。观念的抽象程度越高,其涵盖性越广,其涵盖越广,解释力就越强,也就越不易改变,形成的接受也就越稳定。

第三,由于信息的形成经过了理性抽象,具有较广的涵盖性和较强的解释力,因而它能够被较多的接受者所接受,与之相适应,思想意识观念的传播具有较强的可能性。传播之中虽然会出现曲解、误解,但与感觉相比,思想意识更容易被接受者理解、接受。[①]

观念的上述特点使得以观念为尺度的接受,具有自己的特点。

第一,具有间接性。观念的抽象性、概括性使接受者的接受可以相对超越时空的限制,超出接受者接受时的当下需要。观念的形成不可能摆脱社会、历史及个人的种种局限,同时作为接受标准的观念同接受中的感觉可能有矛盾。原因在于:一是,观念对接受者而言,多半带有他律的色彩,多半带有社会性、强制性的痕迹。因此其内化程度不如感觉;二是,观念是理性抽象、概括的产物,它更多地反映的是接受者应该具有的愿望和要求。在观念中包含了接受者对各种需要关系的权衡和评估,体现了接受者对需要系统的理性化处理。因此,与当下的、瞬时的需要相比,它所体现的是接受者对长远需要、根本需要的把握。而长远需要、根本需要与当下瞬时的需要之间的冲突是自然而然的,它们之间的矛盾实质上是应然与实然、应该是与现在是之间的矛盾。这种矛盾的观念引发接受者自身的冲突。在实际的接受过程中,接受者往往会体验

① 冯平:《评价论》,东方出版社 1995 年第 1 版,第 141 ~ 142 页。

到心理的矛盾与情绪的紧张，感受到情感与理智的冲突。如果接受者要坚守理性的阵地，就必须排除当下情感的困扰，以坚强的意志克制情感的冲动，使接受保持以观念为尺度。

第二，社会群体性。因为观念具有更强的传播性和更强的更明显的社会群体共享性。观念不仅可以通过语言文字进行传播，而且可以通过声音、图像等具体可感的形象进行传播。观念的传播力最强，可以说，人们是先接受了某种观念，然后以这种观念感受世界时，才会产生感觉。传播者是以观念的传播为中介传递其感觉的。未形成某种观念，没有以某种观念作为接受的标准时，所看到、感到的世界是不同的，产生的感受也不一样。不是感觉变了，观念才变；而是观念变了，感觉才变。可以说，要把握接受者的行为，包括理解与预测其行为，必须把握左右接受者做出行为选择的观念；要改变接受者的行为，就必须改变其观念。对作为某一接受之标准的认同，就从根本上认同了这一接受；反之，就从根本上否定了这一接受。

第三，具有相对稳定性。在观念体系中，不同层次的观念的稳定性是不同的。处于观念体系深层的内核，其稳定性最强，而中层与表层的观念稳定性相对较弱，较容易发生变化。但与感觉相比，所有层次的观念的稳定性都高于感觉。认同接受了一种观念之后，人们便形成了一种对这一工具的依赖性，随着观念被逐渐强化、被巩固，甚至形成定势。直到原有的观念实在无法解释新的客体，新的经验与原有的观念的冲突无法协调时，原有的观念才有可能改变。观念的这种惰性使观念在产生它的基础已发生变化的条件下仍然能存在一段时间，而感觉却不一样。因此，观念的形成及内化整合相对难度大些。此外，观念的改变往往是有意识的，往往是接受者在对原有观念进行反思的基础上完成的；感觉的变化则不然，往往是无意识的。一时的行为，往往是感情冲动的产物，而一贯的行为，则是由观念支配的。

总之，以观念为尺度的接受与以感觉为尺度的接受的区分是相对的。因为现实的接受活动中，接受标准往往是多种形式融合在一起的，其中必然有一种形式为主导，或者是感觉，或者为观念，但感觉与观念并不会截然分开。

四　接受的行为外化阶段

（一）行为外化的表现形式

接受经过内化整合阶段以后，最终要通过外化表现出来。但是这种外化过程相对于前面各阶段而言往往具有一种滞后性，必须在一定的条件下才能发生，这种发生往往通过语言、表情、动作等等表现出来。

接受外化阶段的非语言表达大致有这么几种形式，其一是通过表情来表达。眼神、会意的微笑、拍手、点头、摇头等等都属于此类。现代心理学将表情分为三类：面部表情、身体表情、言语表情。面部表情主要通过脸部肌肉的变化而显现，其中眼神最为重要。身体表情是指身体躯干、四肢及头部的动作所表现的接受主体的情感状态和思想状态。如点头表示同意，摇头表示反对等等。言语表情是指通过语言、语音、节奏、声调等等表现接受主体的态度。言语表情有时显现出接受主体的言外之意、弦外之音，应注意识别。

其二是用行动来表达。接受主体在接受的外化阶段，其态度和接受状态可以不诉诸语言、甚至不通过表情显示其内心的态度和状态，但他总要把他的态度体现在他的行为中，行为反映了接受者的态度和观点。而且相对于语言来说，行为表达更具有某种客观化的品格，是主观见之于客观的行动，比较而言，更为真实地反映了一个人的思想、态度、观点。人们常说，看一个人不光要听其言，更要观其行，就是说行动表达更具有可靠性和真实性。

接受外化阶段的言语表达和非言语表达同样也受到一定接受情境的制约，受到接受者的目的和行为动机的制约，还要受行为能力的影响，而且行动的效果与发动行为的动机（态度）有时也会产生不一致。因此看一个人的行动必须历史地看，不能只看一时一地一事的行动表现。行为是外化的客观内容和标志。判断一个人接受的程度，思想品德的优劣，既要听其言，更要观其行，判断一个人，不是根据他自己的表白或对自己的看法，而是根据他的行动。

（二）行为外化的过程

在通常情况下，接受行为选择的发生，要依赖于接受客体、接受媒介以及接受环境对接受主体的刺激，且在几方面相互作用下才能实现。应该注意的是，接受客体、接受关系、接受环境在接受行为的选择和实现过程中，只提供了外在的刺激，而一切外在的刺激只有经过接受主体的主观能动性努力才能发挥作用，才对接受行为的选择发生实际的影响，也就是说接受主体发挥的作用是内在的、决定性的。

外化的接受行为是由接受主体的动机造成的。什么是接受动机呢？动机怎样转化为行为？动机与行为之间常常表现出不一致，即有的动机转化为行动，有的动机没能转化为行动，这是为什么？这与接受主体的意志的参与程度有直接关系。

所谓接受动机就是把人们（接受主体）引向某种接受目标的一种愿望和要求。接受动机可以分为低层次的接受动机和高层次的接受动机。低层次的接受动机是接受主体感受的产物，高层次的接受动机是思想意识的产物。然而，无论是低层次的接受动机还是高层次的接受动机,都是接受行为的内在的推动力。接受动机制约着接受行为的方向、接受行为的方式、接受行为的坚持性和接受行为的效果。特别是高层次的接受动机,即那些与某种理想、信仰、价值、原则、见解、观念等等相联系的动机,对于接受行为的制约力量尤其显著。

一种接受的外化行为往往由层次不同的接受动机造成,形成一种十分复杂的情况。一般而言,在许多接受动机之中必然有一种动机是具有主导性的接受动机,它对于接受行为的性质、方向起主导作用。而作为不同接受主体的同类接受行为,动机的差异就更复杂了。它造成每一个接受个体在同类接受行为中的表现各不相同,各有特点。因此,研究人们的接受行为,应该研究人们的接受动机及其规律。要影响和制约人们的接受行为也必须首先影响和制约人们的接受动机,只有如此才能达到最好的预期效果。

然而,仅有接受动机还不足以使接受行为实现。要想使接受动机转化为接受行为还必须有一种临界的推动力,这就是实现接受行为动机的决心。所谓决心,是指和动机相联系的一种持续的内心冲动和激动,有了它,人们的接受动机就可以转化为接受行为了。这里所说的决心,不是仅仅指人们单纯的内心活动,而是和一定的行为情境所造成的外部条件的刺激分不开的,是在外部刺激的作用和制约之下的内心活动。不同性质的接受行为,以及对接受主体利益的影响程度不同,它所需要的决心的大小也不相同。

有了决心虽然可以产生接受行为,但在一般情况下,有了决心还不一定立即行动,还需要有一个准备阶段,即采取决定的阶段,所谓采取决定的阶段,是指接受者在行为之前,对行动目标、行动方案的择定。具体来说,就是在这个准备阶段中,接受者必须发挥其能动性来进行行为轨道的选择,包括行为目标的选择、行为方式和手段的选择以及行为动机的取舍等等。接受者为什么能够选择？当然是由于接受者的头脑中储存了一些既存的行为模式和因果关系的模式、利益关系的模式等，这些模式是通过接受经验和接受知识积累起来的。因此，在产生外化的接受行为之前，接受者必须进行各方面的选择。

无论什么样的接受主体，什么层次的接受主体，一般说来总是倾向于选择他所认为的最有价值的、有最大价值的，倾向于自己作出的选择是最好选择，至少是较佳选择。最好、较好都是一些比较性的概念。这里所说的比较包含三层意思：(1)在若干个都被认为最好的对象中，某个更好和最好，这是对象方面的比较。(2)对某个接受主体的这个较好和最好，对于其他接受主体并不一定如此。(3)这是相对于某个接受主体当下所具有的能力和条件而言的更好和最好。

从接受行为的内容方面来看，当然和应该用好、较好、最好来划分，如果从接受行为的功用和效果方面看，则应该用效益来衡量。之所以是最佳选择，就因为它能使选择者获得更大的效益。正当与否是接受行为的内在标准，有效与否则形成检验一个接受行为的外在标准。接受行为的正当性是其有效性的内在根据和保障，而有效性则确证了接受行为的正当性。然而，在实际外化的接受行为中，由于受多方面条件的限制，只能达到相对的正当即比较的恰当，只能获得较大的效益，达到较优的、较佳的效果。

在确立了行为选择的原则之后，首先要进行接受行为目的的选择。“人们通常面临着不止一个，而是几个可供采取的目的。这就必须进行选择。为了选择，它必须根据每个目的的意义和价值，考虑其必要性，并根据主观和客观的条件，考虑其实现的可能性。如果每一种目的都有引人之处，都有某种必要性和可能性，人就会发生某种心理上的冲突，引起内部困难，在不同的目的之间举棋不定。各个行动的目的的引人程度越是强烈而相近，这种冲突就越尖锐,作为选择也就越困难,有时目的本身在客观性质上并不矛盾,但是不可能在同一时刻实现,也需要主体进行比较,权衡其轻重缓急,作出先后或主次的安排。"①

除了行为目标的选择,人们还要对行为方式与行为手段进行选择,即要分析和比较各种行为方式和手段的可能性、有效性和合理性。行为方式和手段的选择十分复杂,一方面这种选择是有很大余地的,就是说可供选择的行为方式和手段是很多的;但另一方面又会受到人们的思想品德水平、经验水平和知识水平的限制,使接受主体对各种行为方式和手段的适宜性以及各自的利弊,难以抉择,从而造成这方面选择的困难。

行为目的的选择和行为手段的选择既相互独立,又相互联系。说它相互独立,是因为在某些情况下,行为目的与行为手段没有什么必然联系,实现一个行为目的,可以采取不同的行为方式和手段。但在更多的情况下,行为目的和行为手段之间是有一定联系的,主要表现为行为目的对行为手段的特殊要求。在这种情况下,选择行为手段时就要密切联系到行为目的本身的性质和要求。

然而在选择接受行为的轨道时,仅仅从目的着眼或者仅仅从行为手段着眼固然不行,仅仅从行为目的与行为手段之间的关系来考虑也不够,选择接受行为时往往还要涉及行为动机的取舍问题。如果不能将行为动机的取舍与行为目的和行为手段的选择联系起来,则行为目的与行为手段的选择仍然无法最后完成。如果行为动机发生了变化,则行为目的与行为手段都会随之发生变化,必须再进行选择。所以,行为动机的取舍在选择接受行为时具有首要意义。在接受行为的预备阶段中,即在有了决心但行为尚未实现的阶段中,往往存在着不同行为动机之间的斗争。为什么会

① 曹日昌:《普通心理学》,人民教育出版社1980年第1版,第96页。

产生不同行为动机之间的斗争呢？在实际过程中，与某种接受行为相联系的行为动机往往不止一个，由于不同行为动机在价值标准上的差异而引起道德的或者功利的反思，就会使接受主体产生不同行为动机之间的斗争，要求进行选择。而选择的结果，是采取了某种行为动机，而舍弃了另一些行为动机，这种情况对于接受行为的目标和行为手段都会发生程度不同的影响。

有了上述的准备阶段之后，人们便进入接受行为的领域。接受行为是接受关系的直接的动态的表现。按照列宁的解释，接受行为是由“政治活动的性质、方向和方法”构成的、由特定的政治主体采取的。[①] 因此，接受行为有四个基本要素，即接受行为的性质、主体、方向和方式。接受行为的性质受到接受关系性质及其内在矛盾的制约和支配。接受行为具有特定的方向，其方向是接受主体的行为动机与行为实现的客观环境的统一。因此，接受行为的方向既含有人们的主观动机，又受到客观环境和条件的制约。

思想政治教育接受行为要成为习惯，就必须通过有意的练习或在实践中不断重复、强化。

① 《列宁全集》第11卷，人民出版社1987年第2版，第6页。

第五章 思想政治教育接受机制与规律

机制一词，源于希腊文，意指机器的构造和工作原理，后来扩展及有机体，指有机体的构造、功能和相互作用，现已广泛应用于各学科的研究。在社会科学领域里，机制用以表示一个复杂社会系统的复杂因素之间相互作用方式，尤其是精微的相互作用方式。研究中只讲相互作用尚显空泛，我们必须进一步追问：是什么在相互作用，相互作用的各种因素是如何相互作用的？

接受主体在接受过程中，必须借助于感觉器官和神经系统的一系列活动，因而表现为复杂的生理过程。但是，同一接受对象被不同的人接受或者同一接受对象在一个人两种不同状态下的接受，所得到的结果往往不一致。而现代神经心理学已告诉我们，人们的神经系统是基本相同的，一个人成熟之后的神经系统具有很大的稳定性，因此造成这种差别的原因不能归结为生理机制，接受客体被接受的过程不仅是生理过程，同时也是个心理过程，正是人们不同的心理因素导致了对同一刺激的不同反应。思想政治教育接受过程是生理——心理过程和社会过程的有机统一。社会过程的作用又是决定性的，它不仅影响了接受过程的前状态，接受的运行过程，而且直接影响接受的结果。

思想政治教育接受机制指接受的运作过程中各种因素的相互作用关系及相互作用方式，与上述接受过程相对应，思想政治教育接受机制包括思想政治教育接受生理——心理机制和思想政治教育接受的社会机制。这三种接受机制尽管层次不同，作用相异，但是三者相互联系，相互制约，共同结合成了思想政治教育接受的运行机制。

思想政治教育接受规律是接受活动诸要素的本质联系及矛盾运动的必然趋势，它表现为能动受动律、需要驱动律、多向互动律、内化外化律四种规律。

一　思想政治教育接受的生理机制

思想政治教育接受的生理机制和心理机制是两个不同层次的机制。人的一切心理活动依赖于人体一定的物质器官，主要是人的神经系统特别是大脑的功能。心理活动能引起人体生理状态或大或小的变化，同时变化了的生理状态也能使人的心理发生某些活动，影响到人的状态，使人难于或者易于接受某些信息。

接受的生理机制十分复杂，目前对这个问题的研究仍然处于"黑箱"状态。下面介绍一些与接受有关的生理活动。

（一）神经反射活动

从生理角度而言，接受是神经系统的反射活动的过程。反射是机体对内外环境刺激的应答反应，是神经系统发挥调节作用的基本活动方式。反射弧（最基本的反射结构）由五部分组成，它们的关系是：感受器──→传入神经──→中枢（脑和脊髓）──→传出神经──→效应器──→感受器，人体内各种效应器上分布着特殊的感受装置或感受细胞，效应器的活动作为新的刺激不断反馈感受器，从而形成循环往复的反射环，因而神经活动的实际过程是一个闭合回路的反射环。在这个过程中，大脑居于接收、处理信息、并指挥接受主体行动的中枢地位。离开了人脑，任何接受都不复存在。大脑中枢不仅接受感觉器官的信息传入，同时也在发出冲动改变感觉器官的活动，调节感觉器官的感觉阈值即敏感性。

（二）条件反射与非条件反射

前苏联学者巴甫洛夫在高级神经活动生理学中提出了条件反射学说和两个信号系统的概念。它们对探索接受活动的生理机制十分重要。巴甫洛夫认为，大脑的一切活动都是反射，一种是非条件反射，另一种是条件反射。非条件反射是动物和人类生来就有的本能性反射，例如接触食物口腔即分泌唾液等等。引起这种反射的神经结构之间先天就有固定联系，只要相应的刺激一出现就会发生反应，不需要附加的条件，不需要学习与训练。条件反射是与非条件反射相对而言的，是指动物和人类后天形成的反射，是在非条件反射的基础上，经过后天的学习和训练建立起来的反射活动。引起这种反射的神经结构之间没有固定的联系，只有暂时性联系。脑中的这种暂时性联系是通过学习和训练建立起来的，建立后如不适时给以强化，就会减弱或消退。思想政治教育接受也是复杂的条件反射活动，接受活动在接受主体内部与外部因素的反复作用与强化之下，会形成某种思想行为习惯。此时只要出现其中某个条件刺激物，就容易引起接受主体内一系列条件反射，直接完成某种思想行为。

可以说，接受主体的许多比较固定的思想观点、接受图式、行为习惯，都是条件反射的产物。反射产生的这种定型越久越牢固，也越难改变，直到形成习惯和定势，也不管这种定型是好的还是坏的。

(三)两个信号系统

巴甫洛夫提出人脑存在两个信号系统。引起条件反射的条件刺激起一种信号作用,又称信号刺激。信号分第一信号和第二信号两种。第一信号是现实的、具体的感觉信号,它是直接作用于感觉器官的具体刺激,如具体的事物及其声、光、色、形、味等等。第二信号是抽象的语词信号,是语言的词语所构成的刺激。第二信号是第一信号的信号,是人类特有的。正如巴甫洛夫所说:"词是现实的抽象,它们能够概括,而这种概括就组成了额外的,即人类所特有的高级思维。这种思维,首先创造了人类的普遍经验,而最后又创造了科学,即创造了人类在周围环境中和在他本身中的高级的定向工具。"①

大脑对第一信号产生反应的皮层机能系统被称为第一信号系统,这种高级神经活动能把直接刺激转化为引起机体各种活动的信号。大脑对第二信号产生反应的皮层机能系统叫做第二信号系统,这种高级神经活动能把第一信号转化为具有抽象意义的词语信号。语言是第二信号系统的外部表现。第一信号系统为动物与人类所共有,第二信号系统为人类所特有。第二信号系统的一切活动,一切词的表达和对言语信号的反应,都是人类生活中借助人脑的分析活动形成言语条件反射而建立起来的。第二信号系统借助词而使现实信号化,借助词表达活动,并保证人际相互联系。巴甫洛夫说:"词之对于人类,正像人类与动物所共有的其他条件刺激一样,是现实的刺激。但是,词的刺激是那样广阔丰富,无论是在质的方面,还是在量的方面,都不是动物的其他条件刺激所能比

① 《巴甫洛夫全集》第3卷,下册,人民卫生出版社1962年第1版,第232~233页。

拟的。由于在成人的全部生活经验中,词和进入大脑两半球的所有外部与内部刺激相结合,成为它们的信号,并代替它们,因而能引起和它们相联系的一切反应。”① 词语与具体刺激相结合时,就成为具体事物的信号,并可代替它成为条件刺激,充当第二信号。作为第二信号的词是在抽象出许多刺激物共有的本质特征的基础上,对这些刺激物的概括。它不需要与从未经验过的刺激和反应相结合,就能以联想的形式接通大脑皮层的神经联系。这种联系具有相对稳固性,也可以被另一些联系所代替。词可以代替感觉器官所感知的事物,可代替脑中所想象的事物,它会引起人的各种反应,如产生运动、回答问题、引起感情、发生联想等。人借助语词能形成概念、判断、推理,产生思维活动和高级的思想意识。

综上所述,人类的全部神经活动分为三个等级。第一级是低级的非条件反射;第二级是以非条件反射为基础的条件反射,即以实物为条件刺激的第一信号系统;第三级是以第一信号系统为基础,以语言为条件刺激的第二信号系统。人用语言作为第二信号,实现了人际交往和社会信息传递,既改造了客观世界,又改造了主观世界,包括大脑本身。

思想政治教育接受活动特别倚重第二信号系统。接受者通过口头、书面语言接受外界大部分信息,他的大脑皮层主要借助心中语得以理解并进行复杂的分析综合工作,逐步形成思想品德或者改变一系列思想观点的条件反射活动。第一信号具有直观感性、活泼生动的特点而易于为人所接受,因此思想政治教育寓教于乐往往能收到事半功倍的效果。

---

① 《巴甫洛夫全集》第4卷,人民卫生出版社1962年第1版,第428~429页。

（四）人的视听觉信息处理模式

接受活动之所以能够进行，首先与人体的生理机制分不开。接受的生理机制一般是由感受刺激、神经传导、大脑活动和肌体反应等若干环节和要素构成，这些要素与环节也是人体固有的生理功能。人体既有信息接收装置（感官系统），又有信息传输装置（神经系统）；既有记忆和处理装置（人的大脑），又有输出装置（发声等表达器官及控制这些器官的肌肉神经）；人的身体既是一个独立的有机体，又与外部环境保持着普遍联系。

施拉姆在阐释传播与接受行为时，曾引用了温德尔·约翰逊的一段描述：

1. 一个事件发生了……

2. 这一事件刺激了 A 先生的眼、耳朵或其他感觉器官，造成……

3. 神经搏动到达 A 先生的大脑，又到他的肌肉和腺线，这样就产生了紧张、未有语言之前的“感觉”等等；

4. 然后，A 先生开始按照他惯用的语言表达方式把这些感觉变成字句，而且从“他考虑到的”所有语句中，

5. 他“选择”或者抽象出某些字句，他以某种方式安排这些字句，然后

6. 通过声波和光波，A 先生对 B 先生讲话，

7. B 先生的眼和耳朵分别受到声波和光波的刺激，结果

8. 神经搏动到达 B 先生的大脑，又从大脑到他的肌肉和腺线，产生紧张（张力）、未讲话前的“感觉”等等；

9. 接着 B 先生开始按照他惯用的语言表达方式把这些感觉变成字句，并且从他“考虑过的”所有字句中，

10. 他“选择”或抽象出某些词，他以某种方式安排这些词，然

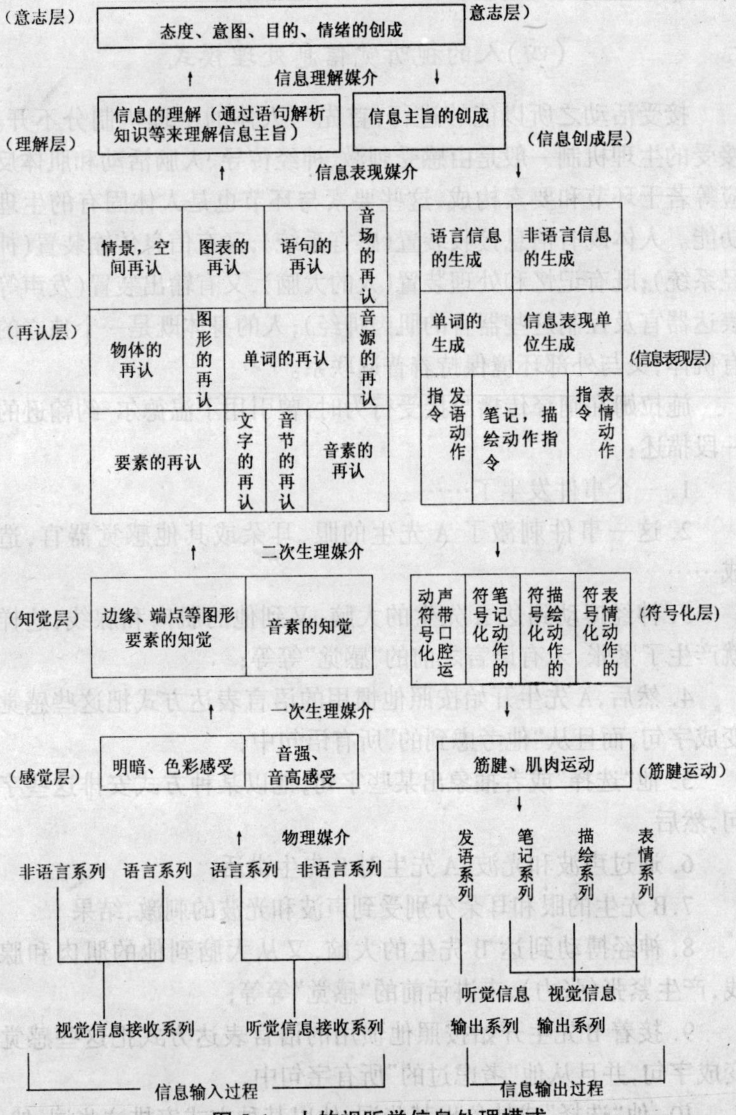

图 5.1 人的视听觉信息处理模式

后B先生相应地讲话,或做出行动,从而刺激了A先生——或其他某人——这样,传播过程就继续进行下去……①

在这段描述中,A先生或B先生都通过他们的感官接收外部世界的信息,在体内尤其通过大脑来处理这些信息,并把处理的结果转化为信息输出前的预备状态。日本学者渡边一央等人进一步提出了人的视听觉信息处理模式,来反映这一机制的系统性(图5.1)。

二　思想政治教育接受的心理机制

思想政治教育接受心理纷繁复杂,一般把它分为心理过程、个性心理和心理状态三个方面。心理过程是人的心理活动过程,是认识过程、情感过程和意志过程的总称。个性心理是个人带有倾向性的本质的比较稳定的心理特征的总和。个性心理的主要结构是个性心理特征和个性心理倾向性。心理状态是指当前时刻的心理活动水平(或脑功能的积极性水平),是个体处于某一特定时空下,受外部环境、自我意识和个性心理特征等因素的影响而产生的一种特定的心理现象。心理状态既不像心理过程那样具有高度的流动性和起伏性,也不像个性心理特征那样具有较高的稳定性,它只能在一定的时间内保持相对的稳定性,是人的心理过程和个性心理在特定时空和情况中的表现。它制约心理过程,而它的动力和性质又依赖于个性心理特征。接下来我们将讨论心理过程、个性心理和心理状态在接受中的作用。

① 施拉姆:《传播学概论》,新华出版社1987年第1版,第55页。

(一)心理过程在接受中的作用

1. 认识过程在接受中的作用

认识过程是接受者心理过程的起点和第一阶段,也是接受行为的主要心理基础。各种接受心理与行为现象,诸如接受动机的产生、接受态度的形成、接受过程中的比较选择,都是以认识过程为先导的。可以说,离开认识过程就不会产生接受行为。认识活动是一个复杂的心理过程,它主要由感觉、知觉、注意、记忆、想象和思维等方面组成。

(1)感觉与接受

感觉是客观世界的主观映象,是人脑对直接作用于感觉器官的事物的个别属性的反映。当接受对象作用于人的感官所引起的神经兴奋传递到大脑时,便产生感觉这种简单的心理过程。正如列宁所说:“不通过感觉,我们就不能知道事物的任何形式,也不能知道运动的任何形式。”① 感觉是一种最简单的心理现象,是人脑对接受客体外部特征和外部联系的直觉反映。接受者通过感觉获得的只是接受对象属性的表面、个别、孤立的认识。以感觉为基础,经过知觉、记忆、思维、想象等较复杂的心理活动,接受者获得了相关接受对象属性较全面的认识,产生各种情感变化,确认接受目标,作出接受决策。从一定意义上说,感觉是接受者一切知识和经验的基础。

作为接受过程的一种心理机能,感觉具有特殊的表现形态和作用方式,包括感受性和感觉阈限、感觉适应、联觉等。

感受性是感觉器官对刺激物的主观感受能力。它是接受者对接受对象刺激有无感觉以及感觉强弱的重要标志。感受性通常用

① 《列宁全集》第18卷,人民出版社1985年第2版,第316页。

感觉阈限的大小来度量。感觉阈限是指能引起某种感觉的持续一定时间的刺激量。接受者感受性的大小主要取决于接受对象感觉阈限的高低。一般而言,感觉阈限值越低,感受性就越大;感觉阈限值越高,感受性就越小,二者成反比关系。

另一方面,人的感受性会受时间因素的影响。随着接受客体刺激持续作用时间的延长,接受者因接触过度会造成感受性逐渐下降,这种现象叫做感觉适应,感觉适应是一种普遍的感觉现象。要改变这一现象,须调整接受客体刺激的作用时间,经常变换刺激的表现形式。

此外,人体各感觉器官的感受性不是彼此隔绝的,而是相互作用、相互影响的。一种感觉器官接受刺激产生感觉后,还会对其他感觉器官的感受性产生影响,这种现象就是联觉。在进行接受活动时经常会出现由感觉间相互作用引起的联觉现象。

(2)知觉与接受

知觉是接受者对接受对象的各种不同属性、各个部分及其相互关系的整体反映。知觉以感觉为基础,但知觉不是感觉在数量上的简单相加,它所反映的是接受对象个别属性之间的相互联系,是建立在各个个别属性内在联系基础上的事物的完整映像。没有必要的知识经验,就不可能对信息对象的整体形象形成知觉。与感觉相比,知觉对接受者的影响更直接、更重要,知觉的形成与否决定着接受者对接受客体的理解和接受程度;知觉过程的选择制约着接受者的选择;知觉形成的对接受对象的认知,是接受行为发生的前提条件。

知觉作为接受者对接受对象的主动反应过程,受到个人主观因素和接受对象特征的影响,表现出独有的特性,即选择性、理解性、整体性和恒常性。

在思想政治教育接受活动中,接受者并非对所有的信息刺激都作出反应,而是有选择地取其中部分刺激作为信息加以接收、加工和理解,这种在感觉基础上有选择地加工、处理信息并加以知觉的特性,就是知觉的选择性。引起知觉选择的原因,首先源于感觉阈限和人脑信息加工能力的限制。低于感觉阈限的刺激,不会被感觉器官所感受,不能成为知觉的选择对象。如果刺激到达足够强度,才会被感知。另一方面,接受者自身的需要、欲望、偏好、价值观念、情绪、态度、个性等主观因素,也能直接影响知觉选择。在接受活动中,凡符合接受者需要、欲望、偏好的刺激物(接受客体),往往成为首先选择的知觉对象。与此同时,防御心理也潜在地支配知觉选择。人都会趋利避害,当某种带有伤害性或于己不利的刺激出现时,接受者会本能地采取防御姿态,关闭感官通道,拒绝信息输入。

知觉的理解性是指知觉在知识与经验的参与下形成,只有借助于知识和经验,接受者才能对各种感觉到的信息加以选择和解释,认知为可理解的确定的事物。知识经验在知觉理解中的作用主要通过词语和概念来实现,概念和词语是知觉对象的标志,人们借助于各种概念和词语的命名,把接受对象的个别属性联成整体。接受者社会实践和知识经验水平的不同,造成了接受者之间在知觉理解能力和程度上的差异。

知觉的整体性是指尽管知觉对象由许多个别属性组成,但是,人们并不把接受对象感知为若干个相互独立的部分,而是趋向于把它知觉为一个统一的整体,根据接受对象各个部分的组合方式进行整体性知觉。此外,知觉的整体性还表现在对接受对象各种特征的联系与综合上。知觉的整体特性使接受者能够将某种接受客体与其他接受客体区别开来;当环境变化时,可以根据接受对象各种特征之间的联系加以识别和辨认,从而提高知觉的准确度。

知觉的恒常性是指由于知识经验的参与和整体知觉的作用,

人们对接受对象的认知更加全面和深刻,即使知觉的条件发生变化,知觉的映像仍能保持相对不变,即具有恒常性。知觉的这一特性使接受者能够避免外部因素的干扰,在复杂多变的社会环境中保持对某些接受客体的一贯认知。

(3)注意与接受

注意是接受心理活动对一定接受客体的指向和集中。"指向"是指在每一瞬间性活动总是有选择地朝向一定事物而离开其余事物;"集中"是指接受心理活动离开一切无关因素而深入指向其所选择的接受对象。指向性和集中性相互联系,密不可分,在二者的共同作用下,人们才能在感觉、知觉、记忆、思维以及情感、意志等活动中,有效地选择少数接受对象,对其作出深刻、清晰、完整的反应。

注意在接受活动中具有重要的作用。

①选择功能。即接受者选择有意义的、符合需要的接受对象加以注意,排除或避开无意义的,不符合需要的外部影响或刺激。从而清晰地感知接受对象,深刻地记忆有关信息,集中精力进行思考、分析和判断,在此基础上作出决策。

②维持功能。即把对选择对象的心理反应保持在一定方向上,并维持到心理活动的终结,使接受者心理与行为的一致性与连贯性得到保证。

③加强功能。即排除干扰,不断促进和提高接受者心理活动的强度与效率。在注意的情况下,接受者可以自动排除无关因素的干扰,克服心理倦怠,使心理活动更加准确和高效。

接受者在接受活动过程中,往往表现出不同的注意倾向,根据有无目的以及是否需要意志努力,可把注意分为无意注意、有意注意、有意后注意。

(4)记忆与接受

记忆是过去经验在人脑中的反映。具体而言,记忆是人脑对感知过的事物、思考过的问题或理论、体验过的情绪或做过的动作的反映。记忆可以使接受者积累接受经验,并且通过认知和再现,把以往的接受经验用于当前的接受活动。

记忆在接受者的心理和行为活动中具有重要作用。有了记忆,接受者才能把过去的经验作为表象保存下来,经验的逐渐积累推动了接受心理的发展和行为的复杂化。

接受者对过去经验的反映,要经历识记、保持、回忆、再认等几个环节。

①识记。整个记忆过程是从识记开始的,识记是一种有意识的反复感知,从而使接受客体的印迹在头脑中保留成为映像的过程。

②保持。保持是对过去经历过的事物映像在头脑中得到巩固的过程,是对识记材料的进一步加工、贮存,随着时间的推移和以后经验的影响,保持的识记在数量和质量上会发生某些变化。

③回忆。回忆又称重现,是对不在眼前的,过去经历过的事物表象在头脑中重新显现出来的过程。

④再认。指对过去经历过的事物重新出现时能够识别出来。

这四个环节彼此联系,相互制约,共同构成接受者完整统一的记忆过程。

(5)想象、思维与接受

想象是人脑对原有的感知形象进行加工改造并且形成新形象的心理过程。借助想象,人们在接受中的认识可以超越时空界限。思维是一种最复杂的心理活动,是人脑反映客观事物的本质属性及其规律性联系的心理过程。思维具有的概括性是人们间接接受事物的一个必备条件,思维的间接性则使接受者思维能通过某种媒介来理解和把握那些未曾经历的对象,以及推知事物过去进程与预见事物未来的发展。根据思维过程中凭借物的不同,思维可分为三种:直接动作思维、具体形象思维、抽象逻辑思维。接受者的思维过程则分为三步:一是分析过程,二是比较过程,三是评价过程。

2. 情感过程在接受中的作用

在思想政治教育接受活动中,情感无处不在,它以一种弥散的方式对是否接受及接受的程度发生影响。情感并非接受活动的某一个独立环节,它存在于接受活动诸环节之中,是对每一环节都发生影响的一种导向机制、动力机制。情感对思想政治教育接受的影响主要表现在,对接受活动的信息接收、信息选择所发挥的过滤作用和对接受活动所发挥的激发作用两个方面。

(1)接受过程中,情感对信息的接收、信息的选择发挥着重要的过滤作用

当接受对象确定后,接受者会不由自主地对接受客体产生一定的情感倾向,这种情感的产生,有时来源于以往的经验;有时是由于我们对接受客体瞬间形成的第一印象;有时是由于情感的传递等等。这种在接受活动初始就形成的情感,将对接受客体的信息择取、信息的理解产生重要的作用。接受主体会有意无意受到这种情感的驱使,从而使接受主体的注意力指向能满足接受主体情感需要的信息,回避或忽略与接受主体情感需要相悖的信息,或者对这些相悖的信息作出与主体情感需要相一致的理解。同时,情感还对接受时注意的稳定性、注意的强度发生影响。对喜爱的接受对象,接受主体会保持更持久的注意,且注意的强度也更强烈,因此也就越容易对接受客体加以接受,所谓"爱屋及乌"正是这种心情的写照,反过来也就越能满足接受者的情感需要;而对厌恶的接受对象,接受主体往往注意的时间较短,甚至不加以注意,注意的强度也较弱,不太容易对它加以接受。总之接受主体对接受

客体所具有的情感强度越高,接受过程中情感的支配作用就越大,而对信息的过滤作用也就越明显。

(2)情感的激发作用

接受者的情感可能会加强或者减弱他在接受过程中的感知力、理解力、想象力、判断力等等。当接受者的情绪状态不好时,他的大脑感受力随之降低,神经反应活动迟钝,从而使感知、理解、想象、判断能力下降,从而影响接受;接受者情绪状态较好时,大脑的感受力增强。

接受者情感不仅影响接受的主导取向,而且影响能否接受。接受主体的情感状态不由自主地将内在情感转移至接受对象,使接受活动充满着一种情感色调,使接受活动具有一定的与接受主体情感保持一致的倾向性。当接受主体处于一种消极的情感状态时,他往往对接受客体的感知取向、理解向度会带有这种否定性情感的痕迹,反之亦然。在现实的接受活动中,接受主体面对同样的信息,在不同的情感状态,往往作出截然不同的感知和理解,从而出现是否接受的不同。对于情绪型的接受者而言,这种情况出现的概率也许更高。

情感不仅影响是否接受,而且还对接受的程度有所影响。即使都是处于积极情感状态下的接受,由于接受主体情感的强度不同,其感受也不同,对接受客体所作出接受的程度自然也不同。

(3)不同状态的情感与接受

不同状态的情感,对接受的影响在程度上和作用方式也是不同的。心理学家根据情绪发生的强度、速度、持续时间和外部表现,把情绪状态分为心境、激情、应激三种。按照情感的内容、性质和表现方面的不同,把情感状态分为道德感、理智感、美感三种。

心境是一种深入的、比较薄弱而又持久的情绪状态,如忧郁、焦虑、得意等。心境并不具有特定的对象,而是作为人的情绪的总的背景起作用的。[①] 在心境产生的全部时间里,它能影响人的整个接受活动表现,保持它的积极或消极影响,使一切都感染着某种情绪的色彩。

激情是一种强烈、短暂爆发式的情绪状态。[②] 这种情绪状态,持续的时间较短,但强度较高。在激情状态,接受主体自控能力较弱,往往受激情所左右,接受者的理智分析能力受到猛烈冲击,接受与否完全受这种情绪所控制。接受者往往具有一种不得不的被驱使感,有一种只能如此、别无选择的偏执。接受的易变性表现十分明显。

应激是接受主体在出乎意料的紧张情况下出现的情绪状态。这种高度紧张的情绪状态对于瞬间须作出的是否接受有直接影响。这种影响常常有两种表现。一种是接受主体思维变得敏捷,动作迅速,表现出果断的反应,能够迅速地决定是否接受;另一种表现是,接受主体感知发生错误,思维已经混乱,动作受到抑制,无法正常对接受客体作出接受。在应激状态下,接受者究竟采取什么行动,主要取决于接受者的个性特点、知识经验和所受过的训练。

高级的社会性情感可以分为道德感、理智感和美感。道德感是人们运用一定的道德行为标准评价自我和他人言行时所产生的一种情感体验。[③] 接受行为符合道德准则便产生满意、肯定的体

---

① 《中国大百科全书·心理学》,中国大百科全书出版社 1991 年第 1 版,第 431 页。

② 伍棠棣等主编:《心理学》,人民教育出版社 1982 年第 1 版,第 141 页。

③ 伍棠棣等主编:《心理学》,人民教育出版社 1982 年第 1 版,第 143 页。

验,不符合道德准则便产生消极、否定的体验。

美感是人们对客观事物和现象的美的特征感受到的情感体验。它是由具有一定审美观点的人对外界事物的美丑进行评价时产生的一种肯定或否定,满意、愉悦或厌恶、高尚或庸俗的情感。美感往往与道德感密切结合,对接受产生一定的情感体验。

理智感是人们认识和追求真理的需要是否得到满足而产生的一种情感体验。[①] 人的接受活动中始终渗透着理智感,同时理智感又随着人的接受的深入而得到发展。

总而言之,接受不可能没有情感的参与,也不可能摆脱情感的干扰。在情感过弱的情况下,情感对接受的激发程度过低,使接受的深度和广度受影响。情感过强时,接受就会受情感所左右,甚至会直接将接受主体的情感移至接受结果。这里只分析了情感对接受的影响,没有分析接受对情感的作用。在实际的接受活动中,情感与接受之间是双向互动的,这种互动不仅表现在参与这次接受活动的情感是以往接受活动的结果,而且表现在对同一接受对象的不同接受阶段中。

3. 意志在接受中的作用

意志是人类自觉地确定目的,并根据目的支配、调节行动,从而实现预定目的的心理过程。它对人的行为(包括外部动作和内部心理状态)具有发动、坚持和制止、改变等方面的作用。[②] 意志在接受活动中发挥着调节和控制机能。意志在接受活动中的这种调控作用主要是保证接受心理活动的各个环节、各种因素都指向接受活动的目的,完成接受活动。意志的这一作用主要表现在以

---

① 伍棠棣等主编:《心理学》,人民教育出版社 1982 年第 1 版,第 144 页。

② 冯平:《评价论》,东方出版社 1995 年第 1 版,第 185 页。

下两方面。

(1)对接受活动的能动作用

这种能动作用表现在三个方面:一是发动作用,即可以推动人从事达到预定目的所必须的接受活动;二是坚持作用,支持人们在困难面前百折不挠地坚持下去;三是抑制作用,用意志的力量去阻止那些违背接受目的的行动。这三种作用在现实的思想政治教育接受活动中是相互联系,内在统一的。具体而言,这种能动作用体现在调控接受中的注意力、调控接受标准以及完成接受行为之中。

意志在接受活动中的功能之一,是调控接受主体在接受过程中的注意力,以保证接受主体从事接受活动的心理矢量指向接受的目的。注意是心理活动对一定对象的指向和集中。在接受活动中,有大量的信息符号进入人的感觉器官,然而在特定时间内只有其中一小部分引起中枢神经的活动,大部分输入的信息会被过滤掉,否则不能进行信息处理加工。而且心理学的研究成果也表明,人的思维活动有单向加工的特点。为了达到接受的目的,接受主体必须凭借意志控制其注意指向,使全部注意力能指向和集中在与接受目的系统保持一致的方面。注意不是独立的心理过程,它存在于感知、理解、判断等心理过程之中。在接受活动中,接受主体要靠意志控制其感知、理解、判断的注意指向同接受目的系统保持统一。

在接受活动中,意志对注意的调控,还表现为对注意稳定性的控制和对注意转移性的控制。在接受活动中,接受客体不变,但注意强度、注意稳定性不同,也将对感知和理解接受对象的程度,有时甚至对感知和理解的向度产生影响。

意志在接受活动中的功能之二,是调整接受标准,使之有利于实现接受目的。接受标准,在接受的初始阶段即已基本确立。接受活动正是根据接受标准系统所规定的接受视角、视阈和标准来认识接受客体的。在接受活动中,保持接受标准系统相对稳定性是保持接受过程内在统一性的必要条件。意志对接受标准系统的调控,首先是保证在接受活动中保持接受视角的一贯性,保持接受视阈的基本稳定,否则,接受活动无法进行。

除此之外,意志对接受标准系统的调控作用还表现为接受主体在接受活动中对接受标准的自觉调整。在接受初始阶段已基本确立的接受标准系统,也有可能发生变动。接受主体除保持其接受标准的相对稳定性外,还会根据具体情况自觉地调整其接受标准系统中不符合接受目的系统的部分,以便使其更有利于接受目的系统的实现。

意志在接受活动中的功能之三,是保证接受活动的完成。接受主体通过克服一系列困难,使接受活动按预定方向和轨道坚持到底。

(2)调控情感

意志在接受中的作用之二,是调控情感,使情感对接受活动的导向、激发强度有利于达到接受的目的。意志对情感的调控就是使情感保持在合理界限内,克服由情感强度不适当造成的影响。

情绪和情感是意志的动力或阻力:积极的情绪情感对人的意志行为起推动和支持作用,消极的情绪情感对人的意志产生动摇或削弱的作用。大多数情况下,意志通过对情感的调控而对接受心理中的感知、理解等发生调控作用。同样,意志对注意的调控与接受的标准系统的调控,大多以对情感的调控为中介。当然,意志薄弱者可能被消极情感所压倒,而意志坚强者则能够控制和驾驭自己的感情,克服消极情绪的干扰,把接受活动贯彻到底。

(二)个性心理与接受

个性心理是个人带有倾向性的本质的和比较稳定的心理特征

的总和。个性心理结构包括个性倾向性和个性心理特征两个方面。

个性倾向性是指个体在兴趣、需要、动机、理想、信仰、世界观等方面表现出来的较为稳定的差异性。个性心理特征是指每个个体身上表现出来的在能力、气质、性格上比较稳定的心理特征。个性所表现的是个人的独特风格,这种独特的风格是在个体的生理素质的基础上,在一定社会历史条件下,通过社会实践活动形成和发展起来的。它使每个人都不同于其他人,使每个人在思想政治教育接受过程中呈现出不同的具体的个别的特点。在一定条件下,这种特点可能被强化,也可能被改变和重新塑造。

1. 个性心理特征与接受

(1)能力与接受

能力是作为掌握和运用知识技能的条件并决定活动效率的一种个性心理特征。[①] 我们这里所说的能力特指接受能力。接受能力通常指个体从事一定思想政治教育接受活动的本领,它直接影响个体参与思想政治教育接受活动的效率。

接受能力可分为一般与特殊两种。

一般接受能力指具有广泛适应性的接受能力,即顺利完成接受活动所必需的智力,如观察力、注意力、思考力、记忆力、想象力、操作实践能力等等。观察力,是指对所接受的事物的全面和细致的分析能力;注意力,是指对所接受的事物的指向性和集中性的能力;思维力,是指对所接受的事物的分析、综合、抽象和概括的能力;想象力,是指接受者依据原先接受的教育材料,通过大脑的思维作用,创造出未曾接受过的甚至未存在过的教育材料的能力;记

① 《中国大百科全书·心理学》,中国大百科全书出版社 1991 年第 1 版,第 225 页。

忆力，是对所接受事物的记忆速度、准确性、巩固性和准备性等能力；操作实践能力，是对所接受的事物，通过接受者的消化吸收后，再去分析解决实际问题的能力。

特殊接受能力，是指在特殊领域表现出来的接受能力，例如对某一类型的接受对象具有较高的选择性、较大的接受量、比较特殊的接受方式。①

一般接受能力和特殊接受能力相互渗透、相互制约、互相促进。一般接受能力是形成特殊接受能力的条件，特殊接受能力是在一般接受能力基础之上发展起来的，二者构成一个有机整体。

由于接受主体先天素质不同，后天环境及所受社会影响不同，在接受能力上存在着差异。这种接受能力的差异分为三种：接受能力的个别类型差异、接受能力的发展水平差异和接受能力的年龄差异。

根据巴甫洛夫的研究，接受能力的个别类型差异有三种：一种是艺术型。属于这种类型的人思维特点是倾向于具体的形象思维，形象的知觉和记忆以及丰富的想象；二是思维型。属于这种类型的人思维特点是倾向于分析和系统化，倾向于比较概括和抽象的思维；三是中间型，属于这种类型的人兼有艺术型和思维型二者的特点。接受能力的个别类型差异导致接受者对接受对象的类型、内容、接受方式与方法、接受量的大小产生差异。接受能力的发展水平差异是指同年龄阶段的人在接受能力发展上的个别差异。同年龄阶段的人由于智力发展水平不同，接受能力会有差异，智力发展水平比较高的人接受能力也比较高，智力发展低下的人接受能力也较低，因此同一年龄段的不同接受能力层次的接受者

---

① 邱柏生主编：《思想教育接受学》，山西人民出版社 1992 年第 1 版，第 125 页。

在接受中也不同。

接受能力的年龄差异是接受能力呈现早晚的个别差异。表现为不同年龄的人对不同的接受对象具有不同的接受能力。理想、信念、兴趣以及性格特征,也是影响能力的形成和发展的重要条件。

总之,接受能力的强弱对思想政治教育接受活动具有重要的影响。首先,接受能力的强弱反映了接受活动中接受主体主观能动性的大小;其次,接受能力与接受量成正比,接受能力越强,接受量也越大,接受速度相对也快,因而接受效率较高。

(2)气质与接受

气质是人的心理活动的动力特征。它主要表现在心理过程的强度、速度、稳定性、灵活性及指向性上。人们情绪体验的强弱,意志努力的大小,知觉或思维的快慢,注意集中时间的长短,注意转移的难易,以及心理活动是倾向于外部事物还是倾向于自身内部等等都是气质的表现。① 气质贯穿在人的各种行为活动之中,并使人在不同情况下情绪情感和活动表现出同样性质的动力特点。气质较多受个体生理组织特点的影响,特别是受遗传影响较大,在环境与教育的影响下气质可以改变,尽管相当缓慢。

构成气质类型的心理成分有感受性、耐受性、反应的敏捷性、行为的可塑性、情绪兴奋性、外向性与内向性等。这些心理成分及特征的不同组合,构成多种多样的气质类型。比较常用的一种方法是把人的气质划分为四种,即:第一种,胆汁质(兴奋型),表现为感受性低而耐受性较高,情绪兴奋性强,反应速度快但不灵活,外向性明显,行为可塑性小,情绪和行为特征是容易激怒。第二种,

① 《中国大百科全书·心理学》,中国大百科全书出版社 1991 年第 1 版,第 242 页。

多血质(活泼型),表现为感受性低而耐受性较高,情绪兴奋性强,反应速度快而灵活,外向性明显,行为具有可塑性,情绪和行为特征是愉快机敏不稳定。第三种,黏液型(安静型),表现为感受性低而耐受性高,情绪兴奋性低,反应速度慢且不灵活,内向性明显,行为稳定,情绪和行为特征是冷漠。第四种,抑郁质(弱型),表现为感受性高而耐受性低,情绪体验性强,反应速度慢且不灵活,内向性明显,行为具有刻板性,情绪与行为特征是悲观。

气质贯穿在人的一切活动之中,也贯穿在思想政治教育接受活动之中,直接影响接受活动。

首先,气质影响接受活动的方式和风格。气质是较为稳定的个性心理特征,它实质上是不同的神经类型不同组合在人的心理及其行为活动中的具体反映。因而直接制约和影响个人的接受心理活动与接受行为方式和风格,不同气质的人在接受活动过程中的接受方式和风格呈现出各自不同的特点。比如,在收看电视连续剧《钢铁是怎样炼成的》时,同样是被主人公保尔的英雄事迹所鼓舞所感动,各种不同气质会表现出不同的状态,多血质、胆汁质的人会随情节发展而情绪起伏,黏液质和抑郁质的人则难以从表面看出太大的变化。

其次,气质影响接受能力的形成和发展,从而影响接受的敏感度、接受的速度、接受的量以及接受的效率。在相同的条件下,黏液质的人容易迅速形成稳定的注意力和较强的自制力,多血质的人就与之相反;多血质的人反应灵活易迅速实现注意转移,黏液质的人就难以做到。在相同单位时间内,胆汁质、多血质、黏液质的人的接受量比抑郁质的人更大;多血质的人相对其他气质的人接受速度更快一些;胆汁质的人情绪波动大,容易使接受活动受到情绪的影响。

再次,气质不同虽然影响接受活动,但并不决定接受活动的最后结果。不同气质的人尽管接受方式、风格不同，接受速度、量以及接受的效率不同，但最后的接受结果却有可能会一样。因此气质类型对思想政治教育接受活动来说并无好坏之分，都具有积极与消极的两重性。思想政治教育必须尊重和利用人的气质的两重性，扬长避短，提高接受效果。

(3)性格与接受

性格是人对现实的态度和行为方式中比较稳定的心理特征的总和。[①] 恩格斯曾说："我觉得一个人物的性格不仅表现在他做什么，而且表现在他怎样做。"[②] "做什么"与"怎样做"反映出一个人的思想动向对现实的态度及其行为方式。当个人对现实态度及行为方式得到客观现实的积极强化形成习惯化、系统化、定型化之后，人的性格特征便显现了。而只有那些在个性中起核心作用、具有社会意义并贯穿于人对现实的态度和行为之中的稳定的心理特征，才能称之为性格。

性格心理结构有许多不同的侧面和多种特征，这些侧面及其特征组合成复杂的结构，这些性格的侧面与特征从不同方面影响思想政治教育接受活动。

第一，性格的态度特征对接受的影响。性格的态度特征主要反映个体在处理各种社会关系(社会、集体和他人与个人之间关系)方面所表现出来的性格特征。它具体体现为个人对待社会、集体、他人的态度，对待劳动工作学习的态度，以及对待自己的态度等。例如对社会、集体是热爱还是厌恶，是关心还是冷漠，是利己

① 《中国大百科全书·心理学》，中国大百科全书出版社 1991 年第 1 版，第 469 页。

② 《马克思恩格斯全集》第 29 卷，人民出版社 1972 年第 1 版，第 583 页。

还是利他,这都会影响到接受内容的选择、影响到接受的结果。

第二,性格的意志特征对接受的影响。性格的意志特征,是指个体性格中表现在对自己的行为如何调节方面的特征。它具体体现在:一个人对自己的行为目的是否有明确而深刻的认识,特别是能否认识到自己的行为的社会意义,并受到社会规范的约束;表现在对行为自觉控制、调节的水平;表现在对行为调节客观表现的意志特征,如果断性与迟疑性,坚韧性与妥协性;表现在自己的行为是受自己的观点和信仰的制约还是容易受别人的暗示,被别人所左右。

第三,性格的情绪特征对接受的影响。性格的情绪特征是指人的情绪的强度、稳定性、持续性以及主导心境的差异对行为的支配程度方面的特征。它具体表现为:接受活动受情绪的感染程度和支配程度以及情绪受意志控制的程度;个体情绪的起伏和波动程度以及其身心和行为受情绪影响的久暂程度,表现在接受者的主导心境特征(即一个人经常出现的起支配作用的心境是什么及其支配的时间的长短)。性格的情绪性特征对接受效果有直接影响,情绪好,人就容易接受信息,情绪差,就不容易接受信息。

第四,性格的理智特征对接受的影响。性格的理智特征,是指接受者在感知、记忆、想象和思维等认知方面的个别差异。它具体表现为:性格感知方面的主动观察特征和被动观察特征,前者在感知中不容易被环境刺激所干扰,后者则明显受环境刺激的影响,感知的快速性特征和精确性特征等等直接影响对接受对象的感知;在思维方面的性格特征,如善于独立思考的人对接受材料理解更深入,不善于思考的人喜欢搬用现成的资料不求甚解。在想象方面有主动想象、被动想象,想象范围的狭窄与广阔之分,这些特征影响接受者对接受材料的理解、消化。在记忆方面有主动性记忆与被动性记忆类型;直接形象记忆与逻辑思维记忆类型;记忆持续现象的长久保持型和迅速遗忘型，都影响到接受的效率。

2. 个性倾向性对接受的影响

(1)接受需要对接受的作用

需要对接受的作用主要表现在三个方面。

第一，需要是接受活动的基本动力。需要是人的生理和社会方面的客观需求在人脑中的反映，是个体在生活中感到欠缺而力求获得满足的一种心理状态。需要一旦产生，就会在人的心理上产生不安的紧张情绪，驱使人去获得所需要的东西。这种驱动力促使接受主体提出接受目的，寻找接受对象，选择接受内容，开始满足需要的活动，当需要得到满足之后，满足这种需要的接受活动暂时告一段落，随后又会循环往复。

第二，需要的指向性决定了接受的选择性。任何需要都是追求特定的对象以求满足，因此需要总是指向某种具体的接受对象，或者是物质，或者是精神。需要的指向性决定接受主体对接受对象的选择、对接受内容的选择的关注，选择与指向相应的事物。

第三，需要的层次性决定了接受的层次性。人的需要不仅具有多样性，具有方向性，还有层次性。这是由于接受者生长环境、受教育程度、知识结构、认知水平的差异。接受的层次性不仅体现为接受主体具有不同层次的需要，而且接受对象、接受内容具有不同层次，还表现为对同一接受对象不同层次的体验。需要的层次性影响了接受的层次性，这既反映了接受主体对不同层次的接受对象、接受内容的选择，也反映了对同一接受对象、接受内容的不同层次的体认。

(2)动机对接受的作用

动机是行为发动的起因,也即个体用某种形式活动的主观原因。[1] 它是引起和维持个体的活动,并使该活动朝向某一目标进行,以满足个体需要的内部动力。动机一般具有四个特征:第一,始动性。动机能发动一个人的行动。第二,导向性。动机不仅能发动行动,而且能使一个人的行动具有稳固和完整的内容,使行动趋向一定的目标。第三,强度。动机在决定始动性和导向性的同时,通常也就决定了行动的强度。第四,维持性。人们坚持某种活动的时间长短与相应动机的维持性有一定关系。

接受动机的产生一般源于人的需要。一方面,需要的强度只有达到足够大才能产生动机,另一方面只有外在事物的诱发和外部力量的推动,才能激发需要表现为动机。因此接受动机的产生,取决于个体有接受的需要和一定外界条件的诱发引导的共同作用。接受动机是接受主体进行接受活动的一种内在动力,它对接受活动的作用表现在四个方面:一是起动或者制止接受活动;二是引导接受活动指向一定的目标、对象、内容;三是加强或者减弱接受活动的强度;四是动机决定支配接受行为的时间长短,影响接受结果。

根据接受动机产生过程中接受需要和诱因哪个起主要作用,接受动机可分为外因性动机和内因性动机。内因性动机是指主要由个体的内在心理因素转化而来的动机。内因性动机对接受活动的推动力量较大,维持的时间也较长,由它引发的接受活动可以使人们获得某种满足。外因性动机是指主要由外在条件(诱因)诱发而来的动机。一般情况下,外因性动机对接受活动的推动力量较小,持续作用的时间较短,外在条件一旦消失,外因性动机会很快

---

① 《中国大百科全书·心理学》,中国大百科全书出版社 1991 年第 1 版,第 55 页。

失去作用。

根据动机的影响范围和持续作用的时间,可以分为近景性动机与远景性动机。近景性动机和具体接受活动相联系,影响范围小,持续作用时间短,这种动机起比较直接的推动作用 。远景性动机与接受活动的社会意义相联系,影响范围大,持续作用时间长,这种动机一般起比较间接的推动作用。

一个人的多种需要同时存在,因此接受主体的复杂多样的接受动机交织在一起发生作用。一般情况下,接受动机与接受行为是一致的,动机相同,结果相同,动机不同,行为结果也不同;在有些情况下,动机与行为结果也会发生矛盾,同一行为结果可能由不同的动机造成,同一接受动机也可能导致不同的接受行为结果,这其中十分复杂,需要我们注意识别。

(3)兴趣对接受的作用

兴趣是人们力求认识某种事物和从事某项活动的意识倾向。它表现为人们对某种事物、某项活动的选择性态度和积极的情绪反应。[①] 这种倾向总是使人对某种事物给予优先注意,并在发生兴趣的同时伴有对该事物的满意、愉快、振奋等肯定性情绪。

接受兴趣是在接受需要的基础上产生和发展的,它是接受动机中最活跃的成分之一。接受兴趣对接受的作用具体表现在三个方面。

第一,接受兴趣的倾向性,是接受主体之间兴趣指向的接受客体及其具体内容的区别。尽管接受主体的兴趣总是指向一定的接受对象,但其兴趣指向何种接受客体和该接受对象的何种内容具有极大的差别,因此接受兴趣的倾向性直接关系到接受的性质。

① 《中国大百科全书·心理学》,中国大百科全书出版社 1991 年第 1 版,第 468 页。

第二,接受兴趣对接受起动力性作用。人对他所感兴趣的接受对象总是心驰神往,并积极地把注意指向并集中于该活动。它对接受主体感兴趣的接受活动起支持、推动和促进作用,对不感兴趣的接受活动起阻碍作用。

第三,接受兴趣的效能性对接受的作用。接受兴趣的效能性是指个体接受兴趣对接受活动产生的效果的大小,即就接受兴趣的力量而言。接受兴趣由于稳定性不同、持久性不同、有效性不同,对接受分别产生不同的实际效果。

(4)理想、信念、世界观对接受的影响

需要、动机、兴趣是个性倾向中相对较低层次的、自发的组成部分,而理想、信念、世界观则是高层次的、自觉的组成部分。

理想是对未来有可能实现的奋斗目标的向往与追求,是关于社会和人生的奋斗目标,是个体行为不可缺少的巨大精神力量。它是个性倾向的最高形式,是构成接受动机的主要成分之一。理想不仅有丰富的想象内容,还有明确的思想认识,喜爱、赞扬等肯定的情感和排除各种困难力求实现的意志。它源于现实,又高于现实。接受者的理想在接受活动中具有重要作用:第一,理想是人生奋斗的目标,是人们对未来的向往和追求,对接受活动具有指向作用,人的理想不同,兴趣爱好不同,接受的指向也会不同。第二,有了理想和奋斗目标,才能激发人积极为之奋斗的动机,对接受活动起巨大的推动作用。第三,理想对接受的内容具有高标准的选择作用,它在意识中可作为评价情感和动机的标准,调节对接受内容的反映。不同的理想和不同层次的理想也导致对接受对象的选择不同。

信念是人对某种认识的真实性、正确性的坚信不移并经常用来支配自己的行动,力求加以实现的个性心理倾向。信念是认识、情感和意志的有机融合,是接受动机的主要成分。它是理想的基石，又以理想为核心。思想政治教育接受活动是信念形成的不可缺少的重要环节，信念对接受活动也具有明显的作用：第一，信念是激励和推动接受者按照自己认为正确的观念、原则去接受、去实现接受目标的一种强大的内在力量，它不仅决定个人的积极性的程度和方向，而且决定个体行为的坚韧性。第二，信念是人衡度事物、判断是非的标准，是接受标准和评价接受活动的依据，因此它对接受对象进行筛选，从而影响到接受的行为倾向。凡是与自己倾向相符的就接受，否则就不予接受。

世界观是个性心理倾向的集中表现，是个性心理的核心，是人们对生活中的整个世界的总的看法和根本观点。世界观是在人的需要、动机、兴趣、理想和信念的基础上，通过人的活动而形成的。接受活动对形成世界观具有重要作用，接受主体的世界观对接受活动也产生了很大影响，世界观处于个性心理倾向的最高层，它制约着个体的认识、情感、意志、需要、兴趣、能力等各种心理活动，从而影响着整个接受活动，它可以影响接受材料的选择、接受活动的性质、方向、方式、强度。理想、信念通过世界观确定人的行为方向，因此世界观又是人的全部行为包括接受行为的最高调节器，不同的世界观对接受活动调节作用的大小不同。

三 思想政治教育接受的社会机制

按照马克思的理解，“人是最名副其实的政治动物，不仅是一种合群的动物，而且是只有在社会中才能独立的动物。”① 社会性是整个人类活动的一般性质；“活动和享受，无论就其内容或就其

① 《马克思恩格斯选集》第2卷，人民出版社1995年第2版，第2页。

存在方式来说，都是社会的，是社会的活动和社会的享受。”[①] 因此，思想政治教育接受活动不能离开社会进行，正是在社会活动中，接受者才获得了接受能力和接受标准；也正是在社会活动中接受才成为必要。因此接受不是纯粹属于个人的，而是属于接受主体所存在的那个社会、那个群体、那种文化的；任何接受都是在社会复杂背景下的运作过程。上一节我们把接受的生理——心理机制与其社会背景相对分离开来，进行理想化研究，是为了更清晰地把握接受，在这一基础上，将接受置于社会的复杂背景中，我们将能更深刻、更真实地把握接受。下面讨论影响接受的社会因素有哪些？它们是如何能影响接受的，又是怎样影响接受的？作用和影响的方式怎样？

接受主体总是在一定的社会关系中进行接受活动的，它对接受客体的接受，不仅要受对象本身影响，同时也要受到其他社会主体的影响和制约，接受主体与社会主体、社会关系的互动在接受活动中起着十分重要的作用。

（一）价值观念对接受的影响

1. 价值观念是社会关系的隐蔽形式

人的思想不是从天上掉下来的，也不是头脑中所固有的，而是客观现实在人脑中的反映。“观念的东西不外是移入人的头脑并在人的头脑中改造过的物质的东西而已。”[②] 人的思想来源于社会，社会环境对接受活动的影响是多方面的，它主要是通过人际交往实现的。社会中人际交往对人的思想品德的形成与发展在一定

① 卡尔·马克思：《1844 年经济学哲学手稿》，人民出版社 1985 年第 1 版，第 78 页。

② 《马克思恩格斯选集》第 2 卷，人民出版社 1995 年第 2 版，第 112 页。

条件下具有决定意义。“人发展取决于直接和间接交往的其他一切人的发展。”① 人生活在错综复杂的社会关系网络之中，各种社会关系主要是通过人的活动和交往对人的思想政治品德发生影响。这其中，价值观念是一个重要的因素。价值观是人们关于价值的基本原则、基本标准的观念，其中社会价值本位、人生理想、社会秩序的观念，人与人关系以及人与物关系的观念构成了它的核心内容。价值观念既包括经过提炼表现为社会意识形态的东西，也包括那些渗透在社会习惯和社会心理中的东西。价值观作为一种体系，有表层和深层之分。所谓深层价值观念，是指居于价值观念体系核心或基础部位，指导和影响并具体化为表层价值观念，在后者发生冲突时起调节、调整作用的价值观念，它包括那些较为一般、较为抽象同时又带有根本性的原则性标准和信念以及那些由长期的实践生活而累积内化和渗透在民族性格、良心和心理之中的某些东西。所谓表层价值观念往往体现为社会上公认的、流行的规范、规则、法律、纪律等等，它们直接地规定和指导着人们的活动，为人们提供着基本的是非、善恶、美丑、对错的标准，同时从中又可以衍生出一些更为具体的标准。②

2. 价值观念对接受活动的影响

价值观念对人们的接受活动的制约作用体现在以下几个方面。

(1)它规定了接受活动的前提

前面已谈到，接受活动过程的首要环节是接受标准的确立，接受标准的确立是接受活动赖以进行的前提条件。接受主体在进行

① 《马克思恩格斯全集》第3卷，人民出版社1956年第1版，第515页。

② 马俊峰：《评价活动论》，中国人民大学出版社1995年第1版，第354~355页。

接受时,并不是先创造一个接受标准再去接受,与之相反,他往往是从社会的价值观念体系中去选取一个标准或几个标准,换句话说,接受者在从前的社会化教育和熏陶中已获得了这些标准,这时他只是从自己的头脑中选取一个标准进行接受。在社会发生剧烈变迁时,主导的价值观念已不能提供统一的价值标准,各种价值观念纷纷出现,形成价值标准多元并存的局面,多元的价值标准提供了多种是非尺度、多种接受标准,人们因而失去了统一的价值标准,对事物的价值无法做出最后的评价,对行为的合理性不能做最高的判断,在进行各种选择时出现困惑,这种现象被称做"价值危机"。接受标准的混乱使人觉得事物的价值都是相对的,从而对任何事物的行为和意义都表示怀疑。

(2)价值观念规定了接受的性质

价值标准区分了什么是重要的,什么是有价值的,什么是应该的,什么是最好的。价值标准影响了人的接受标准的形成。接受标准对接受活动至关重要,接受标准正确与否、合理与否,直接地规定着接受结果的性质。如果价值观念和接受标准不合理,势必会影响接受者,使其价值判断成为不合理的判断。如果接受标准不同,人们得出的价值判断自然也不同。人们之所以对同一现象、同一接受对象有很不相同的态度,不同的接受结果,原因就在于他们各自所持的价值观念不同,是因为他们各自所依据的接受标准不同。

(3)价值观念还影响着接受活动的张力和弹性

接受主体在面临相反或相冲突的接受对象时如何调节、调整接受活动的能力,或者是接受者在接受过程中表现出来的权衡能力。这种权衡和化解的能力需要接受者去学习和掌握。但一定社会价值体系中深层价值观念与表层价值观念衔接得怎样,体现了什么样的原则,对接受有重要的作用。

(4)价值观念还规定了接受活动的基本方向

价值观念影响了接受主体将其期望值定在什么范围和程度上,接受活动的基本方向既受具体接受情势条件和接受主体条件的影响,更受到社会价值观念的制约。价值观念的方向性体现在价值的各个方面,从价值兴趣、价值评价、价值选择等价值现象中都可以发现价值观念的方向性。每一个价值观念都指出一个价值方向,不同的价值观念具有不同的价值方向。每个价值观念都希望人们按照它所指引的方向前进,通过解释事物和行为的价值,为人的接受活动指出应该追求的方向。

(二)所属群体对接受的影响

1. 群体压力与接受

任何社会群体都会对与之有关或所属的接受者的心理产生一定影响。这种影响往往是通过集体的信念、价值观和群体的规范形成的一种无形的压力,这种压力我们称之为群体压力。群体规范,是指群体所确立的行为标准,群体中的每位成员必须遵守这些标准。这些规范不是规范其成员的一举一动,而是规定对其成员行为可以接受和不能容忍的范围和限度。心理学研究表明,信念和价值观对接受个体的压力不带有强制性因素,群体规范对接受个体形成的压力有趋于强制的倾向。如果群体的成员不遵从群体的规范,可能会受到嘲讽、讥笑、议论等心理压力或心理处罚。

2. 服从心理与接受

服从心理是接受者顺从群体的意志、价值观念、行为规范等一系列心理活动。

(1)对群体的信任感导致接受者服从

在多数情况下,接受者个人的心理活动总是与所属群体的思想倾向相同或一致,这是群体压力与个体成员对群体信任交互作用的结果。如果群体某成员最初独立采取某种立场,后来发现群体成员与之相反,假如这个群体是他最信任的群体,他很可能会受服从心理的支配,改变原有的立场,与群体保持一致。

(2)对偏离群体的恐惧使接受者产生服从

无论在任何环境里,个体中的多数人希望能与多数人保持一致。在群体中,成员的行为如果与群体的行为标准不一致,他要么选择脱离该群体,要么改变自己原来的行为。对多数人而言,往往更倾向于选择后者。因为人往往不愿意偏离或脱离群体,总希望自己成为群体中受欢迎的人,而不希望成为群体的叛逆、厌恶的对象,因此个体总是趋于服从。

3. 群体的一致性与接受

社会群体的一致性能影响接受者的判断能力。接受者对群体的服从可分为两类:(1)主动服从,即个体的行为心理与群体一致;(2)被动服从,即个体成员的行为心理与群体不一致,但由于服从心理的作用,使其接受群体观点而放弃自己的观点。作为个体,接受者对接触的事物往往有自己的评判标准,但他的标准与群体标准不一致时,群体一致性的压力对接受者的判断力会产生巨大影响。

4. 群体规模与接受

群体规模对接受心理具有一定影响。接受主体的服从心理和群体对个体的压力强弱与人员的多少是一致的。一般而言,群体人数越多,对个体成员的压力越大,个体的服从心理越强;反之,压力相应降低,个体的服从心理也逐步减弱。

(三)他人与社会评价对接受的影响

他人与社会的评价像一只无形的手指挥着对接受活动的社会认可,从而对人的接受活动产生巨大的约束力。

1. 他人的评价对接受的影响

所谓他人的评价是指接受者之外的任何个人所代表的评价者个人的评价。他人的评价是影响我们接受的一种重要力量。不同的他人与接受主体的关系是不同的,而与接受者具有不同关系的人的评价对接受者的影响又不同。因此有必要分别分析。根据他人与接受主体的关系,我们将其划分为三个层次,对于不同特点的他人,接受者心理反应是不一样的。

一是与接受主体关系最为疏远的人。尽管这些人与接受者虽然擦肩而过,但他们的评价对接受主体的接受的影响依然存在,只不过这种影响是短暂的、偶然的。

二是与接受主体经常交往,但关系并不密切的人。这些人由于生活在接受者的周围,并且与接受者有一定的共性,因此他们对接受者的影响较之关系疏远的人更大,因为这些人的存在是接受者生活环境的一部分,他们的评价构成了人际环境的一部分,接受者为了获得一个良好的人际环境,往往会接受其评价,依从他们的评价,愿意和他们保持行为上的相似与接近。但这些他人的评价对接受者的影响往往是浮于表面的多而进入深层的少。

三是与接受主体关系最密切的他人,这些人主要是接受者的家人与朋友。他们与前面两类人不同,接受者对他们有着情感上和理性上的双重认同,因此这些人对接受主体的影响最大,有时候朋友的评价甚至超过家人的评价,接受者更容易认同他们的评价,甚至当接受者面对某些事物、某些人、某些行为时,也会想起他们,想到他们可能采取的态度,他们的观点成了接受者进行接受的一个重要的参照系。

2. 社会评价对接受的作用

所谓社会评价,有三类基本的形式,即组织的评价、舆论以及传播媒介所传播的观念。组织的评价是指由他人代表一定的社会机构、社会团体对接受者所作出的评价。舆论是以人数众多而区别于他人。传播媒介的宣传是以权威的见解而区别于普通个人。在社会评价中，价值主体是组织，评价标准是组织的需要，而不是接受者个人的需要。

组织的评价是由直接领导接受者的上级机构对接受者作出的评价，也是对接受者形成巨大影响力的最为直接的评价，如单位对接受者工作表现、行为的评价。这类评价对接受者的作用是直接的，而且是强有力的，这主要是由于接受者内心认同这类评价的权威性，另外这类评价直接影响接受者周围的环境，接受者周围的人也容易受到这种评价的影响，按照这种有权威性的组织的评价来评价接受者，从而产生一种放大的效应。

社会评价所采用的第二种形式是各种舆论。舆论是全局中较多的成员作出的较为一致的评价。这种形式的社会评价对接受者影响也是较为直接和较为有利的。它以人多势众和对接受者生存环境的强烈影响而影响接受者的行为，并通过这种标准而有可能影响接受行为，因为对接受者个体而言，多数人的意见，往往被看成更具合理性的意见，于是接受者的接受符合舆论则增强了信心，而违背舆论则有可能反躬自问，修正其接受。通过舆论导向来约束个体的行为，使个体遵循社会的规范，是思想政治教育的重要方式。

社会评价的第三种表现形式是大众传播媒介所传递的各种观念。这种评价对接受个体的影响无所不在，相对前两种形式的社会评价，其影响方式不很直接，影响强度较弱，通常只是起到潜移默化的作用，它对接受主体接受的作用力大小，完全与接受者的自愿程度相关。因为前面两类评价即使接受者不想听也不得不听，而这类评价则不同了，它往往用形象去感染人，比观念产生的感染更强，通过诉诸情感影响人的接受。

（四）社会角色意识与接受

社会中的个体总是处于一定的社会位置上，或者说具有一定的社会地位。社会对每一个处于一定社会地位上的人存在一定的要求，我们称之为社会期望；与此相应，当个体依照社会对他的要求去履行其义务，行使其权利时，我们又称他是在扮演着一定的角色，其社会行为乃是一种角色行为。①

接受者作为社会个体，其接受行为也是一种角色行为。从接受者的社会关系来看，社会是由各种不同的角色构成的。接受者的一生要进入不同的社会位置，因而要扮演各种不同的社会角色，接受个体也会同时扮演不同的角色。角色是社会地位或社会期望与个体能力相统一的产物，作为“与某一位置有关的期待行为”，②角色无论对个人和社会都有十分重要的作用。

角色的诸多功能主要有互动、规范和自我表现三大方面。一方面角色通过互动表现自己，互动又是角色之间的互动；另一方面，角色的扮演和形成也无一不是在互动中进行的。互动是由角色的本质派生出来的。与此同时，角色具有制约、控制和规范接受个体行为的作用，它是通过一定角色的社会期望对某个个体的角色行为实现指导的。

接受者在社会关系体系中扮演不止一种角色，但不同角色对其行为表现不一致时产生角色之间的冲突，角色性质的冲突，角色的内在冲突，使接受活动产生茫然、彷徨，使接受行为冲突，甚至产

---

① 周晓虹：《现代社会心理学——多维视野中的社会行为研究》，上海人民出版社 1997 年第 1 版，第 358 页。

② 库珀等主编：《社会科学百科全书》，上海人民出版社 1989 年第 1 版，第 660 页。

生双重人格,这些现象在思想政治教育接受活动中十分常见。

总而言之,社会对接受的制约方式主要有三种。

一是强制式。社会通过各种强制手段,迫使接受主体按社会外部的观念要求行事,这种方式主要通过行为监控系统实施制约作用,对接受主体的行为结果进行监控,以物质的和精神的力量进行奖惩。

第二是诱导式。社会通过各种示范诱导的手段,使接受主体自发地接受外部观念,按照其要求行事。这种方式往往通过塑造某种典型的行为模式,使接受者自发地顺应外部社会要求,使接受主体从这些富有形象性、感染性和可信性的榜样中受到教育。

第三是内化式。社会通过各种作用手段最终转化为接受主体的内部观念,直接自觉调控接受活动。其条件有二:一是使社会外部观念与接受者的需要相符合,如果不符合就使它发生改变;二是外部观念作用途径符合接受主体的心理、习惯以及认知水平。

四　思想政治教育接受机理的规律

规律是客观事物发展过程中不以人们意志为转移的内部固有的、稳定的,区别于其他事物的本质联系。思想政治教育接受机理的规律,就是思想政治教育接受过程中诸要素、诸系统之间的本质的、必然的联系。对思想政治教育接受机理基本规律的认识,必须建立在对接受机理整体的、系统的认识之上。前面各章对思想政治教育接受关系系统、接受过程和接受机制的阐述,已经在探讨接受机理的规律问题。在这一节中,我们将进一步对思想政治教育接受机理的规律作出归纳与提炼,更直接地突出接受机理的相关规律。

思想政治教育接受机理的规律是一个多侧面、多层次的规律体系，它由基本规律和具体规律组成。

（一）思想政治教育接受机理的基本规律——能动受动律

思想政治教育接受活动是思想政治教育接受系统各要素相互作用产生的矛盾运动的过程。这些要素相互联系、相互制约、相互作用，共同规定了思想政治教育接受活动的方向、性质、程度等。思想政治教育接受机理的基本规律是思想政治教育接受诸要素的本质联系及基本矛盾运动的必然趋势。据此，我们认为思想政治教育接受机理的基本规律是“能动受动律”。所谓能动受动律，是指思想政治教育接受活动既是个人的能动的活动，又是受动的产物，思想政治教育接受活动是能动与受动的辩证统一。

具体来说，思想政治教育接受活动中，个体的主观能动性与社会的制约因素是相互作用的。接受的能动性表现为接受主体自主选择和接受的能力。这种接受能力主要有三种：一是驱使主体自觉选择和设定接受客体的指向能力，这种能力由接受主体系统中的动力系统来完成和实现。二是对接受客体进行思维操作和观念整合的能力，这种能力来自接受主体系统中的接受图式系统。三是在接受活动中调节主体接受活动的能力，其功能来自接受主体的调控系统。具有接受能力的接受主体能够确定接受的对象，选择接受客体，提出和设定接受目的，整合内化接受信息，外化为思想品德行为与习惯。另一方面，接受主体的这种能动性又是在外界环境的制约之下发挥作用的。外界环境包括接受客体、接受媒介、接受环境三个部分。接受客体背后直接和间接地体现了社会的要求和期待，对接受主体具有信息源的功能，不同的接受客体对接受主体接受的方式要求也不同。接受媒介则放大了主体的接受器官，扩展其接受领域，影响了主体认识，控制信源播送，丰富了信息形式。接受环境则对接受主体具有动力作用、导向作用和层次性作用。总而言之,受动性——社会制约对接受的作用表现为两类:一是导向作用。社会制约通过各种因素,运用各种方式,对人的价值观念、生活方式和行为模式进行导向,影响人的接受图式乃至接受能力,从而左右一个人接受的方向。二是调整作用。社会制约不仅调整接受的度(包括接受范围、广度、深度、程度),而且对接受中的失范现象进行调整,通过价值观念、社会关系(他人和组织的评价)、自我角色等加以规范。

思想政治教育接受既受接受主体能动性的影响,又为受动性所制约,受动性制约着能动性,规定着能动性的展开;同时受动性又是靠接受主体的能动性来支持的,离开了一定程度的接受,受动性无法具有效力。能动性更多地体现了接受主体的自主要求,受动性更多地体现了社会的要求。思想政治教育接受既要符合社会的要求,又要符合接受主体的发展要求。因此,思想政治教育接受必须坚持接受的主体性与主导性相统一的观点,发挥接受主体的能动性、主动性不是片面迎合接受者的需要,而是为了改善和提升接受的主体性,使思想政治教育接受这个充分体现着人的主体能动性的活动与社会主义社会主导价值目标的指向相吻合。"能动受动律"揭示了思想政治教育接受机理的基本矛盾发展的必然趋势,体现了思想政治教育接受的本质。因此,"能动受动律"必然处在思想政治教育接受机理规律体系的最高层,对其他具体规律起着主导、支配的作用。

(二)思想政治教育接受机理的具体规律

思想政治教育接受机理的具体规律是思想政治教育接受机理基本规律的展开,具体规律主要包括以下三条。

1. 需要驱动律

需要驱动律是指在思想政治教育接受过程中，思想政治教育接受主体的需要是进行接受活动的动力的规律。

思想政治教育接受主体是具有现实需要的人，接受活动是在其自身需要的驱动下进行的，需要构成思想政治教育接受的出发点和归宿，反映了接受主体的能动性。人的需要不仅在本质上是社会性的，也是客观地被决定的。需要既具有社会性，又具有社会发展性，还具有层次性。需要越强烈，主体的接受活动就越具有内在的驱动力，这种驱动力具有强烈的指向性和冲动性，它能够改变或重新确定接受的对象，选择接受客体，提出和设定接受目的，从而把接受主体系统中其他要素有机地结合起来，推动接受活动的进行。

需要引起动机，动机支配行为。根据这一规律，思想政治教育接受要得以进行，首先要有接受的需要，然后才能推动接受的进行。因此，马克思强调把人和社会连接起来的惟一纽带是需要。[①] 毛泽东在《关心群众生活、注意工作方法》一文中指出："一切群众的实际生活问题，都是我们应当注意的问题。假如我们对这些问题注意了，解决了，满足了群众的需要，我们就真正成了群众生活的组织者，群众就会真正围绕在我们的周围，热烈地拥护我们。"[②] 邓小平也认为："革命精神是非常宝贵的，没有革命精神就没有革命行动。但是，革命是在物质利益的基础上产生的，如果只讲牺牲精神，不讲物质利益，那就是唯心论。"[③] 马克思主义一贯重视研究和满足人的需要。需要不仅有物质需要，而且有精神需要；需要

---

① 《马克思恩格斯全集》第 1 卷，人民出版社 1956 年第 1 版，第 439 页。
② 《毛泽东著作选读》上册，人民出版社 1986 年第 1 版，第 60 页。
③ 《邓小平文选》第 2 卷，人民出版社 1994 年第 2 版，第 146 页。

驱动律不仅表现为物质性需要驱动，也表现为精神性需要驱动。思想政治教育必须既重视物质需要，又重视精神需要，注意把广泛性需要与先进性需要结合起来，推动接受的进行。

2. 多向互动律

多向互动律指在思想政治教育接受过程中，思想政治教育接受主体与接受客体、接受媒介、接受环境之间多向交流、交互作用的规律。尤其是在当今的环境下，思想政治教育接受活动已是一种开放的过程，思想政治教育接受的效果在很大程度上取决于接受诸要素、多方面的相互作用。

接受主体和接受客体构成接受关系的两极，在接受主体与客体这两极的关系中，有许多社会形成的媒介，包括家庭、同辈团体、大众传媒、社会组织等等，这些因素有序地、合乎规律地相互联系、相互渗透、相互作用，各自发挥其功能，形成复杂的作用过程。接受主体——接受媒介——接受客体这一接受关系在接受环境作用场的影响下，形成了一种多向互动的立体作用关系，其中任何一个要素的变化都会或多或少地影响到接受活动及其效果。

思想政治教育接受行为的发生，要依赖于接受客体、接受媒介、接受环境对接受主体的刺激，由接受主体作出反应，在多方相互作用下得以实现。值得注意的是，接受客体、接受媒介、接受环境在接受行为选择的实现过程中，产生的作用仅仅是提供外在刺激，而一切外在的刺激只有经过接受主体的主观能动努力才能发挥作用，即接受实现的过程中，接受主体所发挥的作用是内在的、决定性的。接受行为的复杂性，既来自接受客体、接受媒介、接受环境的复杂性，也来自接受主体的复杂性。

3. 内化外化律

内化外化律是指思想政治教育接受过程中内化与外化辩证统一的规律。从思想政治教育接受的发展阶段和过程来看，思想政治教育接受活动是接受主体出于自身的需要，在外界环境的作用影响下通过某些中介对接受客体进行反映、选择、整合、内化、外化、行为多环节构成的连续的、完整的活动过程。接受的结果是形成人的内化的精神和外化的行为。接受主体思想政治品德的内化和外化是极其复杂的内在思想矛盾运动过程。内化是接受主体将接受客体及发出者的要求整合内化为自己的思想品德、情感等内在意识的过程。外化就是将接受内化所形成的思想品德意识转化为自己的行为和习惯的过程。

在思想政治教育接受中，内化与外化是辩证统一的。内化是外化的前提和依据，没有内化，外化也不可能，因为思想指导行为；外化是内化的目的和归宿，没有外化，内化就失去了存在的意义，因为思想品德行为与习惯的形成是内化的结果。内化和外化不仅相互联系、相互依存，而且相互渗透、相互转化。内化之中有外化，接受主体内化整合接受客体形成的思想品德，是接受主体在思想政治品德行为实践中形成的；外化之中有内化，接受主体思想政治品德行为实践的过程，也是思想政治品德内化的巩固、强化过程。

当然，思想政治教育接受机理的规律远不止上述几条，还有很多，有待于今后进一步研究、挖掘。

第六章 思想政治教育接受效果的评价与优化

思想政治教育接受效果的评价与优化问题，既是接受活动发展的归宿问题，又是接受活动逻辑展开的终点问题，同时还是总体上如何看待思想政治教育接受活动的发展，以及接受活动能够达到和应该达到怎样的一种状态和境界的问题。进行思想政治教育接受机理研究的目的不仅仅在于从理论上说明接受现象，而是为了更好地掌握思想政治教育接受主体的思想、行为变化的规律，改变和提升接受者的主体性，使其思想行为的活动与思想政治教育的价值、目标指向相吻合，增强思想政治教育的针对性和有效性。因此，在前面各章探讨思想政治教育接受活动的基础上，我们有必要把研究视角进一步延伸，分析思想政治教育接受效果的评价与优化问题。

一　思想政治教育接受效果及评价

接受效果问题是与接受活动结合最密切的研究领域。人为什么接受是个能动的目的论的问题，怎样接受就是一个反映论的问题，如何系统接受则存在一个灌输的问题，接受效果如何实际上是一个价值评价的问题。正因为如此，接受活动的效果如何，怎样才能获得良好的接受效果等问题，不能不引起我们的关注。

（一）思想政治教育接受效果

研究接受效果具有十分重要的意义。从理论角度而言，通过对各类接受效果的性质、它们的产生过程和制约因素的考察，可以进一步把握接受活动的一般规律和特殊规律，加深对接受行为的科学认识。从实践角度看，可以为优化思想政治教育接受活动提供科学的依据。

1. 思想政治教育接受效果的含义

所谓效果，指的是人的行为产生的有效结果。“有效结果”，从狭义的角度理解指的是行为者的某种行为实现其意图或目标的程度；广义上则指这一行为所引起的客观结果，包括对他人和周围环境实际发生作用的一切影响和后果。引申到思想政治教育领域，接受效果同样具有双重意义。

(1)它是指接受客体信息的发出者通过接受信息的传播在接受者身上引起的心理、态度和行为的变化。接受客体信息的发出者是具有价值倾向的，他们传播信息活动的目的是通过劝说、宣传、教育来使接受者接受某种观点、理论、学说、价值或从事某种行为。在这里，接受效果通常是指接受活动在多大程度上实现了接受客体信息发出者的主观意图或目的。

(2)无论接受客体信息的发出者有没有主观企图，他们所从事的传播活动总会对接受者产生一定的作用和影响，总会伴随着各种各样的结果，研究思想政治教育接受结果不能不考虑这些因素。在这里，接受效果是指接受客体信息对接受者和社会所产生的一切影响和结果的总和。不管这些影响是有意的还是无意的，直接的还是间接的，显性的还是隐性的。

接受效果的双重含义，构成了这项研究既相互联系又相互区别的两个重要方面，一是对效果产生的微观过程分析，二是对它的综合宏观过程的考察。

2. 思想政治教育接受效果的特点

(1)接受效果的表现形式具有多样性

思想政治教育接受效果不像其他行为的效果那样直观，它的表现形态十分复杂。接受效果既可以表现为精神成果，又可以表现为主观能动性发挥，物质成果的创造；既可以直接表现在接受者变化了的观点、情感、态度上，也可以间接地隐藏在人们的各种行为活动中；而且接受者思想认识水平的提高，有时不一定用语言表达出来，而是通过自己的学习、工作业绩来体现；有时接受者行为相同，动机又不尽一致。

(2)接受效果在时间上表现为滞后性

接受活动在一般情况下不会产生“立竿见影”的同步效应。思想政治教育接受效果的产生往往是在接受内化活动完成之后，受多方面因素综合作用的结果，这里社会情境、环境起了重要的激发作用，只有当一定条件具备时，接受行为才会发生，我们才能观察到接受效果。没有这种条件，接受效果也难以显现出来，处于一种内隐的状态。

(3)影响接受效果的因素具有广泛性

思想政治教育接受活动效果受各种因素影响，有些影响因素起主要作用，有些影响因素起次要作用，最后的效果是由相关的影响作用合力产生的结果。

3. 接受效果的三个层次

接受效果可以分为不同的层面。依照接受活动发生的逻辑顺序和表现阶段，可把接受效果分为三个层次。

(1)认知层面的效果

接受客体信息作用于接受者的知觉和记忆系统，引起其认知量的增加或接受图式构成的变化，观念和价值的变化，从而影响到接受者对周围环境的知觉与印象。

(2)心理和态度层面的效果

接受客体作用于接受者时，不仅会引起认知层面的反映，而且会引起情绪和感情的变化。

(3)行动层面的效果

接受主体在接受活动中认知层面和心理、态度层面都会产生变化，这些变化往往通过他们的言行表现出来，即成为行动层面的效果。

当然，接受效果多种多样，依不同的标准可分为不同的类型。从效果的性质看，可分为积极效果(正效果)，消极效果(负效果)，效果的中间状态；从时间上考虑，可分为短期效果和长期效果；从是否与接受客体信息发出者的意图相符的角度看，可分为预期效果和非预期效果。

(二)思想政治教育接受效果的评价

评价是人类的一种认识活动。它与认识世界"是什么"的认知活动不同，它是一种以把握世界的意义或价值为目的的认识活动，即它所要指示的不是世界是什么，而是世界对于人意味着什么，世界对人有什么意义①。

1. 什么是思想政治教育接受效果的评价

思想政治教育接受效果的评价是指人们依据一定的评价标准，通过科学的方法和正确的途径，多方面搜集适切的事实性材料，对思想政治教育接受活动及其效果的价值作出判断的过程。

① 冯平：《评价论》，东方出版社1995年第1版，第30页。

思想政治教育接受效果的评价在本质上是一种价值判断过程,它必须对思想政治教育接受活动的社会效果作出价值判断,判断思想政治教育接受活动是否实现了社会价值,实现社会价值的程度如何。

思想政治教育接受效果的评价是通过运用科学的测量、统计技术和评估方法途径对思想政治教育接受活动作出全面、科学的价值判断。但由于接受活动过程很大部分是人的内隐的心理活动,只能通过外在的行动、语言、体态等显性过程表现出来,无疑给评价活动带来了相当大的难度。

2. 思想政治教育接受效果评价的作用

思想政治教育接受效果的评价对优化思想政治教育接受活动具有重要作用:

(1)评析反馈功能

通过对思想政治教育接受活动效果的全面检测、分析和评估,能够对接受活动存在的问题作出诊断。接受活动是否达到目标要求,哪些方面效果好,哪些方面存在不足,哪些方面存在问题,哪些方面要努力改进等,从而诊断问题的症结所在,及时给予纠正和改进,使接受活动的优化更具有针对性、有效性。

(2)调节功能

评价工作常用来确定现实目标的实现程度。确定思想政治教育接受活动是否达到了预期目标;提出的教育目标是否符合实际,具有实现的可能性,如果目标已经达到,是否还有朝更高目标发展的潜力;如果原先制定的教育目标实现的可能性极小,甚至根本不可能实现,则需要我们对现实的目标重新考虑和作相应调整。通过对接受效果的评价,我们会对目标的实现程度有一个明确的、清晰的估量,从而对接受目标能作出适当的调节,促进思想政治教育接受活动的优化。

(三)对接受效果与接受过程进行评价

进行接受效果评价时,面临的第一个问题是评什么。在我们看来,思想政治教育接受活动的效果表现为两个对立统一的方面,一是"知"的过程,即内化的过程,二是"行"的过程,即接受成果外化的过程。它们既相对独立又互相联系,知可以转化为行,产生物化成果,行也可以转化为知。从知与行的方面进行思想政治教育接受效果的评价是可行的。这是因为:

第一,思想政治教育接受者是人,人的思想是对外部世界的反映,这种反映尽管是一种内隐的活动,但同时又具有表象性和可知性。人的思想品德往往会通过外化的言行表现出来,反映在日常生活、学习和工作中,这就为我们进行评价提供了可感知和可测定的材料,为衡量思想政治教育接受效果提供了可能。

第二,思想政治教育接受活动效果外化在人们征服自然、改造社会的行动上,会直观地表现为劳动产品数量的增多、质量的提高,经济效益的增长,生产力的发展以及进步等。接受效果间接表现出的这些物化成果同样具有可测的质和量,这些有形的可测的物质成果为接受效果的评价提供了客观依据。

进行接受效果评价面临的第二个问题是怎样评。对思想政治教育接受效果的评价,既可以从接受结果也可以从接受的过程来进行。

1. 对思想政治教育接受结果的评价

对接受效果的评价首先可以看思想政治教育接受活动是否带来了可观测到的结果。即从可测目标开始,从接受者的思想政治品德个别特征和现象着手,从其思想现象和行为特征着手,进而认识接受者的整体思想面貌和本质表现。

思想政治教育接受效果有的表现为物质成果,可以经过直接测量而确定其价值。但思想政治教育接受效果更多地表现为精神成果。对精神成果,对于一个人内在的思想政治品德,我们不能进行直接的观察和测量。但是,一个人的思想最终会通过其行为表现出来,我们可以采用间接的测量方法来获得,通过观察测量人的行为、态度、语言等,分析其思想状况,使抽象的思想成果具体化,成为可测性指标。值得注意的是,通过行为间接测量人的思想是个十分复杂的句题。因为人的行为可以正确地反映人的思想,也可能扭曲地表现人的思想,像“口是心非”的现象时有发生,这无疑给接受效果的评价工作增加了分辨的难度,也就要求我们在进行接受效果评价时,注意辨别、排除那些无关的表面现象,从诸多可测行为——态度、语言、行动中作出综合判断,以得出准确的评价结论。

(1)通过语言进行评价

通过语言,接受者可将自己的心情、意志、感情、意见、态度、考虑以及其他因素向他人加以表达,语言成为传递接受效果信息的手段和渠道。

语言又分为声音语言和书面语言。声音语言是接受者自我表达的基础的手段。语言的功能不仅在于传递信息内容的本义,而且还通过声调、速度、音量、节奏等等传递着与说话者相关的背景信息,甚至即使是相同的讲话内容,用词的粗俗与礼貌、声音的有力与无力、语气的坚定或迟疑、声调的高低、节奏的快慢、韵律有无等等,都会表达出不同的效果与意义,由此我们可以判断出不同的接受反应。

书面语言是在文字发明的基础上产生的,是最常用的沟通工具,也是自我表达的重要手段。在手写的文字中,不仅能通过文字的内容表达接受者的思想,而且字的大小,笔画的粗细、工整与潦草等等,都能传递与接受者个性、素养等相关的重要信息。

(2)通过人体语言进行评价

当人发生行为时,往往伴随着动作和表情,从某种意义上来说,动作与表情构成行为的形式基础,也是行为的表达方式。在我们看来,动作——表情是一种广义的语言,一种无声的语言,一种非言语的语言。

心理学家认为,无声语言所显示的意义要比有声语言更多,而且更为深刻,因为有声语言往往要把所表达的意思的大部分,甚至绝大部分隐藏起来。根据弗洛伊德精神分析学说,要了解说话人的深层心理,即所谓无意义的领域,单凭语言是不可靠的,因为人类语言所表达的内容大多属于理性层面。经理性加工后所表达的意思往往不能率直地表露出一个人的真正意向,表达出来的语言也不等于存在于心中的语言,而人的动作和表情更能表现人的情感和欲望。对此美国心理学家艾伯特·梅拉比安曾提出一个公式:信息的全部表达=7%语言+38%声调+55%表情,一语道破了人体语言的重要性。

我们研究人体语言,是把它当作一种分析工具,一种反映思想政治教育接受效果的表达方式。

人体语言在狭义上指手势和身体的各种活动姿势,广义上则把面部器官活动构成的表情、神色等等包括在内,即包括身体全部或局部的任何反应动作与非反应动作,它们都传播一个人的情绪和心意。"人体的每一动作、每一姿势都具有适应、表达和防卫作用,它们有的是有意识的,有的是无意识的"。[1] 它们因文化和环境的差异而具有不同的含义。人在采取同一行为时,往往伴随着不同的动作表情。因而,人体语言也同语言一样,有许多同构异形

---

① 朱利·法思特:《人体语言》,上海文化出版社1988年第1版,第62页。

体和同形异构体，相当于语言中的一词多义和一义多词。

通过对动作——表情语言中的"词义"的解读，我们可以从中提取行为者的价值体系、伦理观方面的信息，提取有关行为者的生活环境、人际关系、文化素养、技术知识等方面的信息，也可以提取行为者的直觉能力、推理能力与反应能力等方面的信息。

人体语言在进行自我表达活动中起到重要的作用，它至少具有以下五种功能。

①强调语言。例如讲话中配合挥手、握拳、上身前倾等动作，以加强语言的力量。

②补充语言。在语言表达不充分的时候，起到补足语言的作用，例如话说了一半，而后半部分用摆手、点头、摇头等等加以补充。

③代替语言。在使用语言困难或不便明说等情况下，利用动作来传达意义。例如用耸肩来表示无可奈何，用撇嘴表示蔑视或用眼神传达其他较为隐秘的含义等等。

④控制语言。这就是说，体态可以利用它们所形成的情境对语言的效果加以限制和制约。眼神、表情以及动作都可以起到这种作用，例如一个人嘴里说着"我很高兴"却板着面孔，那么这句话的效果是要大打折扣的。

⑤表达超语言的意义。在许多场合，体态或动作比语言本身更具有雄辩力。高兴的时候开怀大笑，悲痛的时候失声痛哭，都比表述性的语言更能传达当事人的心情。当对别人说的话表示理解和同意的时候，深深的点头可能比直接的语言表达效果更好。[1]

单纯的语言表达具有一定的限度，仅从语言表达判断接受效果是远远不够的，必须将手势、表情、眼神、动作等人体语言与语言

① 船津卫：《传播学入门》，东京：有斐阁 1997 年第 1 版，第 63～64 页。

有机地加以结合，才能辨析更丰富的意义，才能比较全面、综合地评价出接受活动的真正效果。

2. 对思想政治教育接受过程的评价

对思想政治教育接受过程的评价是把因果评价进行扩展，来确定两件事情。

一是接受活动中每一个要素对于结果的出现有多大作用？

二是接受主体所处的环境以及他们的行为中有哪些因素促成了结果的出现或阻碍了结果的出现？

第一个问题探究的是，导致接受效果出现的计划程序是由接受活动各要素的独特性所决定的，还是由这些要素的某种组合所决定的。在第二个问题里，我们所关注的是，哪些因素决定了接受者的行为和他们所处的环境。

每一个具体的接受过程都是由接受者、接受对象的内容、接受媒介、传播技巧、接受环境等要素和环节构成的，每一要素或环节都会对接受效果产生重要的影响，接受效果是这些环节和要素相互作用的合力造成的。因而，在考察接受过程的具体效果时，必须研究下面几个问题。

(1)接受者与接受效果——接受者并不是完全被动的信息接受者，接受者的属性对接受效果起着重要的制约作用。接受者的属性既包括性格、兴趣、注意等个人的心理属性，也包括他们的人际传播网络、群体归属关系等社会属性，这些个人属性、心理属性和社会属性对接受效果具有重要影响。

(2)接受对象与接受效果——接受对象内容的主题、观点、价值取向等信息与接受效果具有关联作用。接受对象信息的发出者的性质，他们在信息的采集、筛选、加工中所起的作用，以及这些人的信誉度与权威性等对接受效果都会产生影响。

(3)接受载体与接受效果——信息是通过语言、文字、声音、图像、画面、影像等载体传递的,这些信息载体或象征符号的意味、功能都影响了接受活动的效果。

(4)教育技巧与接受效果——教育技巧指的是唤起接受者注目、引起他们的特定心理和行动的反应,从而实现说服或宣传的预期目的的策略方法,这些技巧具有很强的实用性,它们对接受效果影响甚大。

(5)接受环境与接受效果——人的思想无时无刻不受到环境的影响。接受环境的好坏优劣对接受效果的影响,对人的思想品德状况的影响是客观的,也是不能低估的,良好的接受环境能促进接受效果的形成,不良的接受环境则可能阻碍接受效果的出现。

以上这些问题,是考察具体过程的接受效果时不可忽略的重要内容。通过对各类接受效果的性质、它们的产生过程和制约因素的考察,我们能进一步把握接受活动的一般规律和特殊规律,加深对思想政治教育接受现象的科学认识。

二　当前我国思想政治教育接受效果不佳的成因

思想政治教育接受效果不佳,具有深刻的社会经济、政治、文化根源;同时,它也是目前思想政治教育接受活动中存在的诸多矛盾和问题的集中反映,是这些矛盾和问题共同作用的结果。

(一)社会环境发生了重大变化

要分析思想政治教育接受效果不佳的成因,必须从所处的时代特点、环境条件出发,充分认识时代和所处环境的新情况、新特点。

首先,多种所有制成分的长期存在,共同发展,已成为当前我国的思想政治教育接受活动面临的最大环境特点。经济成分的多元状态，使思想政治教育接受环境发生了变化。过去，我们搞计划经济，经济构成主要是公有制，我们的思想政治工作、思想政治教育依托于公有制经济中的管理系统，依托于各种各样的单位，进行教育和引导，开展说服、疏导工作，都比较方便。现在，非公有制经济大量存在，原来的“依托”大多不起作用了，出现了社会化、市场化的组织形式、活动方式，个人也由单位人变成了社会人，自主性、流动性大大加强，思想政治教育接受活动面临的环境起了很大的变化，原有的思想政治教育的作用难免会受到影响，接受效果大打折扣。

其次，市场经济发展带来了某些负面影响。市场经济机制作为配置资源的一种有效手段，是以最大限度地鼓励和满足人的趋利性要求为基本特征的，在这种机制下，利益成为每个市场主体(社会成员)行为的决定性因素，如何获取最大的物质利益在人们的行为中起着最重要的导向作用。这种机制作用的后果，难免使一些人把金钱、利益看得十分重要，盲目追求个人利益，有的甚至通过损害他人、危害社会来满足个人的利益追求。这种情况下，个人主义、金钱至上、拜金主义等思想必然滋长，等价交换原则也会由经济领域渗透到政治生活、社会生活之中，这就是市场经济发展产生的负面效应。在利益机制起主导作用的情形下，思想政治教育接受活动发生了很大变化，人们的接受心理、思维方式、行为方式也发生了巨大的改变。由于利益的分化、利益意识的觉醒，人们的价值观向个人利益的现实端点移动，由集体本位向个人本位转变。不少人重实惠、轻理想，重索取、轻奉献，重个人前途、轻社会责任。以前坚持用先进思想和科学理论对群众进行教育是我们的好传统，问题在于要结合新的实际加以运用，特别要研究和探索如何增强这种教育的吸引力和说服力，使人乐于接受。

第三，复杂的国际环境。改革开放之后，西方的思潮、价值观、生活方式，经由各种渠道，不断对我们发生影响，这种异质文化在一定程度上削弱了维持社会向心力的凝聚因素，改变着人们的基本政治观念，改变着公众对本国政治制度及政治领导的评判标准，在全球化影响日益增大的今天，这种离心力又会因我们自己的经济、政治和文化的发展所产生的各种条件和因素所巩固。因此，罗伯特·赖克指出："我们正在经历一场变革，这场变革将重新安排即将到来的世纪的政治和经济。……每一个国家的基本政治使命将是应付全球经济的离心力，这种力量正在拆散把公民联系在一起的纽带。"[①] 西方国家采用各种形式和手段，对我们进行意识形态渗透，他们借助于国际互联网等高新技术传媒超越时空限制，传播信息迅速和自由开放的特点，对我们进行思想文化渗透。有意识地推销其价值观、意识形态和政治制度，导致影响人们思想观念的因素和渠道空前增多，形形色色的信息、文化和思想观念大量充斥、互相交织。思想文化阵地上马克思主义和非马克思主义、反马克思主义的斗争比过去更为复杂。

（二）接受效果不佳的具体成因

认真分析思想政治教育接受活动存在的矛盾与问题，对于分析接受效果不佳的成因是十分重要的。

1. 思想政治教育接受途径与影响力量的多样化和社会主流价值要求的统一性之间的矛盾，使接受效果不佳

随着社会开放度加大，交往增多，现代科学技术迅猛发展，全球化影响日渐加深，思想政治教育接受主体受到了前所未有的众多力量的影响，接受者的思想和行为实际上是这些力量相互作用

① 罗伯特·赖克：《国家的作用》序，上海译文出版社 1994 年版，第 1 页。

所产生的合力的结果。这些合力有大小之分,正负之别。从接受主体的角度看,他所接收到的所有信息,他周围的一切情况作为环境因素对其产生着影响,成为他评价、选择、接受教育要求的“参照系”。如果主流的社会要求与其他力量、社会因素完全对立或差别很大,势必导致接受者的内心冲突和选择困惑,相当大程度上抵消或削弱了主流因素的积极效应。

2. 主流社会要求接受目标的单一性与个体接受取向的多样性的矛盾,使接受效果不佳

从现状看,主流社会所宣传的接受目标确实十分好,关键在于思想政治教育必须因人施教,必须充分重视接受主体的个体差异。在传统思想政治教育中,思想政治教育的管理者与实施者特别重视大力宣传社会主义道德的最高层次——大公无私、公而忘私精神,对于社会主义道德的传播起了很大作用。但也出了些偏差,出现了不问对象的情况 ,不分先进、中间与落后,不分时间、地点和条件,用单一目标、单一内容、划一的方式方法对不同的教育对象进行“一刀切”、“一锅煮”的做法,没有去注意个体的差异,忽视了人的思想状况呈现出多层次的特点,没有把先进性和广泛性结合起来,不能很好地把社会主义主流思想品德的先进性与大众性、可信性及可操作性结合起来,失去了社会基础,使思想政治教育接受效果打了折扣。

3. 接受对象内容的稳定性与社会现实的变动性、开放性之间的矛盾,使接受效果不佳

当前,我国的社会转型仍在深化,经济、政治、文化、生活方式出现了一系列新的变化,客观上要求思想政治教育接受对象的内容应当相应地进行变革。但是现状却是,我们的思想政治教育尚缺乏自我更新的能力。这种不足突出表现在教育内容(接受客体的内容)尚不能及时回应时代、现实的挑战,不能直视接受者的批判与怀疑，回避现实问题；教育内容（接受客体）不能充分反映因现实生活变动引发的人们思想观念的更新，有的内容相对陈旧，而适应社会发展的某些新的思想观念（如效益、平等、竞争、公正等观念）又未能适时得到认可、宣扬，使思想政治教育部分内容脱离实际而缺乏应有的可接受性。另一方面，在一些人看来，与我们所提倡的思想观念相对的某些东西似乎具有更大的合理性而应该提倡。由此，思想政治教育接受效果不佳也就在所难免了。

4. 思想政治教育方法的说教性与接受主体选择的自主性的矛盾，使接受的效果不佳

用科学的理论武装人，用先进的思想解决群众的认识问题，无论是革命战争年代，还是现在的改革开放时期，这个做法没有改变。但是用什么方式、采取哪些具体措施来做这个工作，在不同情况下，根据环境、对象的不同，却应该有所区别。比如，向群众宣传革命理论，过去许多人没有文化，不识字，对于许多马克思主义书籍、有关党的宣传学习材料，就要反复地向他们宣读，念给他们听；现在，对象变了，群众的文化水平提高了，独立思考能力增强了，选择的自主性显著加大了，思想政治教育接受行为日益表现出鲜明的个性，如果还停留在宣读、念文件的水平是不够的，效果就会差了很多，甚至会引发接受者的逆反心理。

所以，江泽民同志在中央思想政治工作会议上讲话指出，改革开放以来，我国人民的精神文化生活有了许多新的发展。一是随着物质生活的不断改善，他们对精神文化生活提出了新的要求，他们的心理状况、接受能力、欣赏水平也发生了变化；二是在科学技术不断创新的条件下，人们接受信息、休闲娱乐的方式、方法和手段发生了很大变化，一些新的传播媒体和文化娱乐场所吸引了大量群众；三是随着大量新的经济组织、社会组织的出现，以及社会成员流动的数量、范围、方式的不断扩大和变化，思想政治工作机制不适应的问题十分突出。加强和改进思想政治工作，过去行之有效的好传统、好办法要坚持，更重要的是要适应新情况，不断探索新的方式、方法、手段和机制。不创新、不改进，简单地沿用过去老一套的东西是不行的。

5. 接受者与教育者之间的矛盾，使接受效果不佳

这种矛盾主要表现在如下方面：首先，双方人际关系处理不当引发的矛盾。根据心理学家海德的认知平衡理论，接受者与教育者人际关系的好坏，直接影响到接受者对教育者所宣传的思想观点的接受和拒斥。其次，教育者人格因素引起的矛盾。古人云："其身正，不令而行"，"其身不正，虽令不从。"身教和言教作为思想教育的两种形式，两者互为条件，互相渗透，互相促进。如果讲一套，做一套，唱功好，做功差，只会使教育者丧失威信，使言教失去号召力。由于教育者身份的特殊性，这种负面示范效应的消极影响自然不同于一般。恰如韦政通先生所指出的："如果一个社会在道德教学中偏重言辞，缺乏实践模范，或是教的是一套，社会上普遍行的又是另一套，那么这个社会就产生了道德危机。"①

上述矛盾与冲突是当前思想政治教育接受活动中诸多矛盾和问题的集中反映，它体现了社会转型时期人们思想品德裂变的内在冲突，归根到底，是人们价值观念冲突和现实利益冲突的反映。这种状况表明，现行的思想政治教育在取得较大成就的同时，它与社会的实际要求还存在较大的距离。因此，对这些问题的正确认识和处理，对思想政治教育接受活动的优化，是当前思想政治教育的重大课题。

---

① 韦政通：《伦理思想的突破》，四川人民出版社 1988 年第 1 版，第 192 页。

三　思想政治教育接受的优化

思想政治教育接受的优化是表示接受质量的范畴。从质的规定性来看，我们所说的“优化”特指思想政治教育接受活动与社会主导价值的所要求的思想政治教育接受活动在向度上的一致，即从目标上看，接受者通过接受形成的思想道德行为与主流社会所要求的思想品德的一致性和近似性的过程。从量的规定性来看，思想政治教育接受的优化包括四个方面：第一，从接受的速度来看表现为快捷接受。即接受客体的内容从传递到被接受之间时间间距小。第二，从接受的正确性来看准确性高。在接受客体的传递与接受过程中其内容失真率低，准确性高。第三，接受的成本低。接受活动过程是有成本的，往往伴有人力、物力等社会资源的投入和损耗，接受的成本低，则接受的优化程度高。第四，从接受的深度来看，表现为足量或近足量接受。即接受客体的内容被最大限度地吸收、接受。思想政治教育接受的速度、准确性、成本、深度之间相互联系、相互作用、相互制约，共同组成接受活动的总的水平。思想政治教育接受活动的总水平处于最优状态，并不意味着上述四种量的标准都处于最优状态，而要视不同情况而定。

（一）优化思想政治教育接受活动的思路

1. 促进接受主体接受图式的健康发展

在思想政治教育接受过程中，接受客体主要是通过接受图式的选择，并在同化和顺应的作用下被纳入到接受主体中去的。接受图式是接受客体的选择器和承载体。

接受图式的发展水平对接受活动具有非常重要的制约作用。首先，它对接受客体具有选择作用。那些对接受者来说较熟悉、在接受图式中已有印记的东西常常成为选择对象，那些较陌生的接受客体，往往很难进入接受视野。所以，要优化思想政治教育接受活动，必须高度重视培养形成健康的接受图式，通过思想政治教育，通过社会化的方式，形成包含社会主导价值的接受图式，形成正确的价值观念。同时在传播新的思想观念之前，必须提供给接受主体适当的结合材料，这种材料既包含有新的内容，又与接受图式相关，能使接受主体容易接受新内容，并积极内化。其次，接受图式制约着对接受客体的接受速度，接受图式合理的人能很快理解、接受相关对象，反之，接受理解就要慢些。所以，传播接受客体时要尽力不断细化、整合，变得更加有序化、普遍化和丰富深刻，使接受主体接受更快。再者，接受图式制约着对接受客体理解的深度和广度，对同一客体，不同图式水平的人会有不同的理解把握。因此，积极促进接受主体接受图式的健康发展是优化思想政治教育接受活动的重要方面，不仅要通过教化，而且要提供实践和机会使其不断实现主客体的双向建构，促进接受图式的发展。接受图式的发展会进一步促进接受效果的提高。

2. 重视接受主体的需要

要使接受效果好，关键在于激发接受主体的行为。心理学研究表明，人的行为是由动机支配的，动机又是由需要产生的。需要是人生理的和社会的客观要求在头脑中的反映。需要在形式上是人们对于外部环境的生理的和心理的求取趋向，内容上则表现为人们对于外部环境的能动反映。人有了某种需要，同时又存在有可能满足这种需要的条件时，就会产生一种能引起某种行动的满足该需要的主观愿望——动机。有了动机就要选择或寻找目标，确定了目标，就会进行满足需要的活动。当需要得到满足，行为完成后，新的需要又会产生，引起新的动机，导致新的行为，如此周而复始。

需要是推动人类行为活动的原动力。尽管它深藏于内,但它造就了人们的心理与行为,造就了人行为的发展轨迹。把需要视为行为的驱动力和内在原因,符合唯物论的反映论。因为人的行为总是由一定动机出发趋向一定目标,动机的产生,必然溯源于人的各种需要,人的一切行为围绕着需要的满足来进行,需要的满足状况,影响到人的各个方面,甚至世界观。环境因素固然也会对人的行为产生巨大影响,但它只有导致需要满足状况的变化,需要满足实现途径的变化,才能最终改变人的行为。

研究人的需要是提高思想政治教育接受效果的出发点,根据人的需要去做思想政治工作,也是我们的一贯方针。革命战争年代,我们党提出的"打土豪,分田地"等口号就调动了千百万人的革命热情,改革开放年代取得的成功也是由于重视了人的需要。所以,充分重视和了解人的需要和动机,对于提高人的思想认识水平,激发高尚的动机和行为积极性,优化思想政治教育接受效果,具有重要意义。我们做思想政治工作,必须把研究和满足人的需要作为出发点,逐步建立和完善满足需要的社会机制。需要的调节,关键在于帮助接受主体建立合理的需要结构。因为,不同需要结构的人对事物的选择不同,即使对同一事物作出的反映也不一样。思想政治工作者必须对人们的需要进行疏导和调节,注意调节人的心理平衡,帮助人们树立新的行为规范、新的价值标准、新的需要观和新的认知模式,通过主体的同化来适应社会的发展。

当然,人的需要系统是一个多层次的结构,按需要对象分,不仅有物质需要,还有精神需要。精神需要是一种较高层次的需要,它包括人的情感需要、发展需要、成就需要等。人作为社会动物,是有思想、有感情、有自觉能动性的主体,精神需要是人的需要系统的主导需要,它对于人来说,比物质需要更重要,其能动效果更为显著,影响更为持久、深远。因此要提高思想政治教育接受效果,必须针对人的需要的特点,不能仅仅局限于物质激励,更应当充分发挥精神激励的作用,应该把两者有机地结合起来。

3. 重视发挥接受者的主体作用

在思想政治教育接受活动中,应该把接受者视为实现接受目标的主体,充分尊重其主体地位,通过调动接受者自我教育的积极性实现思想政治教育接受目标。因为在这一接受过程中,接受者的主体作用主要通过其积极自觉地接受外部的教育影响,并且主动地“内化”、“外化”表现出来,因此,思想政治教育要取得理想的接受效果,就必须把教育者的主导作用有效地转化为接受者的主体效应。

不重视发挥接受者的主体作用,接受“内化”过程就难以完成,思想转化也不能实现。而尊重人的主体能动性,调动人的积极性,这既是思想政治教育的出发点,又是思想政治教育的归宿。思想政治教育的根本目的是提高人们认识世界和改造世界的能力,这是一项极其艰巨的工作。不仅要发挥教育者的作用,更重要的是体现实现接受目标的众多接受者的主体地位,充分发挥他们的主观能动性,最大限度地调动他们的积极性,实现思想政治教育的接受目的。

要优化思想政治教育接受活动,首先要重视接受者的主体地位。思想政治教育接受过程是一种双向互动的过程,但以往的思想政治教育对于接受者的自主性,对他们在思想政治教育接受过程中的主体地位,没有给予足够的重视。其实,影响者和接受者都是积极的能动者,都是自己意识和行为的承担者,外界影响必须通过接受者的意识发生作用,所以我们要充分尊重接受者的自主性。其次,要发挥接受者的主体性,就要把教育和自我教育相结合,发展接受者的主体意识,促进接受者的自我教育,激发起自我教育的要求,培养自我教育的能力,将接受内容转化为自我要求。当然,重视发挥接受者的主体性并非让其任意自发发展，必须大胆引导，加以启发，使自我教育沿着教育目的方向进行。

4. **坚持层次原则**

所谓层次原则，是指思想政治教育要从接受者的特点出发，根据接受者不同的思想状况，区别对待，因材施教，分层次进行教育的原则。

坚持层次原则，对提高接受效果具有重要的意义。首先，坚持层次原则，这是思想政治教育接受规律的客观要求。社会生活中的个人，其思想发展是不平衡的。每个人由于先天条件不同，以及主要由后天影响及各自努力的因素导致的品德与才能的差异是客观存在的。另一方面，我国现阶段的经济社会状况也决定了人们思想品德的层次性。改革开放以来，随着社会主义市场经济的发展，各阶级、阶层、群体的利益呈分化趋势，人们的思想、价值观念发生很大变化，加上社会转型过程中出现的体制摩擦、多重利益矛盾、角色冲突、价值观念的嬗变交织在一起，使情况更加复杂。人们的思想状况呈现出多层次的特点。这种层次性必然要求思想政治教育、思想政治教育接受活动也要具有层次性、针对性。其次，之所以要区分层次，主要目的是从实际出发，防止超越人们的思想觉悟，使思想政治教育接受活动能够收到更好的效果，以达到鼓励先进、照顾多数的目的。那种不问接受者的具体情况，不分先进、中间与落后，不分时间、地点、条件，用单一目标、单一内容、划一的方式方法对不同接受者进行“一刀切”、“一锅煮”的做法，不仅不能达到思想政治教育接受活动的预期目的，还会使人产生逆反心理。

总之，人具有层次性和个体差异性，这是优化思想政治教育接受活动的一个现实立足点和起点。要贯彻层次性原则，首先应深入调查研究，准确区分接受者的思想差别和层次，科学地确定接受目标。了解接受者的特点，是贯彻层次原则的前提和必要条件。

要充分认识和了解接受者，必须从多层次、多角度、多方位进行考察，既要结合他们的经济状况、工作环境、社会生活经历等客观条件进行分析，又要结合其性格特征、心理素质、知识素养等主观条件加以认识；既要进行相对静止的观察，又要加以动态的比较，从而掌握不同接受者的思想特点，并选择划分思想层次的标准，进而确定思想政治教育接受目标，灵活选定教育内容及方式方法。其次，贯彻层次原则不是消极适应接受者的思想水平，而是应该真正做到鼓励先进、照顾多数，把先进性的要求与广泛性要求结合起来，促使不同层次和起点的人都能够经过努力达到不同的思想政治教育接受目标，都能在各自原有基础上不断有所进步。

5. 注意引导接受者的情感体验

情感是人类精神生活中最重要的组成部分，是人类经验中最亲近的体验，也是人类行为中最复杂的感受。情感不仅是思想品德认识转化为思想品德行为的中间环节，而且在个体思想品德形成的完整过程中，始终具有特殊的地位和价值。

人对思想政治教育信息的接受是以情绪的活动为初始线索的。婴幼儿成为社会的人，感情是一种有力的工具。儿童首先通过感情表明他们的需要，感情帮助其建立或割断与别人的联系。与此同时，他人的情绪表情和事物信息的情绪性也是儿童借以判断并接受某种信息的重要线索。这些基础性社会情感伴随着日益复杂的社会生活与社会化，有可能不断分化、演变和发展，成为与高级社会性需要相联系的情操。①

思想政治教育接受活动的最终目标是使接受者形成坚定的信心和良好的行为习惯。在接受活动的内化外化过程中，接受主体

① 鲁洁、王逢贤主编：《德育新论》，江苏教育出版社 1994 年第 1 版，第 63～64 页。

的情感起了巨大的促进或延缓的作用,它渗透在接受活动的每一个环节之中。首先,接受信息的心理通道要靠情感来打通,外在的接受信息都要经过感受器到传入神经,再到大脑皮层,由中枢系统进行分析、整合、加工。这个过程中,人对接受信息的感受是首要的,但人对外界信息的感知觉很大程度上受情感的制约,如果接受者具有否定性的或厌恶的情感意向,往往视而不见,听而不闻,使信息不能顺利进入接受通道。可见,情感是否被唤起直接影响到接受者对信息的选择、编码。其次,人的接受行为的发生受情感的引发和调节。情感对人的思想品德行为的引发和调节作用可能以三种形式出现。一是情感使人的思想品德认知处于动力状态,从而在一定程度上保证认识和行为的统一。二是情感本身构成特殊的思想品德认识(体验性思维、体悟性思维、道德自觉等方式),即以感觉的方式引发或调节行为。三是由情感的状态水平所构成的稳定心境是人的思想品德行为的恒常心理背景,保证思想品德行为的持久和稳定。

总之,积极的情感在接受者的内化外化过程中,无论对接受者的思想品德需要的提高、动机的分化,还是对自我意识和道德能力的自觉养成,都起着推动作用。

人的情感的形成是不断进行情感体验的结果,没有体验就不存在情感发展的机制,就不会有任何情感经验印记留在记忆之中。要提高思想政治教育接受效果,必须科学地区分教育的不同阶段,把握住教育的关键期。

对于幼儿要以快乐——兴趣的享受色调为中心构建情感教育目标,这一时期儿童的情感适应,主要是完成从自然依赖向群体小社会依恋的过渡,以温馨的师生关系、伙伴关系建立起儿童在学校集体中的安全感、信任感。对于少年儿童应以自尊——荣誉感和顺逆体验为中心构建情感教育目标。由此形成在积极、健康的自我观念启动下的工作责任感、学业成功感、集体荣誉感和友谊感。对于青年，应以理想自我与现实自我的同一感或一体感为中心建构情感教育目标，在原有的自尊感、友谊感、集体荣誉感的基础上，衍生出公民感、职业感、人际适应感、社会责任感等更加广阔的用情范围和更加丰富的情感层次。[①]

6. 动员并整合全社会的力量，优化思想政治教育接受活动的社会环境，以形成尽可能大的积极的合力

人们的思想政治教育接受活动更主要地受现实生活的影响。每个社会个体都越来越多地受到来自经济、政治、文化生活各个领域的力量的影响。由于这些力量的性质不尽相同，正面教育的效果很可能被消极的力量所抵消。因此，要取得理想的思想政治教育接受效果，必须大力优化接受环境，整合社会力量，以形成尽可能大的接受合力。

整合过程中，要遵循人的思想受“综合影响”形成与“渐次发展”的规律，把思想政治教育渗透到经济工作、业务工作中去，与各项具体工作有机地结合起来，融合各种教育因素及中介，通过潜移默化的形式循序进行。这样做，能摆脱思想政治教育“两张皮”现象，以经济工作和业务工作为依托，形成齐抓共管的教育结构，使各方面的教育力量形成合力。使思想政治教育渗透到生活、工作的全过程、各个阶段与各个环节，通过潜移默化，循序渐进，寓教于无形，教育的形式、途径、策略更加隐蔽，避免了生硬灌输，更易为人所接受。

要营造良好的接受环境，首先，教育者必须言行一致，以身作则，起模范带头作用。古人云：“其身正，不令而行”，“其身不正，虽

---

① 鲁洁、王逢贤主编：《德育新论》，江苏教育出版社 1994 年第 1 版，第 76～77 页。

令不从”。接受活动的成功与否很大程度在于教育者受到接受者的信任、服膺以及效仿,在某种意义上,人们对价值和思想的相信程度取决于宣讲这些东西的人对其执行程度。邓小平曾强调,思想政治教育“要做得有针对性、细致深入和为群众所乐于接受。最重要的条件,就是凡是需要动员群众做的,每个党员,特别是担负领导职务的党员,必须首先从自己做起。”[①] 只有用自己的行动影响和带动群众,用自己的人格力量吸引和教育群众,才能提高思想政治教育接受效果。

(二)优化思想政治教育接受的策略

接受者在接受新的思想道德认识、信息或经验之前,就已经形成了一定的接受图式。接受图式由一套知识范畴、比较抽象的概念、经验、主观臆测或期望构成。新的信息,就是被接受图式加工和整理的,一个新的信息、新的观念或者一种新经验,不是被接受图式所同化,强化原有的接受图式,就是改造这个已有的接受图式,产生新的认识范畴,以接纳新的经验或其他因素。思想品德的形成虽然以行为为标志,但也必须首先经过这一过程。

所以,要获得理想的接受效果,关键在于排除输入给接受者的信息与其已有接受图式之间存在的矛盾和差距,使二者获得良好的平衡。可见,确定接受者内化外化过程的目标,必须从他们自身接受图式发展的程度去考虑,并把调动、培养接受者积极主动地接受教育,作为一个连续不断的过程。

1. 调研目标接受者群

变革有害的观念或行动,或者接受新的观念或行为,是提高接受效果的目标。要提高接受效果,必须调查人们的需要,针对特定

① 《邓小平文选》第2卷,人民出版社1994年第2版,第342页。

的接受者群设定特定目标。每个目标接受者群体都有各自不同的信仰、态度和价值观,采取行动时必须因人而异,根据每个目标细分群的具体需要量体裁衣。我们所要了解的每个目标接受者群的有关情况包括:

(1)社会人口特征(所属社会阶级的外在特点、收入、所受教育、年龄、家庭背景等);

(2)心理特征(内在特点,如态度、价值观、动机以及个性);

(3)行为特征(行为方式、习惯和决策特征)。

了解目标接受者这三种相互关联的特征,能够对接受程度进行更准确的预测,对目标接受者群及其需要进行更全面的了解。了解、掌握他们关心什么,熟悉什么、拥护什么、厌恶什么、反对什么、思考什么等,做到心中有数。

接下来就需要为这一细分群制定一个定位战略。定位的目标是满足目标接受者细分群的需要,设计比较好的接受方案和战略。旨在向目标接受者提供诱导因素,使他们产生行动。这里合理选择、确定进入接受过程的信息问题十分重要,因为这直接关系到接受目标的实现程度,同时如何制作接受信息、有效灵活适时地传递信息也直接影响接受效果。

2.准确把握接受者的接受心理

接受者的心理及其特点,不仅受生理条件的制约,而且受社会条件的影响,涉及到注意、记忆、思维等智力因素和情感、需要、兴趣、意志、信念等非智力因素,颇为复杂。这里,我们着重分析接受者的8种心理。

(1)选择性心理

对于经由各种途径、手段、中介,运用各种方式传递的信息,接受者并非一概全盘接收同等对待,而是有选择性的。接受者的选择性心理主要表现为选择性注意、选择性理解、选择性记忆等。由于具有选择性心理,接受者可在瞬间布下心理屏障,避开不想接受的信息,甚至根本不会注意这些信息。

(2)崇尚权威心理

在接受者心目中,权威与接受对象的高信度、强说服力紧密相连。这些权威的示范性行为会引起接受者的模仿,模仿者也以能效仿他们的行为而感到愉快。模仿是一种非强制性行为,是崇尚权威心理的反映,引起模仿的心理冲动不是通过社会或群体的命令强制发生的,而是接受者自愿将他人的行为视为榜样,并主动、努力加以学习和效仿。

(3)从众心理

接受者如果认为发出信息的传播者与自己有着特殊的亲近关系,有共同语言,相同的社会背景,价值观念相近等,接受者通常对其容易接受。他们会自觉或不自觉地跟从多数人的行为,以保持自身行为与多数人行为的一致性,从而避免个人心理上的矛盾和冲突。之所以会产生从众行为,是由于人们寻求社会认同感和安全感的结果。在社会生活中,人们通常有一种共同的心理倾向,即希望自己归属于某一较大的群体,被大多数人所接受,以便得到群体的保护、帮助和支持。此外,对个人行为缺乏信心、认为多数人的意见值得信赖,也是从众行为产生的另一个重要原因。

(4)定势心理

定势心理是人们在过去经验的影响下形成的一种具有一定稳定性、倾向性的心理倾向。定势心理是人们的预设立场或原有意见。它是人们应付环境的一种心理准备状态,对人们以后认识和解决问题具有影响、支配作用,也影响接受主体的信息过滤过程。定势心理的作用形式有三:其一是认识定势,其二是情感定势,其三是偏见。定势心理可能是积极的,也可能是消极的,提高接受效果的过程可以看作是旨在影响和改变受众的心理定势的过程。

(5)追求认知协调心理

美国心理学家利昂·费斯汀格提出认知失调理论(theory of cognitive dissonance),认为:人对某一事物或问题的认识或看法是由许多认知元素(如人所掌握的事实、其情感倾向和理性思考等)构成的认知结构体系。人们具有一种一致或平衡的倾向。人的认知结构中各种认知元素之间可能存在着"不适合"(unfitting)的关系,由此产生了认知失调。失调,意味着它们不能在说明、判断某一事物、问题上相互补充,而是相互冲突、抵消,意味着认知者存在心理矛盾。认知失调形成了减少失调和避免增加失调的压力,这种压力所产生的结果从认知的改变、行为的改变、选择性接触信息和观点上表现出来。对于接受者而言,这种追求认知协调的心理是普遍存在的,这一过程中可以有所作为来提高接受效果。

(6)求新心理

喜欢新鲜、奇异的事物是人的共同心理倾向。心理学研究表明,人的大脑皮层有兴奋和抑制两种状态,而兴奋与抑制是相互诱导的。大脑皮层在受到外界刺激时会形成兴奋中心,但兴奋中心不可能长期在大脑皮层的某一部位保持。当同一信息刺激大脑的次数超过一定限度时,大脑皮层某一部位就会抑制,兴奋中心便会转移。这就是人的求新心理生理机制。所以,接受活动要取得好的效果,必须变换形式,使接受者保持新鲜感。

(7)求实心理

崇尚实际、实在,厌恶空话、套话,也是受众的一大心理特点。尤其是实行市场经济的今天,人们的利益意识普遍增强,讲求实际。接受者希望克服虚假性、克服空洞说教和形式主义。所以,理论联系实际,贴近社会生活,紧紧把握人们在接受上的关注点、兴奋点和动情点,用理论分析证明现实问题,从实际中提炼、概括出正确的道理,把抽象高深的理论具体化,才会提高接受效果。

(8)逆反心理

逆反心理是一种以反感、怀疑、不满和抵触等为特征的心理倾向。这种心理活动构成一种抗体,拒绝接受别人的劝导,采取对立的情绪,既可以表现为对接受者的愿望、意志施加外部影响的反感,也可以表现为对广泛事物的否定态度和情绪倾向。逆反心理表现为反控制行为,是人们一种内在的反向力量,阻碍其接受正确的社会行为的导向和矫治。具体来看,逆反心理表现为:对社会主流观点及主导倾向冷漠,甚至抗拒;对他人和集体的情绪对立;对先进人物与事迹的否定与曲解;对批评反感、抗拒。逆反心理的成因复杂,主要是不能满足受众的种种心理需要,背逆受众的心理特点引起的。当然,逆反心理可以消除,也可以预防,如此才能提高接受效果。

接受心理还有其他表现和种类,要提高思想政治教育接受效果,必须予以注意。

3. 运用注意原理,增加对接受者的吸引力

要影响一个人,发出的信息必须能达到他的感官,并引起他的注意。注意是人的心理活动对一定对象的指向与集中,唤起或吸引接受者对一定思想政治教育信息的注意,是该信息进入接受者感官从而对其产生合乎目的的影响的必要条件。要提高接受效果,应针对接受者选择性注意的心理特点,运用注意吸引术。

引起接受者的注意是指设法使接受者的心理活动有意识地指向并集中于一定的对象,增强接受者对该事物的关注度。关注度分为不同的层级:一是觉察,这是引起注意的最低层面,对觉察到的东西,不要求有更多的分辨和对特征的掌握,只要对觉察的接受对象产生一种意识,或者说“意识到了”就可以了。二是愿意接收,这个层次比觉察上升了一步,但仅仅是愿意容忍而不去避开那些信息和刺激而已,即含有对待外部影响保持中立或暂时不加判断的因素。三是有控制或有选择的注意，在这个层次，接受者对影响他的信息、刺激能够进行区分，把与自己相关的对象，从背景中区分开来，对想留意的内容，有了特殊的关注。这种行为表现了对注意的一定控制性，同时在一定程度上表现出了某种选择性。

采用新颖、奇特的形式、手法等表现有关接受信息，是吸引受众注意的重要技巧。通过现代大众传媒的运作，往往能取得非常好的吸引效果。

4. 提高接受信源的可信度

接受信源指接受对象的来源，从宣传或说服的角度看，即便是同一内容的信息，如果出于不同的来源，人们对它的接受程度是不一样的。这是因为，接受者首先要根据信息来源包括传播者的可信度对信息的真伪和价值作出判断。可信度包含两个要素：一是传播者的信誉，包括是否诚实、客观、公正等品格条件；二是专业权威性，即传播者对特定问题是否具有发言权和发言资格。这两者构成了可信度的基础。

一般而言，信源的可信度越高，其说服效果越大；可信度越低，说服效果越小。因此，对教育者而言，树立良好的形象争取接受者的信任是改进接受效果的前提条件。另一方面，心理学家的研究表明：信源的可信度对信息的短期效果具有极为重要的影响，但从长期效果来说，最终起决定作用的是内容本身的说服力。

5. 讲究传播技巧，提高接受效果

所谓传播技巧，指的是传播者旨在提高接受效果而在接受信息的加工、制作、传递等方面所运用的能够导致更有效达到预期目的而采用的策略方法。它是传播者针对接受者心理需要和特点而采用的具体对策和方法。例如一篇文章是由主题、观点、材料、论证等要素构成的，但在主题和观点确定的情况下，如何安排材料、进行论证、提示结论，就成了制约文章内容说服力的重要变量。

(1)单面说和两面说策略

对某些存在对立因素的问题进行说服或宣传之际,通常会有两种做法:一种是只有一种观点(通常是利于传者)的单面传递;另一种是在提示己方观点或有利材料的同时,也以某种方式提示对立一方面的观点或不利于自己的材料。所谓单面说和两面说策略是指信息的发出者根据其意图、传播内容和受者因素恰当地采用单面说或两面说的方法以达到预期的接受效果。

两种方法各有利弊。单面说对己方观点集中阐述,论述明快,简洁易懂,但同时也可能给接受者以咄咄逼人的感觉,易产生心理抵抗。两面说由于提供了正反两面的观点,给人一种公平感,往往能消除说服对象的心理反感,但由于同时提示对立双方的观点,论旨变得比较复杂,理解的难度增加,在提示对立观点时如把握不好分寸,反而容易引起反效果。

对接受者不熟悉、不易一时搞清楚的,但又必须及时贯彻执行的内容,一般采用单面说策略比较容易奏效。而对于接受者熟悉的、容易理解的问题,一般采用两面说策略。两面说的表达方式丰富多彩,有的由传者直述,有的借受者之口,有的是讨论辩论,有的是受者调查等等。美国心理学家霍夫兰研究发现:

①当接受者的立场与信息传递的内容一致时,他们更倾向于接受单面传递。由于观点相似,他们易视传者为“自己人”。

②文化水平较低者,单一传递更有效;而对文化水平较高者,双面传递更具说服力。

③从个性看,独立性强、自尊心强者易接受双面说;而依赖性强、自信心低、缺乏独立见解者则易接受单面说。

拉姆斯丁等通过实验发现,两面说由于包含着对相反观点的“说明”,这种“说明”就像事先接种牛痘疫苗一样,能够使人在以后遇到对立观点的宣传时具有较强的抵抗力,类似于“免疫效果”或

“接种效果”(inoculation effect)。麦圭尔认为,人们有许多没能经过考验的信念,这些信念在遇到对立观念的挑战时往往是脆弱的,就像在无菌环境里成长的人体容易感染细菌一样。所以,宣传策略上坚持双面说为主已成趋势,应广泛运用于思想教育领域。

(2)敲警钟策略

“敲警钟”是借用带有较强恐惧性情绪色彩的信息去说服接受者接受劝戒的一种策略。敲警钟策略之所以屡试不爽,在于这种方法容易造成接受者内心产生某种心理压力,唤起人们的危机意识和紧张心理,促使他们的态度和行为向一定方向发生变化。因为当人们处于恐惧状态时,比较容易接受消除恐惧的宣传。

敲警钟具有两重作用:一是对事物利害关系的强调可最大限度地唤起人们的注意,促成他们对特定传播内容的接触;二是它所造成的紧迫感促使人们迅速采取相应行动。由于这种策略基本上是通过刺激人们的恐惧心来追求特定效果,会给接受者带来一定的心理压力;如果不能掌握分寸和火候,容易弄巧成拙,激起防卫性反应,对接受结果产生负面影响。

不同程度的恐惧诉求的效果是不一样的。[①]究竟多大的恐惧(高度、中度、低度)更有利于人们改变态度呢?心理学的研究成果表明:就敲警钟唤起的心理紧张而言,效果的大小与警钟的强弱顺序基本一致;但从说服的最终目的——引起接受者的态度和行动的变化而言,“轻度”、“中度”的敲警钟比重度的效果要好些。所以,在运用敲警钟策略时,必须掌握分寸,切合实际,恫之有度,不能仅靠危言耸听解决问题。

(3)晓之以理与动之以情

① Janis, IL. and Feshbach, H., *Effects of Fear - Arousing Communications*, Journal of Abnormal Social Psychology, 1953, P.48.

接受效果的提高有赖于人的思想问题和认识问题的解决,这些矛盾的解决只能靠说服而不能压服,“企图用行政命令的方法,用强制的方法解决思想问题,是非问题,不但没有效力,而且是有害的。”①

在思想政治教育接受活动中,以什么方式说服打动接受者是影响接受效果的重要因素。对此,人们通常有两种做法:一是晓之以理,即通过摆事实、讲道理,引导人们分清是非,明白事理,运用理性或逻辑的力量来达到说服的目的;另一种是动之以情,主要通过营造某种气氛或使用感情色彩强烈的言辞来感染对方,以达到特定的接受效果。

宣传战史上,有专家对两种方法的有效性做过比较,结果是诉诸感情的效果好于诉诸理性。另外,心理学研究还表明,由于每个人的性格、经历、文化水平不同,其行动受理性和感情支配的程度有明显的差别,有些人易于接受道理的说服,有些人则容易受情绪和气氛的感染。两种方法的有效性因人、因事、因时而异,在日常的思想政治教育接受活动中,只有将两者结合起来,才能收到更好的接受效果。

总而言之,思想政治教育接受效果的形成是多种因素交互作用的结果,要取得良好的接受效果,必须了解接受者的特性,综合运用各种策略和方法。

---

① 《毛泽东著作选读》下册,人民出版社 1986 年第 1 版,第 76 页。

结束语
全球化与思想政治教育接受活动

全球化,作为世界范围内的普遍现象,正在引起人们的广泛注意和思考。

从表象上看,全球化的进程是各国、各地区受到全面冲击和考验的过程,但这种考验和冲击的本质却是大相径庭的。对于我们而言,作为思想政治教育接受活动的背景和条件,究竟怎样来界定这种影响的构成,到底是全球化进程中哪一部分力量对思想政治教育接受活动形成了真正的影响?这些影响又是通过何种方式发生作用,引起接受活动的“形变之链”的?思考中国未来的思想政治教育接受活动的走向,无法回避这些问题。

一 全球化的确切含义

全球化是一个可以从多视角、多层面、多维度、多方法探讨的概念,并不存在惟一正确的说法。西方对这一问题的研究始于20世纪60年代末着手、70年代初面世的“罗马俱乐部报告”——《增长的极限》和《人类处在转折点》,这些报告表达了一种对“整个世界的总问题”或“人类的困境”的关注。此后对全球化的理解随着全球化进程的加速发展而不断丰富，先后产生过许多理论和学说，具代表性的有现代化理论、相互依存理论、世界体系论、文化全球主义等等。

综合各种理论和观点，对全球化论题的理解主要分两类：一是把全球化视为一个客观的历史进程，即某种不以具体的环境、地域、社会体制、发展模式、意识形态为转移的走向。一般认为，这一进程肇始于15世纪资本主义萌芽和产生时期，以1492年哥伦布发现美洲新大陆为标志，随交往活动的增加和交往层次的扩大而出现，发展到当代，表现为国际社会各行为体间政治、经济、文化、军事互动作用增强，信息、物质、资金、人员的全球流动加快，世界的整体化达到前所未有的高度。另一种见解则把全球化看成是一个与西方主导的现代化同步的过程，全球化的实质是西方文明主导的现代化，全球化就是“西化”。[①] 前者多半从器物、制度层面寻找全球化的动力，后者则把全球化的根本动力视为西方世界对非西方世界的征服、同化和整合。前者偏重于全球化的普遍性考察，后者着重于全球化的特殊性方面。这两种认识既有一定程度的交叉，更存在清晰的差异和对立。因此较全面的全球化概念应该综合这两类认识。

我们认为：全球化作为一个客观的历史进程，是人类社会发展到资本主义世界化历史阶段的产物，具有明显的历史规定性和阶级规定性。从根本上说，全球化源于人类社会生产力与生产关系、经济基础与上层建筑两大基本矛盾的世界性运动，具体而言，它是人类社会基本矛盾和当代全球主要矛盾综合作用的结果。全球化这一客观历史进程涵盖人类共同利益与国际社会各行为体根本利

① 王逸舟：《当代国际政治析论》，上海人民出版社1995年第1版，第9～16页。

益的矛盾运动，表现为这两大类利益及各行为体间利益的互动过程和实现过程，并由此产生了全球化进程的两大矛盾：全球化与本土化的矛盾，国际社会各行为体之间的矛盾。前者涉及全球整体利益与各民族国家根本利益的对立与统一，后者则影响到全球化的走向，即全球化是国际社会各行为体自主多元选择前提下的发展，还是会演变成强势主体对弱势主体的主导整合过程。

由是观之，全球化的进程是相当复杂的。作为一种综合性现象，它的影响集中表现在经济、政治和文化三个方面。

从经济上看，随着科技的发展，通讯与交通的日益发达，极大地缩短了交往的时空距离。与之相应，各国、各地区间联系更加紧密，交往更加频繁，相互依存关系大大加强。随着市场经济的世界化，世界生产、体系形成，经济无国界化和各国相互依赖成为经济全球化的两大趋势，并形成了一种发达国家与发展中国家相互依存的新型的不平等的国际分工格局。贫富差距扩大，南北矛盾加深。经济全球化以科技革命为动力，以自由贸易、自由市场和资本、信息高速流动为基础，以全球性跨国公司为载体，推动世界经济市场化进程，使全球经济发生了一场革命性的变革。

在政治上，全球化的这种反映和作用方式是十分复杂、曲折的。首先，随着经济全球化的发展，世界各国相互依赖程度的加深，经济与政治之间相互融合、相互渗透、相互转化，在时空上广延和扩展，出现了经济政治化、政治经济化、国际政治国内化、国内政治国际化四种趋势。同时，由于国际社会各种行为体大量增加，非政府组织、各种国际组织的影响力增强，传统国家主权受到制约，其合法性尽管仍受到承认和尊重，但它的角色和功能正发生嬗变，由绝对主权向相对主权发展。其次，全球化使世界的整体性增强，并导致各国政治不稳定的发生机率增大。全球化既加深了各国的联系，也增加了不稳定的风险性。因为随着相互依赖关系的加强，一国发生危机会出现连锁反应,很快波及邻国、整个地区乃至全球,引起大范围的"共振"。因此,全球化对各国政府的能力提出了强大的挑战。一国政府与领导人能否具有全球视野和抓住机遇主动融入经济全球化的决心,能否把这种认识贯彻到国家的内外战略,将在很大程度上决定该国在全球化进程中的前途和命运。这一点对于中国来说,显得尤为重要。要看到,经济全球化并没有消解政治多级化的趋势,相反,它给政治多级化创造了条件。

在文化方面,全球化要求从全球视角来认识人类生存与发展面临的共同问题,并以此为基础来达成共识、采取共同行动,努力消除全球性问题。而作为个体的人又是生活在民族国家之中。因此全球化与各民族文化之间存在着相互适应的问题,一方面全球化必须通过民族文化的认同得以深入、扩展,另一方面,民族文化必须适应全球化的客观要求做出相应的变化和调整才能发展。民族文化的全球化和全球文化的民族化这样一对矛盾必然不可回避。这其中,资本主义由于其历史形成的强势地位,实行文化扩张主义,试图取代各国平等、自主、多元的文化共存与文化融合,建立文化霸权。因此,如何处理西方文化的主导意图与文化现实和多元文化的平等与发展的矛盾仍是一个难题。另一方面,把属于不同国家的同一民族用文化统一的企图,其传播速度正在加快,对一些国家的主权和领土完整构成了严峻的挑战。

二　全球化正在影响和改变思想政治教育接受活动

全球化加深了各国间相互依存和互动,使全球进入一个全方位的整体程度强化阶段,它正在改变思想政治教育接受活动的内外环境。这种影响与改变既具有双向性,又具有双重性。所谓双向性,是指全球化进程使我们与外部世界发生联系和交往时,彼此之间相互影响日益增大。所谓双重性,是指这些影响既有好的、积极的,又有消极的、负面的。

由于这些影响往往是潜移默化的、不定形的或是变化无常的,很难完全控制与防范,因而对思想政治教育接受活动造成了广泛的影响。

(一)全球化使人们的信息来源与接受渠道日益增多,并因此产生了信息主权问题

全球化进程中,传统的国家主权受到制约,人们接收信息的来源与渠道日益增多,接受活动突破了时空的限制,并因此产生了信息主权问题。具体而言,全球化正在使传统的国家主权变得僵化和模糊,不仅经济全球化在打破这种限制,全球问题的统一治理也在冲破主权范围的禁锢,而把各国纳入通盘考虑的范围。显然,这种全球化进程所体现的开放性、渗透性与传统国家主权的排他性、专属性很自然会发生冲突。尤其是市场作为一种极富穿透力的经济力量,具有很强的渗透性、扩张性,表现为世界市场要求对各国政策施加管制,力求用国际规范作为共同的行为准则,并形成一整套规范的世界经济秩序和规则,同时全球性经济组织合作机制的运行又是以参与国若干主权的让渡和转移为条件的。随着加入WTO,在与国际惯例和规则的进一步对接过程中,中国完全处理经济的自主权无形中缩小了。在世界经济相互依存、既竞争又合作的作用下,我们会更明显地感受到国际市场变化的影响,全球经济波动的周期也同样会出现在我们的经济之中,这必然会在国内引起相应的政治影响。

其次,随着遥感技术、卫星通信、网络技术、多媒体技术的发

展,人类社会将成为“以创造和分配信息为基础的经济社会”,[①]信息将是左右国家经济发展、政治命脉、军力强弱的关键因素,对跨国信息流动内容和方式的控制将成为国家主权的重要内容。其实,早在20世纪80年代中期,法国“数据处理与自由委员会”就颇有远见地指出:“信息就是力量,……储存和处理数据的能力,意味着对其他国家的政治和技术优势。因此,跨越国界的数据流通也可能导致国家主权的丧失。”[②]这一预言后来不幸被苏东剧变所言中。由于跨国的卫星直播电视、计算机通信网络等新的电子媒介的出现与使用,各种信息可以不受限制地穿越国界,大大加快了信息的流通,大大增加了国内国际事务的透明度,有意无意间导致政治生活公开化,不仅一国的政治信息常遭曝光,就连政治家们的个人隐私也常被传媒披露。互联网的发展一方面加快了信息的流通,另一方面也带来了安全隐患,产生了所谓信息主权问题(informational sovereignty)。因为公众的信息来源日益多样化和国际化,打破了政府的信息垄断,会使政权的影响力有所下降,政府对公民行为的权威相对减弱。甚至一些有害信息对我们的政治、经济、文化和社会秩序甚至国家安全产生了重要的影响,而国家和政府却对此缺乏十分有效的管理和控制的手段,尽管有一些技术可以过滤有害信息,但到目前为止还很难或者根本无法过滤掉所有的有害信息。

因此,当计算机网络不仅作为一种信息传播的途径和接受的媒介,而且也成为一种文化传播途径的时候,利用网络对不同制

① 约翰·奈斯比特:《大趋势——改变我们的十个新趋向》,新华出版社1984年第1版,第2页。

② Frederick, Howard. H. *Global Communication and International Relations*, ibid. P.144.

度、不同观念的国家进行意识形态宣传乃至全方位的意识形态渗透，就成为一些国家推行其国际战略的重要组成部分。美国政府商务部在《全球信息基础设施(GII)合作议事书》中就直言不讳地说："高速发展的'全球信息基础设施'将促进民主的原则，限制集权主义政权形式的蔓延；世界上的人民，通过'全球信息基础设施'，将有机会获得同样的信息和同样的准则，从而使世界具有更大意义上的共同性……"。这里强调的所谓"促进民主的原则"、"限制集权主义政权形式的蔓延"以及"使世界具有更大意义上的共同性"等，鲜明地表达了意识形态渗透的倾向和意图。① 由于美国控制了互联网的核心技术，因而在相当大程度上决定着互联网信息的流动内容、流动方向以及传输速度。

再次，国际组织、区域组织的作用在扩大，国际法和有约束力的国际公约的作用在增强。许多问题，如生态问题、环境问题等等，由于带有普遍性而从国内问题成为全球性问题，同时随着我国承担相应的国际义务增多，加上西方新干涉主义的兴起，以及联合国、欧盟、北约等国际行为体作用的增强，使得国家的主权和国家的自主性受到各种外部力量的制约作用越来越大。

(二)全球化使思想政治教育接受活动出现了许多新的特点

1. 全球化使接受主体的自主性大大加强

随着交往的增多，社会的日益开放，人口流动的加快，接受主体的自主性大大加强。思想政治教育接受活动也由传统的单向方式(即由传者将信息主动传给接受者，接受者处于易于控制的被动

① 谢海光主编：《互联网与思想政治工作概论》，复旦大学出版社 2000 年第 1 版，第 39 页。

地位)，转变为双向互动的模式，接受者的主体地位得到了充分体现，他们可以主动选择获取自己所需要的任何信息，根据自己的偏好接触自己所喜欢的信息。

2. 全球化正在影响和改变接受者的社会化方式

人的社会化过程主要是由家庭、学校、同辈群体和大众传播工具几个社会化因素共同作用完成的，其中又以家庭、学校的影响最为重要。而在信息社会中，家庭和学校在社会化过程中作用有所削弱，家庭中反向社会化的情况大量增加，这一点在互联网出现和普及后变得尤其明显。造成家庭中反向社会化增加的主要原因是年轻人在掌握信息传播新技术方面与他们的前辈相比有着明显的优势，成人的权威在网络世界中变得苍白无力。

与此同时，互联网的出现为青少年提出了崭新的学习和交往方式，从而向传统的社会化方式提出了挑战。通过互联网，人们可以了解到他们在书本上和日常生活中许多见不到的事情，他们不再仅仅从家长和老师的谆谆教诲中了解社会，而是独自闯入一个网上的大千世界，去寻找和接收他们感兴趣的任何信息。正如英国人 G·德兰蒂指出的那样："知识变得非个人化、非区域化和全球化。它已经脱离了它传统的背景，由新的传播媒介来传播……例如，电子邮件和互联网改变了传播的性质，将知识置于广袤的赛伯空间，消除了妨碍知识传播的时空的作用。"[①] 网络上的信息虽十分丰富，却鱼龙混杂，好坏兼有，对人的社会化所起的作用也不大一样。

另外，社会化的重要内容之一是学习人际交往。通过计算机

---

① Delanty, Gerard, 1998, *The Idea of the University in the Global Era: from Knowledge as and End to the End of Knowledge*? In Social Epsistemology. Vol. 12, No. 1, P.19

进行的人际交往过程与传统的人际交往过程有着许多重大的不同。网上交往大大削弱了成年人对青少年交往的控制力,面对面的交往中普遍存在的规范在网上不再成为一种标准,从而对人们的道德自律提出了更高的要求。网上交往创造的是一种完全平等的环境。人们在网上可以自由争论、发表意见、表达自己的看法,而不必顾虑别人怎么看。网络的匿名性给人一个展示自我的机会,正是这种机会,使很多人放弃了生活中的面具,但是也导致了许多人对自我的认知不协调。

3. 信息化对人的交往与行为产生了巨大的影响

互联网为人类创造了独具特色的网上空间,为现代人的交往提供了一个全新的场所。由于网络空间具有虚拟性,可以"相识不相见",从而免除了交往者的奔波之苦,加上网上空间具有开放性,交互性,且覆盖广袤。上网者可以定向抵达一点,也可以同时抵达多点,从而可以形成颇具规模的"交际圈",为人们在更大范围内交友、交流信息提供了前所未有的便利;网络上可以"匿名进入",人们可能对彼此之间的真实身份一无所知,便于人们以平等的身份进行交往,使交流变得更加自由和轻松。借助于网络,人们可以超越时空的障碍,天涯若比邻已成为现实。

同时,一人一机的交往与信息接受方式,使网民可以建立自己的天地,在那里你可以为所欲为,不用再和人打交道。沉溺于多媒体的用户,交往视野更加开阔了,但个人心灵却越加封闭。网络既放大了许多人的精神交往世界,又进一步限制了人的物质接触空间。

网络对于以往人际交往中包含的文化寓意也是一种巨大的冲击。在面对面的人际交往中,许多非语言符号(如手势、眼神、语气等等)都带有深刻的文化象征寓意。而在网络交往中,这些符号却不再起作用。网络交流更多的是流于表面化,无深度,许多社会交往呈现平面化的特点，并进而影响到人们对语言、事物、信息的感知和认识，影响到人们的接受心理与接受方式。

（三）全球化对思想政治教育接受对象——政治文化造成了双重影响

全球化一方面大大推进了文化交流与开放，使全人类的共同精神文化财富和共同的价值观念比以往任何一个时代都多，但另一方面，随着交往的增加，各民族的文化特点以及文化价值观念上的差异将越来越突出。同时也使夹杂在这一进程中的消极影响和消极现象的“世界化”、“国际化”难以避免。文化交流既有相互对流也有单向流动，不同文化之间既存在相互影响也存在单向影响。其中对其他文化产生单向流动和单向影响的文化是强势文化，强势文化与弱势文化之间存在势差，这种势差又会因为媒介帝国主义(media imperialism)的垄断变成了巨大的落差，由此产生了冲击效应。文化的强弱取决于两个决定性因素：一是经济发展程度，经济越发展，文化的发展就越强大；二是文化的质量，即文化本身的发展程度决定了文化的强弱。一方面，全球化使我们的政治文化更加开放、民主，另一方面，西方强势文化意图建立文化霸权，经常指责我们违反“人权”或压制“民主”，通过其垄断的世界传播媒介进行文化讨伐，力图推行其资本主义经济政治模式。西方的思潮、价值观、生活方式，经由各种渠道，不断对中国发生影响，这种异质文化在一定程度上削弱了维持社会向心力的凝聚因素，改变着人们的某些政治观念，改变着公民对本国政治制度及政治领导的评判标准，而这种离心力又会因这些国家自己的经济、政治和文化的发展所产生的各种条件和问题而得以巩固。因此，罗伯特·赖克指出：“我们正在经历一场变革，这场变革将重新安排即将到来的世纪的政治和经济。……每一个国家的基本政治使命将是应付全球经济的离心力,这种力量正在拆散把公民联系在一起的纽带。”①

(四)全球化使接受环境变得更为复杂

中国正处于现代化的进程之中,国内社会结构的变迁与全球化的影响交织在一起,将所有矛盾高度浓缩,使接受环境变得更为复杂。较短的时间内,中国不仅要走完西方发达国家过去几百年所走过的现代化路程,而且要迎头赶上当代全球化的潮流。在这种两步并作一步走的浓缩过程中,要解决的任务自然是相当繁重的:不仅要实现近代工业化,而且要实现当代后工业化;不仅要完成体制转轨,而且要完成社会转型;不仅要完成器物层次的革命,而且要完成文化层次的革命……矛盾的空前集中,使得问题解决的难度也大为增加。② 而全球化的今天,国内政治、经济、社会状况对国家对外打交道的能力影响越来越大,由于国内社会结构正在发生巨大变动,因此我们在对外交往过程中不可避免呈现“脆弱性”。与外部世界的交流越多越深,这种社会结构转型受外界的影响程度就越大,越容易发生全球波动与社会结构变迁的“共振”,造成政治与社会的不稳定。像东南亚金融危机带来印尼政局的突变就是典型的案例。因此,我们的思想政治教育需要面对双重压力,必须同时应对更多不同层次和不同性质的问题。在全球化的进程中,它们必须在政治改革与社会稳定、效率与公平、经济发展与环境保护、融入国际社会与反对强权政治、全球化与本土化等具有内在矛盾的不同战略目标、需求和资源配置方案之间,做出艰难的选

---

① 罗伯特·赖克:《国家的作用》序,上海译文出版社 1994 年第 1 版,第 1 页。

② 丰子义:《现代化进程的矛盾与探求》,北京出版社 1999 年第 1 版,第 6 页。

择、平衡与实施①。这使得思想政治教育接受环境异常复杂，对接受效果造成了巨大影响。

总之，随着全球化的发展，中国与世界多渠道多层次的联系在增强，各国间相互依存与互动日益成为国际社会的现实。思考思想政治教育接受活动的走向，必须正视这种相互依存关系及互动给思想政治教育接受活动带来的种种变化。

① 王逸舟：《经济全球化过程中的政治稳定与国际关系》，载《新华文摘》1999年第3期，第6～7页。

主要参考文献

1 [德]马克思:《关于费尔巴哈的提纲》,《马克思恩格斯选集》第1卷,北京:人民出版社,1995年第2版。
2 [德]马克思、恩格斯:《德意志意识形态》第一卷第一章,《马克思恩格斯选集》第1卷,北京:人民出版社,1995年版。
3 [德]恩格斯:《反杜林论》,第一编 哲学,《马克思恩格斯选集》第3卷,北京:人民出版社,1995年版。
4 毛泽东:《实践论》,《毛泽东著作选读》上册,北京:人民出版社,1986年版。
5 毛泽东:《矛盾论》,《毛泽东著作选读》上册,北京:人民出版社,1986年版。
6 毛泽东:《人的正确思想是从哪里来的?》,《毛泽东著作选读》下册,北京:人民出版社,1986年版。
7 中央文献研究室编:《社会主义精神文明建设文献选编》,北京:中央文献出版社,1996年版。
8 [英]戴维·米勒、韦农·波格丹诺主编:《布莱克维尔政治学百科全书》,北京:中国政法大学出版社,1992年版。
9 《中国大百科全书·政治学》,北京:中国大百科全书出版社,1992年版。

10 《中国大百科全书·心理学》,北京:中国大百科全书出版社,1991年版。
11 [美]米歇尔·沃尔德罗普:《复杂:诞生于秩序与混沌边缘的科学》,北京:三联书店,1997年版。
12 [法]笛卡尔:《探求真理的指导原则》,北京:商务印书馆,1991年版。
13 [美]赖特·米尔斯、塔尔考特·帕森斯等:《社会学想象力》,载《社会学与社会组织》,杭州:浙江人民出版社,1986年版。
14 [美]A.C.艾萨克:《政治学:范围与方法》,杭州:浙江人民出版社,1987年版。
15 [德]克劳斯·冯·柏伊姆:《当代政治理论》,北京:商务印书馆,1990年版。
16 [荷] A.F.G·汉肯:《控制论与社会》,北京:商务印书馆 1986年版。
17 张景荣:《矛盾存在形态论》,北京:中国人民大学出版社,1995年版。
18 艾丰:《中介论》,昆明:云南人民出版社,1993年版。
19 湛垦华:《系统科学的哲学问题》,西安:陕西人民出版社,1995年版。
20 邱柏生主编:《思想教育接受学》,太原:山西人民出版社,1992年版。
21 张琼、马尽举:《道德接受论》,北京:中国社会科学出版社,1995年版。
22 胡木贵、郑雪辉:《接受学导论》,沈阳:辽宁教育出版社,1989年版。
23 刘云章等:《德育接受学》,南京:江苏教育出版社,1995年版。
24 丁宁:《接受之维》,天津:百花文艺出版社,1999年版。

25 吴刚:《接受认识论引论》,北京:北京大学出版社,1996 年版。
26 陆庆壬主编:《思想政治教育学原理》,北京:高等教育出版社,1991 年版。
27 邱伟光、张耀灿主编:《思想政治教育学原理》,北京:高等教育出版社,1999 年版。
28 郑永廷主编:《思想政治教育方法论》,北京:高等教育出版社,1999 年版。
29 陈秉公:《思想政治教育学》,长春:吉林大学出版社,1992 年版。
30 江万秀、李春秋:《中国德育思想史》,长沙:湖南教育出版社,1992 年版。
31 陈谷嘉等:《中国德育思想研究》,杭州:浙江教育出版社,1998 年版。
32 吴焕荣、周湘斌主编:《思想政治工作心理学》,北京:航空工业出版社,1993 年版。
33 陈大柔、丛杭青:《思想政治教育心理学》,北京:中国大百科全书出版社,1995 年版。
34 童彭庆主编:《思想政治教育心理学》,北京:高等教育出版社,1996 年版。
35 朱永新、袁振国:《政治心理学》,北京:知识出版社,1990 年版。
36 [美]威廉·斯通:《政治心理学》,哈尔滨:黑龙江人民出版社,1987 年版。
37 [奥]威尔海姆·赖希:《法西斯主义群众心理学》,重庆:重庆人民出版社,1993 年版。
38 [波]列·沃伊塔西克:《政治宣传心理学》,成都:四川社科院出版社,1986 年版。
39 林嘉诚:《政治心理形成与政治参与行为》,台北:台湾商务印书馆股份有限公司,1989年版。
40 [法]C.克莱芒等:《马克思主义对心理分析学说的批评》,北京:商务印书馆1985年版。
41 陈英和:《认知发展心理学》,杭州:浙江人民出版社,1996年版。
42 [美]B.瑞文,J.儒本:《社群心理学》,福州:福建教育出版社,1993年版。
43 [美]阿伯特·班杜拉:《社会学习心理学》,长春:吉林教育出版社,1988年版。
44 [法]古斯塔夫·勒庞:《乌合之众》,北京:中央编译出版社,2000年版。
45 周晓虹:《现代社会心理学史》,北京:中国人民大学出版社,1993年版。
46 周晓虹:《现代社会心理学》,上海:上海人民出版社,1997年版。
47 刘豪兴、朱少华:《人的社会化》,上海:上海人民出版社,1993年版。
48 [美]E.齐格勒等:《社会化与个性发展》,北京:北京航空航天大学出版社,1988年版。
49 蔡璧煌:《学校与学生政治社会化——高中学生政治社会化的教育社会学分析》,台北:台湾师大书苑有限公司,1994年版。
50 单兴缘等:《开放社会中人的行为研究》,北京:时事出版社,1993年版。
51 丁水木、张绪山:《社会角色论》,上海:上海社科院出版社,1992年版。
52 [美]B.F.斯金纳:《科学与人类行为》,北京:华夏出版社,1989年版。

53 [美]皮亚杰:《发生认识论原理》,北京:商务印书馆,1981年版。
54 [美]马斯洛:《动机与人格》,北京:华夏出版社,1987年版。
55 [美]司马贺:《人类的认知》,北京:科学出版社,1986年版。
56 [美]霍顿·库利:《人类本性与社会秩序》,北京:华夏出版社,1989年版。
57 [美]R.E.安德森、I.卡特:《社会环境中的人类行为》,北京:国际文化出版公司,1988年版。
58 [保]尼科洛夫:《人的活动结构》,北京:国际文化出版公司,1988年版。
59 [美]罗伯特·伯格等:《人类行为》,北京:中国社会科学出版社,1993年版。
60 [美]迈克尔·E.罗洛夫:《人际传播社会交换论》,上海:上海译文出版社,1991年版。
61 [美]罗伯特·艾克斯罗德:《对策中的制胜之道——合作的进化》,上海:上海人民出版社,1996年版。
62 [美] 迈克尔·R·所罗门:《消费者行为》,北京:经济科学出版社,1999年版。
63 [美]利昂·费斯汀格:《认知失调理论》,杭州:浙江教育出版社,1999年版。
64 [美]保罗·魏里希:《均衡与理性——决策规则修订的博弈理论》,北京:经济科学出版社,2000年版。
65 [美]加里·贝克尔:《人类行为的经济分析》,上海:上海三联书店、上海人民出版社,1995年版。
66 [美]曼瑟尔·奥尔森:《集体行动的逻辑》,上海:上海三联书店、上海人民出版社,1995年版。
67 张维迎:《博弈论与信息经济学》,上海:上海三联书店、上海人民出版社,1996年版。
68 易江:《人的行动之谜——行动说明研究》,上海:同济大学出版社,1992年版。
69 张明澍:《中国"政治人"》,北京:中国社会科学出版社,1994年版。
70 庄继禹:《动作语言学》,长沙:湖南文艺出版社,1988年版。
71 鲁洁:《德育新论》,南京:江苏教育出版社,1994年版。
72 鲁洁主编:《德育社会学》,福州:福建教育出版社,1998年版。
73 钟启泉等:《西方德育原理》,西安:陕西人民教育出版社,1998年版。
74 袁桂林:《当代西方道德教育理论》,福州:福建教育出版社,1995年版。
75 戚万学:《冲突与整合——20世纪西方道德教育理论》,济南:山东教育出版社,1995年版。
76 [苏]伊·斯·马里延科:《德育过程原理》,北京:人民教育出版社,1986年版。
77 张勤、张利:《行为选择与思想政治工作》,北京:中国妇女出版社,1991年版。
78 宣兆凯:《道德社会学理论、方法和应用研究》,北京:北京师范大学出版社,1994年版。
79 沙莲香主编译:《现代社会学——基本内容及其评价》上、下册,北京:中国人民大学出版社,1994年版。
80 [美]J·科尔曼:《社会理论的基础》上、下册,北京:社会科学文献出版社,1999年版。
81 [美]乔纳森·H.特纳:《现代西方社会学理论》,天津:天津人民出版社,1988年版。
82 [奥]西格蒙德·弗洛依德:《梦的释义》,沈阳:辽宁人民出版社,1987 年版。
83 [美]菲利普·科特勒、[菲]埃迪尤阿多·罗伯托:《营销大未来:变革公共行为的方略》,北京:华夏出版社,1999 年版。
84 [美]斯蒂文·小约翰:《传播理论》,北京:中国社会科学出版社,1999 年版。
85 [英]丹尼斯、麦奎尔等:《大众传播模式论》,上海:上海译文出版社 1987 年版。
86 沙莲香:《传播学概论》,北京:中国人民大学出版社,1993 年版。
87 郭庆光:《传播学教程》,北京:中国人民大学出版社,1999 年版。
88 彭芸:《政治传播》,台北:台湾巨流图书公司,1990 年版。
89 [英]格雷厄姆·沃拉斯:《政治中的人性》,北京:商务印书馆,1995 年版。
90 [美]格林斯坦等:《政治学手册精选》上、下册,北京:商务印书馆,1996 年版。
91 [美]贝蒂·H·齐斯克:《政治学研究方法举隅》,北京:中国社会科学出版社,1985 年版。
92 [美]加布里埃尔·阿尔蒙德、西德尼·维伯:《公民文化——五个国家的政治态度和民主制》,北京:华夏出版社,1989 年版。
93 [美]戴维·伊斯顿:《政治生活的系统分析》,北京:华夏出版社,1989 年版。
94 [美]杰克·普拉诺:《政治学分析辞典》,北京:中国社会科学出版社,1986 年版。
95 邱建新:《人学理论研究争鸣》,北京:中国广播电视出版社,1993 年版。
96 王霁:《认识系统运行论》,北京:中国人民大学出版社,1991 年版。
97 冯平:《评价论》,北京:东方出版社,1995年版。
98 李淑梅:《社会转型与人的现代重塑》,太原:山西教育出版社,1998年版。
99 陈新汉:《社会评价论》,上海:上海社科院出版社,1997年版。
100 夏甄陶:《认识论引论》,北京:人民出版社,1986年版。
101 夏甄陶:《思维世界导论——关于思维的认识论考察》,北京:中国人民大学出版社,1992年版。
102 夏甄陶:《认识发生论》,北京:人民出版社,1991年版。
103 高文武:《认识活动论》,北京:人民出版社,1991年版。
104 马俊峰:《评价活动论》,北京:中国人民大学出版社,1994年版。
105 颜世元:《情感认识论》,郑州:河南人民出版社,1993年版。
106 [荷]C.A.冯·皮尔森:《文化战略》,北京:中国社会科学出版社,1992年版。
107 [英]罗兰·罗伯森:《全球化——社会理论和全球文化》,上海:上海人民出版社,2000年版。
108 [英]汤林森:《文化帝国主义》,上海:上海人民出版社,1999年版。
109 [美]尼葛洛庞帝:《数字化生存》,海口:海南出版社,1996年版。
110 刘先义:《论德育接受机制》,《教育研究》1991年第11期。
111 刘先义:《接受理论:教育研究的新领域》,《教育理论与实践》1998年第2期。
112 王海平:《论思想政治教育的接受机制》,《空军政治学院学报》1998年第5期。
113 王敏:《政治态度:涵义、成因与研究走向》,《云南行政学院学报》2001 年第 1 期,人大复印资料《政治学》2001 年第 3 期全文转载。
114 王敏:《论思想政治教育机制》,《理论与改革》1999 年第 5 期,人大复印资料《思想政治教育》1999 年第 10 期全文转载。
115 王敏:《论思想政治教育接受规律》,《理论与改革》2001 年第 3 期,人大复印资料《思想政治教育》2001 第 8 期全文转载。
116 王敏:《思想政治教育接受的社会机制》,《学术论坛》2001 年第 6 期,人大复印资料《思想政治教育》2002 第 1 期全文转载。
117 王敏:《重视对思想政治教育接受问题的研究》,《江西行政学院学报》2001 年第 2 期,人大复印资料《思想政治教育》2001 第 10 期索引。
118 王敏、叶娟丽:《走向 21 世纪的中国政治发展》,《华中理工大学学报》2000 年第 1 期,人大复印资料《中国政治》2000 年第 4 期全文转载,《高等学校文科学报文摘》2000 年第 3 期头版头条转摘 2000 余字。
119 王敏:《全球化与中国政治发展》,《华中理工大学学报》2000 年第 4 期,人大复印资料《中国政治》2001 年第 2 期全文转载,《高等学校文科学报文摘》2001 年第 1 期转摘,《新华文摘》2001 年第 2 期篇目收入。
120 王敏、邱柏生:教育部"面向 21 世纪课程教材"《思想政治教育学原理》第 10 章,北京:高等教育出版社 1999 年 7 月版。
121 Dawson, R. E., and Prewitt, Kenneth, Political Socialization, Boston: Litte, Brown & Company, 1969.
122 Easton David and Dennis J., Children in the Political System: Origins of Political Legitimacy, New York: Mcgraw – Hill Book Company, 1969.

123 Schoufeld, W., 1971, "The Focus of Political Socialization Research: An Evaluation", World Politics, Vol.23.

124 Stanley Moore, James Lare & Kenneth Wagner, The Child's Political World, New York 1985.

125 Heinz Eulau, The Behavioral Persuasion in Politics, New York: Random House, 1963.

126 Harold Lasswell, Psychopathology and Politics, New York, Viking Compass, 1960.

127 M. Kent Gennings and Richard Niemi. "Continuity and Change in Political Orientations: A Longitudinal Study of Change in Two Generations", American Political Science Review 69 (1975). pp16 - 35, "The Persistence of Political Orientations: An Overtime Analysis of Two Generation", British Journal of Political Science 8 (1978): pp333 - 363.

128 Langton K. P., Political Socialization, London: Oxford University Press, 1969.

129 Sigel R. S. ed, Learning about Politics: A Reader in Political Socialization, New York: Random House, 1970.

130 Kohlberg, L. The Psychology of Moral Development. San Francisco: Harper & Row., 1984.

131 Thomas C. Schelling, Micromotive and Macrobebavior, Norton & Company, New York, London, 1978.

132 Jack Dennis, Political Socialization Research: A Bibliography, Sage Publications LTD. 1973.

133 Jack Dennis, (ed.), Socialization to Politics: A Reader, John Wiley & Sons, INC. New York, 1973.

134 C. F. Andrain and David E. Apter, Political Protest and Social

Change: Analyzing Politics, New York University Press, 1995.

135 Walter Lippmann , Public Opinion, The Free Press, A Division of Macmillan Publishing Co., Inc. New York, 1965.

136 Robert Axelrod, "Schema Theory: An Information Processing Model of Perception and Cognition," American Political Science Review, Vol.67. Spring 1973.

后　　记

这本专著是在我的博士论文基础上完成的。修改过程中，没有改变论文的基本观点和结构，仅在内容上加以充实。这一方面是由于毕业两年来工作十分繁忙，另一方面也是出于保持论文原貌的缘故。

在本书付梓之际，首先我要衷心感谢我的导师张耀灿教授，他不仅领我入门，而且多年来，他的学者风范、言传身教，使弟子获益匪浅。在指导我写作博士论文的过程中，张老师付出了很大的心血。师母陈四维老师也非常关心我的学习与生活。所有这些令我终生难忘。

本文在评阅和答辩过程中，得到专家们的充分肯定和高度评价，给了我极大的支持和鼓励。论文的学术评议人是时任教育部社会科学研究与思想政治工作司司长的顾海良教授、中山大学郑永廷教授、清华大学刘书林教授，答辩委员会主席为中国人民大学许征帆教授。在此谨致谢忱！

在博士生学习期间，武汉大学政治与行政学院刘德厚教授、梅荣政教授、黄钊教授、宋镜明教授、石云霞教授、丁俊萍教授、孙居涛教授，国际关系学院罗志刚教授等老师先后给予了许多的帮助、支持和鼓励，特别是在论文开题报告会上一些教授提出了很好的

建议,对我启发较大,这里一并表示衷心感谢!

项久雨博士、王明景博士、黄高晓博士、沈壮海博士、叶娟丽博士、曹亚雄博士、赵嵘博士、汤惠琴博士等同学在生活和学习上提供了不同形式的支持和帮助。这里尤其应提到我的好友杨泽伟教授,当时他虽远在万里之遥的德国马克斯·普朗克国际法研究所作访问学者,仍不断与我在互联网上通过电子邮件进行联系,并寄来了所需的英文资料,真可谓"海内存知己,天涯若比邻"。

当然,我还要特别感谢我的父母和弟弟,感谢他们多年来一直对我的关爱、理解和支持。当社会上灯红酒绿、万头攒动,竞相发财致富之际,读书人已被外面热闹的世界搅得六神无主,浮躁不安了,这种时候这样的理解和支持多少有几分镇静的作用,使人能稍稍心平地继续保持着已所剩不多的一点斯文。为此,我要将本文献给我的父母。

最后,我要感谢本书的责任编辑吕薇女士,炎炎夏日她为本书的出版做了大量的工作。同时,我还要深深感谢华中师范大学思想政治教育研究所和湖南师范大学资助了本书的出版。

王　敏
2002 年 7 月于岳麓山

鄂新登字 01 号

思想政治教育接受论　　王　敏　著

出版:
发行: 湖北人民出版社

地址:武汉市解放大道新育村 33 号
邮编:430022

印刷:枝江市新华印刷有限公司
经销:湖北省新华书店
开本:850 毫米 × 1168 毫米　1/32
印张:7.75
字数:184 千字
插页:4
版次:2002 年 12 月第 1 版
印次:2002 年 12 月第 1 次印刷
印数:1 – 5 120
定价:16.00 元
书号:ISBN 7 – 216 – 03581 – X/D·594